词谱辨正

CIPU BIANZHENG

河南省高等学校哲学社会科学优秀著作资助项目

张培阳 著

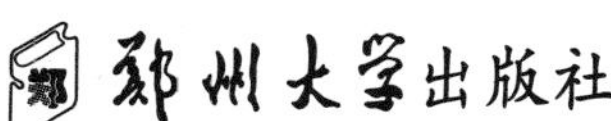
郑州大学出版社

图书在版编目(CIP)数据

词谱辨正 / 张培阳著. — 郑州 : 郑州大学出版社,2021. 9
(卓越学术文库)
ISBN 978-7-5645-7349-2

Ⅰ. ①词… Ⅱ. ①张… Ⅲ. ①词律 - 研究 - 中国 Ⅳ. ①I207.23

中国版本图书馆 CIP 数据核字(2020)第 192466 号

词谱辨正

策划编辑	孙保营	封面设计	苏永生
责任编辑	刘晓晓	版式设计	凌　青
责任校对	成振珂	责任监制	凌　青　李瑞卿

出版发行	郑州大学出版社	地　　址	郑州市大学路 40 号(450052)
出 版 人	孙保营	网　　址	http://www.zzup.cn
经　　销	全国新华书店	发行电话	0371-66966070
印　　刷	新乡市豫北印务有限公司		
开　　本	710 mm×1 010 mm　1 / 16		
印　　张	13.75	字　　数	227 千字
版　　次	2021 年 9 月第 1 版	印　　次	2021 年 9 月第 1 次印刷

书　　号	ISBN 978-7-5645-7349-2	定　　价	68.00 元

发凡

一、词谱、词律之编著，历代多有之。可惜，由于条件、精力、学识等因素的限制，其中往往乖谬百出，即如名家巨著，久负盛名之万树《词律》、王奕清《钦定词谱》等，亦在所难免。

二、本书各章之前后编排，主要以篇幅字数为准，若一调有数种篇幅者，则以其主流体式或重要体式之篇幅为依归。

三、词体之析分，自古多从结构、字数、用韵等三方面加以区分，这是由于前人精力未敷，草创艰难，而无暇细加研讨所致。以笔者之见，今日之治词谱者，除以上三个方面，还应该严格从叠字、句法、对仗、平仄等几个方面加以鉴别。如此，方能穷尽词体之变化，而了无遗憾。

四、本书所论各调格律，于前人之作时有参照，而以清人万树《词律》，王奕清《钦定词谱》，陈栩、陈小蝶《考正白香词谱》，今人龙榆生《唐宋词格律》四书商榷最多，因四书在词谱史上地位最隆、影响最大。为了兼顾古今，如有某调而《考正白香词谱》《唐宋词格律》不载者，间亦别求他书，如今人张梦机《词律探原》、谢桃坊《唐宋词谱校正》、田玉琪《北宋词谱》等。

五、凡所引唐宋两代之词，文本均依曾昭岷、曹济平、王兆鹏、刘尊明《全唐五代词》，唐圭璋《全宋词》，孔凡礼《全宋词补辑》数种，为免烦琐，文中不再逐一出注。若有三书文字句读，所录未备，乃至小有乖误者，当随时指正，识者鉴诸。各调存词几何，宋前则有赖于《全唐五代词》一书所附之索引，宋代则参考高喜田、寇琪《全宋词作者词调索引》一种，二书如有不足之处，间亦略加说明。

六、所撰各章，思路脉络大体如右：首先，引录诸书之论，析其异同，兼及得失；其次，就某调所涉若干重要格律问题，逐一予以分析和辨正；再次，根据结构、言数、句数、用韵、叠字、句法、对仗、平仄等方面的差异，罗列某调所有之体式，并证以例词一篇；最后，稍事概括，画一总谱，并稍事注释，以期能获得某调格律的大致情形。

七、所谓“格律”，本应包括“体式”一端。为行文方便，本书所用“格律”一词，主要指结构、言数、句数、用韵、叠字、句法、对仗、平仄等具体格律，而将由以上若干方面组合而成的“体式”一种独立出来，予以单独论列。

八、古今学者所使用的词谱符号，往往互有参差。为便于论述，本书一概以“○”表平，“●”表仄，“□”表平仄不拘，“◎”表宜平可仄，“⊙”表宜仄可平。各家所用符号，容有稍事更换者，其意旨则未敢妄加点窜。各章中，依其行文，或亦有以“平”表平，以“仄”表仄，以“㊣”表宜平可仄，以“(仄)”表宜仄可平。

九、词之句法，有异于诗者。若四言之“别来春半”、五言之“明月几时有”、六言之“常记溪亭日暮”、七言之“红莲相倚浑如醉”，所用句法，均与诗无异。诸如此类，或可称之为“双式句法”。而像四言之“揾英雄泪”、五言之“驾半轮明月”、六言之“忆曾上桂江船”、七言之“又岂在朝朝暮暮”，则与诗判然有别。诸如此类，或可称之为“单式句法”。所谓单、双，要之，当视句子前半有否单字而独成一节奏也。

十、所谓“词谱”，最主要的是平仄谱，而诗、词、曲律中，平仄本有相通之处，由此，窃以为，治词律者，须先精通诗律，然后以之为参照而考求词律，庶可事半功倍。如《菩萨蛮》一调上下片末句之平仄，历来或注为“◎○⊙●○”，或注为“◎○○●○”，验以唐宋以来之相关作品，前者未能避免孤平“●○●●○”一种，后者又遗漏了“●○○●○”一种，实则两均未当。诸如此类，倘能稍谙诗律，便皆可迎刃而解。

十一、词调中以双调者最为常见，而双调之结构，或上下段全无差异，或上下段大致相同，斯二种诚为双调词之主流。倘能知此，而欲探求某调之平仄，则又不妨以上下段同位置者互为参校，如此，所归纳之平仄谱，当更为客观、全面，尤其是就存作无多的词调而言。

十二、词调中有仅数首乃至于孤篇者，如欲寻求其平仄，自古学者或云不敢妄断，而一概付以阙如，或以实际平仄加以标示，而使读者无所遵从。两种办法，均非通家之见。概而言之，词谱平仄本有相通之法，类似词调，如能以词律不异之理，稍加决断，其平仄谱之获得，必能过半矣。

绪 论

明代以来,有关词律、词谱的编著,可谓代不乏见。可惜,无论是有集大成之誉的万树的《词律》,还是至今仍具权威性的王奕清等人的《钦定词谱》,一直延续到清末享有盛名的《白香词谱》,乃至于现代以来号为"词学三大家"龙榆生的《唐宋词格律》等,其中疏漏可谓俯拾即是,举不胜举。四部经典之作,尚且如此,其他不甚闻名之词谱,更可想而知。窃以为,古今众多词谱致误的原因不外有三:一是条件有限。比如词籍的难得、检索的不便等,这一点对于早期万树、王奕清等人来说,尤其如此。二是时间精力不济。对唐宋数代纷繁浩瀚的词籍进行反复比勘,并区分出若干体式,制定出相应的格律,以一人或数人之力毕其役,谈何容易。三是学识的不足。就本书来说,主要体现在对词律、词谱组成要素的认识存在着较大的缺陷。古今学者在制定词谱、区分体式时,侧重考虑的主要有三个要素:一是结构,二是字数,三是用韵。而构成词律的要素,实际上远远不止这几个,且其中"字数"一种,不免笼统,根据词调分体的具体情况,还可以进一步析为"言数"和"句数"两个要素。

一、词律的八个要素

纵观古今所有词谱,分布其中的,主要有以下八个要素:一是结构,二是言数,三是句数,四是用韵,五是叠字,六是句法,七是对仗,八是平仄。就某一个具体的词调而言,这八个要素,几乎难得同时兼备,多数的情况往往只

能具备其中的几种。如《乌夜啼》共有八体，主要是根据其中的言数、句数、对仗和平仄四个要素确定的；《贺圣朝》共有十二体，主要是根据其中的言数、句数、句法和用韵四个要素确定的。以下拟简要介绍一下这八个要素。

首先是结构。词调中有一种比较典型的类别，起初往往为单调，到了后来，始重叠一遍而演为双调，如《南乡子》《江城子》等，均是如此。又如《南歌子》一调，今所见者，最早的为温庭筠的《南歌子》五首，温氏这五首，均为单调四句五言末缀一三言，如其中第一首，即《南歌子》（手里金鹦鹉）："手里金鹦鹉，胸前绣凤凰。偷眼暗形相。不如从嫁与，作鸳鸯。"至五代时，欧阳炯所作一首，仍为单调，不过句式已易为两五言，后续一七言并一九言，其词如下：

锦帐银灯影，纱窗玉漏声。迢迢永夜梦难成，愁对小庭秋色月空明。①

稍后，毛熙震亦作有《南歌子》二首，但毛氏所制，已然将前人单调之作略加敷衍，而成了双调《南歌子》的鼻祖。这一体制，到了宋代以后，除了个别词家如刘辰翁，则成了人人所遵守的主流体式。其中名家名作，可谓络绎不绝，经典之作，如欧阳修《南歌子》（凤髻金泥带）、苏轼《南歌子》（雨暗初疑夜）、李清照《南歌子》（天上星河转）、辛弃疾《南歌子》（世事从头减）等，兹录稼轩一首如下，以资参照：

世事从头减，秋怀彻底清。夜深犹道枕边声。试问清溪底事不能平。

月到愁边白，鸡先远处鸣。是中无有利和名。因甚山前未晓有人行。

其次是言数。词调之所以多有别体，其中一个重要原因，便是填词者往

① 《全唐五代词》末九字作六言并三言两句，兹依此调通行格律，将它们合并为一句九言。见曾昭岷等编撰《全唐五代词》，中华书局，1999年版，第456页。

往在词中的某一句或某几句增减一二字，这在词中本属正常现象，例子也甚多。比如常见的《临江仙》体式，一般为双调，上下片各五句，依次为七言、六言、七言、五言、五言，这方面的代表作，如苏轼《临江仙》（夜饮东坡醒复醉）一首：

夜饮东坡醒复醉，归来仿佛三更。家童鼻息已雷鸣。敲门都不应，倚杖听江声。

长恨此身非我有，何时忘却营营。夜阑风静縠纹平。小舟从此逝，江海寄余生。

不过，稍谙宋词的人可能都知道，《临江仙》除了这种主流体式之外，偶尔还有一种将前引上下片的第一个七言句易为六言句的。这方面的例证，如晏几道《临江仙》（梦后楼台高锁）、史达祖《临江仙》（倦客如今老矣）等，兹录晏词一首如下：

梦后楼台高锁，酒醒帘幕低垂。去年春恨却来时。落花人独立，微雨燕双飞。

记得小蘋初见，两重心字罗衣。琵琶弦上说相思。当时明月在，曾照彩云归。

甚至还有一种，上下片起句仍为七言，而易第四句之五言而为一四言句，如欧阳修《临江仙》（柳外轻雷池上雨）一首，便是这方面的代表作：

柳外轻雷池上雨，雨声滴碎荷声。小楼西角断虹明。阑干倚处，待得月华生。

燕子飞来窥画栋，玉钩垂下帘旌。凉波不动簟纹平。水精双枕，傍有堕钗横。

再次是句数。相对言数来说，古代词调增减句数的情况要少见一些，但就绝对数量来说，这种现象也并不稀见。其中增加句数的，如《卜算子》，一

般的《卜算子》，体式大多为双调，上下片各四句，如苏轼《卜算子》（缺月挂疏桐）、陆游《卜算子》（驿外断桥边）等，均是如此，为资对比，谨录东坡一首如下：

缺月挂疏桐，漏断人初静。谁见幽人独往来，缥缈孤鸿影。
惊起却回头，有恨无人省。拣尽寒枝不肯栖，寂寞沙洲冷。

但是此一词调，偶尔也有破上片或下片或两片末句之五言，而为两三言句的。破上片末句五言而为两三言的，如张元幹《卜算子》（凉气入熏笼）上片最后两句"细吹断，江梅意"；破下片末句五言而为两三言的，著名者莫过于李之仪《卜算子》（君住长江头）下片最后两句"定不负，相思意"；上下片末句五言均破为两三言的，如张先《卜算子》（梦短寒夜长）一首：

梦短寒夜长，坐待清霜晓。临镜无人为整妆，但自学，孤鸾照。
楼台红树杪。风月依前好。江水东流郎在西，问尺素，何由到。[①]

减少句数的，如《相见欢》。常见的《相见欢》，体式大多为上片三句，依次为六言、三言和九言，下片四句，为三句三言并尾殿一九言。这种风格，最经典的非李煜《相见欢》（林花谢了春红）、《相见欢》（无言独上西楼）两首莫属，兹录前一首如下：

林花谢了春红，太匆匆。无奈朝来寒雨晚来风。
胭脂泪，相留醉，几时重。自是人生长恨水长东。

但是上列格式并非《相见欢》词调唯一的格式，据笔者所见，偶尔也有将下片前两个三言合并为一个六言句者，如此上下片的格律则近乎全同，代表作如张镃《乌夜啼》[②]（晓来闲立回塘）一首：

---

① 关于以上数首各片末尾两三言句，古今学者或有仍视为一句，而在中间加顿者，实不可据。

② 《乌夜啼》乃《相见欢》词调的别名。

晓来闲立回塘。一襟香。玉飐云松风外数枝凉。

相并浑如私语,恼人肠。飞去方知白鹭在花旁。

第四是用韵。古代词人之按谱填词,虽然总以一定的程式为主,但偶尔也有参差相异的地方,这一点往往有以下两个典型的表现方式。一是全词或以押平韵为主,间有押仄韵者。如《渡江云》一种,其常见者,多为押平声韵,如周邦彦《渡江云》(晴岚低楚甸)、张炎《渡江云》(山空天入海)等,兹录第一首如下:

晴岚低楚甸,暖回雁翼,阵势起平沙。骤惊春在眼,借问何时,委曲到山家。涂香晕色,盛粉饰、争作妍华。千万丝、陌头杨柳,渐渐可藏鸦。

堪嗟。清江东注,画舸西流,指长安日下。愁宴阑、风翻旗尾,潮溅乌纱。今宵正对初弦月,傍水驿、深舣蒹葭。沉恨处,时时自剔灯花。

但是据我们观察,此调偶尔也有全词押仄韵的,如陈允平《渡江云》(风流三径远)一首:

风流三径远,此君淡薄,谁与伴清足。岁寒人自得,傍石锄云,闲里种苍玉。琅玕翠立,爱细雨、疏烟初沐。春昼长,秋声不断,洗红尘凡俗。

高独。虚心共许,淡节相期,几人闲棋局。堪爱处,月明琴院,雪晴书屋。心盟更许青松结,笑四时、梅矾兰菊。庭砌晓,东风旋添新绿。

或以押仄韵为主,间有押平韵者,这种例子更多,如《天仙子》《霜天晓角》等皆是。又如《忆秦娥》一调,常见者亦为通篇押仄韵,最负盛名的莫如传为李白所作的《忆秦娥》(箫声咽)一首:

箫声咽,秦娥梦断秦楼月。秦楼月,年年柳色,灞陵伤别。

乐游原上清秋节,咸阳古道音尘绝。音尘绝,西风残照,汉家陵阙。

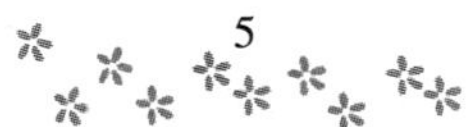

但是,同样的,此调也偶有全篇押平声韵的,如陆游《忆秦娥》(玉花骢)一首:

> 玉花骢。晚街金辔声璁珑。声璁珑。闲敧乌帽,又过城东。
>
> 富春巷陌花重重。千金沽酒酬春风。酬春风。笙歌围里,锦绣丛中。

通过上面的列举和对比,不难窥见古代词人在用韵上的参差变化。另外一种典型的表现方式是,在一定的范围内,增减一二韵。应该说,这种情况要比前面所举的一种更为普遍。兹仅举一例以见之,如《一剪梅》一调,其主流体式为双调,上下片各六句,其中七言两句、四言四句。经笔者考察,此调押韵有上下片各押三平韵,共六平韵的,如周紫芝《一剪梅》(无限江山无限愁)一首:

> 无限江山无限愁。两岸斜阳,人上扁舟。阑干吹浪不多时,酒在离尊,情满沧洲。
>
> 早是霜华两鬓秋。目送飞鸿,那更难留。问君尺素几时来,莫道长江,不解西流。

也有上片押三平韵,下片押四平韵,全诗共押七平韵的,代表作如李清照《一剪梅》(红藕香残玉簟秋)一首:

> 红藕香残玉簟秋。轻解罗裳,独上兰舟。云中谁寄锦书来,雁字回时,月满西楼。
>
> 花自飘零水自流。一种相思,两处闲愁。此情无计可消除,才下眉头,却上心头。

还有上下片各押四平韵,全诗共押八平韵的,如辛弃疾《一剪梅》(尘洒衣裾客路长)一首:

尘洒衣裾客路长。霜林已晚，秋蕊犹香。别离触处是悲凉。梦里青楼，不忍思量。

天宇沉沉落日黄。云遮望眼，山割愁肠。满怀珠玉泪浪浪。欲倩西风，吹到兰房。

更有全词通篇押韵，共押十二平韵的，如蒋捷《一剪梅》（一片春愁待酒浇）一首：

一片春愁待酒浇。江上舟摇。楼上帘招。秋娘度与泰娘娇。风又飘飘。雨又萧萧。

何日归家洗客袍。银字笙调。心字香烧。流光容易把人抛。红了樱桃。绿了芭蕉。

如上所举，《一剪梅》一调在增减韵数方面的典型特征已然跃然纸上。实际上，上述四种用韵情况，并未包罗此调所有的押韵方式，限于篇幅，恕不在此一一说明了。

第五是叠字。和主流近体诗不同，有些词调还以颇具特色的叠字用法著称。其中最为人所熟知的例子，当属《如梦令》《忆秦娥》两调。就《如梦令》而言，词人一般的作法是叠用其中的第五和第六两个二言句，这一传统，自创调之人李存勖所作三首已然如此，姑录其《忆仙姿》①（曾宴桃源深洞）一首如下：

曾宴桃源深洞。一曲舞鸾歌凤。长记别伊时，和泪出门相送。如梦。如梦。残月落花烟重。

其中第五、第六句，即为叠字。至于李清照的两首同调之作，闻名已久，不烦另举，其中一首乃叠用“惊渡”两字，而另一首则叠用“知否”两字。就《忆秦娥》而言，此调最大的特色是第三句的生成，完全是截上一句七言之末

---

① 《忆仙姿》乃《如梦令》别称。

三字而来，也就是说第三句叠用了上一句的后面三个字，相关词例，前面已经有所列举，这里不再引录。此外，《行香子》一调，知名度虽不如上述前两种，但也不乏名家名作，如苏轼《行香子》（一叶舟轻）、秦观《行香子》（树绕村庄）、李清照《行香子》（草际鸣蛩）、辛弃疾《行香子》（好雨当春）等。此调的一大特点是，往往叠用上下片最后一韵几句三言的若干个字。姑引上举苏轼和辛弃疾各一首以明之：

行香子　　苏轼

一叶舟轻。双桨鸿惊。水天清、影湛波平。鱼翻藻鉴，鹭点烟汀。过沙溪急，霜溪冷，月溪明。

重重似画，曲曲如屏。算当年、虚老严陵。君臣一梦，今古空名。但远山长，云山乱，晓山青。

行香子　　辛弃疾

好雨当春。要趁归耕。况而今、已是清明。小窗坐地，侧听檐声。恨夜来风，夜来月，夜来云。

花絮飘零。莺燕丁宁。怕妨侬、湖上闲行。天心肯后，费甚心情。放霎时阴，霎时雨，霎时晴。

其中苏轼一首，上片末三句用一领字“过”，引起三句三言，即“过沙溪急，霜溪冷，月溪明”，其中“溪”即为叠字，下片末三句“但远山长，云山乱，晓山青”，则叠用一“山”字。辛弃疾一首，上片末三句“恨夜来风，夜来月，夜来云”，叠用“夜来”两字，下片末三句“放霎时阴，霎时雨，霎时晴”，则叠用“霎时”两字。

第六是句法。句法使用的差异，是词这一体裁区别于诗的一大特点。一般来说，大多数词调当中的句子，使用的句法往往都是较为固定的，但是，偶尔也有个别词调当中的某一句或某几句，会同时存在着两种句法。比如《好事近》一调，共两片，通常上片依次为五言、六言、六言和五言，下片依次为七言、五言、六言和五言，其中最后两个五言一律使用一四句法，古今应无疑义，如张先《好事近》（月色透横枝）的上、下片末句“怨江南先得”“正雨休

风息”。而余下的两处五言，一般来说都是使用的二三句法，如张先此首另外两句五言“月色透横枝”“多情为春忆”即是。不过也有例外的时候，即下片中间一句五言偶尔也有和上下片末句一样使用一四句法的，如程大昌《好事近》（腊月做生朝）中的下片第二句“现双松双竹”，即为一四句法。又如吕渭老《好事近》（云影护梅枝）一首：

云影护梅枝，短短未禁飞雪。彩幅自题新句，作催妆佳阕。

西楼昨夜五更寒，恐一枝先发。元是素娥无寐，驾半轮明月。

其中上下片末句“作催妆佳阕”“驾半轮明月”两句自然都是一四句法，上片首句“云影护梅枝”也是上述所说的二三句法，唯下片第二句“恐一枝先发”作一四句法，与一般此处作二三句法者相异。

又如《贺圣朝》一调，上片第二句倘为五言，则多数作一四句法，如叶清臣《贺圣朝》（满斟绿醑留君住）一首上片第二句“莫匆匆归去”、赵师侠《贺圣朝》（千林脱落群芳息）一首上片第二句“有一枝先白”等，均是明证。不过此句偶尔也有作二三句法的，如张先《贺圣朝》（淡黄衫子浓妆了）上片第二句“步缕金鞋小”、无名氏《贺圣朝》（阶蓂八叶当炎赫）一首上片第二句“此际公生日”等，均为二三句法，须于第二个字后略顿，而与前此数例在第一个字后略顿相异。

第七是对仗。对于四句以上的近体诗而言，对仗已经成为一种常规要求，同样的，在许多词调中，往往也具有这个特点。其中常见的有三言对，如《渔歌子》的第三句和第四句就往往以对仗出之，例子如张志和《渔父》①（西塞山前白鹭飞）“青箬笠，玉蓑衣”、陆游《渔父》（石帆山下雨空濛）“苹叶绿，蓼花红”等；有四言对，如《踏莎行》一调上下片各两四言句，也几乎一例为对仗，例子如寇准《踏莎行》（春色将阑）“春色将阑，莺声渐老”“密约沉沉，离情杳杳”、晏殊《踏莎行》（碧海无波）“碧海无波，瑶台有路”“绮席凝尘，香闺掩雾”、秦观《踏莎行》（雾失楼台）“雾失楼台，月迷津渡”“驿寄梅花，鱼传尺素”等；有五言对，如《南歌子》上下片开头两五言句也多对仗，例子如欧阳修

① 《渔父》乃《渔歌子》别名之一。

《南歌子》(凤髻金泥带)“凤髻金泥带,龙纹玉掌梳”“弄笔偎人久,描花试手初”、苏轼《南歌子》(雨暗初疑夜)“雨暗初疑夜,风回忽报晴”“卯酒醒还困,仙材梦不成”、李清照《南歌子》(天上星河转)“天上星河转,人间帘幕垂”“翠贴莲蓬小,金销藕叶稀”等;有六言对,如《西江月》一调上下片片头两句六言,同样也多对仗,例子如司马光《西江月》(宝髻松松挽就)“宝髻松松挽就,铅华淡淡妆成”“相见争如不见,有情何似无情”、朱敦儒《西江月》(日日深杯酒满)“日日深杯酒满,朝朝小圃花开”“青史几番春梦,黄泉多少奇才”、张孝祥《西江月》(满载一船秋色)“满载一船秋色,平铺十里湖光”“明日风回更好,今宵露宿何妨”等;还有七言对,较著名的,如《浣溪沙》一调下片前两句之七言即多以对仗行之,例子如晏殊《浣溪沙》(一曲新词酒一杯)“无可奈何花落去,似曾相识燕归来”、秦观《浣溪沙》(漠漠轻寒上小楼)“自在飞花轻似梦,无边丝雨细如愁”、李清照《浣溪沙》(淡荡春光寒食天)“海燕未来人斗草,江梅已过柳生绵”等。又如《鹧鸪天》一调,其上片末两句之七言,下片前两句之三言,往往也好以对仗填之,著名者如:

鹧鸪天　　朱敦儒

我是清都山水郎。天教分付与疏狂。曾批给雨支风券,累上留云借月章。

诗万首,酒千觞。几曾著眼看侯王。玉楼金阙慵归去,且插梅花醉洛阳。

鹧鸪天　　辛弃疾

枕簟溪堂冷欲秋。断云依水晚来收。红莲相倚浑如醉,白鸟无言定自愁。

书咄咄,且休休。一丘一壑也风流。不知筋力衰多少,但觉新来懒上楼。

其中朱词上片末两句七言“曾批给雨支风券,累上留云借月章”,下片头两句三言“诗万首,酒千觞”,辛词上片末两句七言“红莲相倚浑如醉,白鸟无言定自愁”,下片头两句三言“书咄咄,且休休”,毫无例外,均为对仗之句。

第八是平仄。我们这里说的平仄主要指平仄句式。通常而言，某一词调当中的某一句所使用的平仄是较为固定的，如《菩萨蛮》下片前两句五言的平仄，几乎毫无例外，而分别为"⊙○○●●"和"⊙●○○●"，例子如传为李白所作的《菩萨蛮》(平林漠漠烟如织)"玉阶空伫立""宿鸟归飞急"、辛弃疾《菩萨蛮》(郁孤台下清江水)"青山留不住""毕竟东流去"等。然而，同样是《菩萨蛮》，其上片前两句七言的平仄，虽然绝大多数均作"◎○⊙●○○●"，例子如上举李白之作"平林漠漠烟如织""寒山一带伤心碧"、辛公之作"郁孤台下清江水""中间多少行人泪"等数句均是，但客观事实是，此两句的平仄偶尔也有作"◎●⊙○○●●"的，姑举数例如下。

菩萨蛮　　米芾

兼葭风外烟笼柳。数叠遥山眉黛秀。微雨过江来。烦襟为一开。
沙边临望处。紫燕双飞语。举酒送飞云。夜凉愁梦频。

菩萨蛮　　韩淲

的皪南枝横县宇。空山无此新花吐。手种几多梅。迎霜今已开。
簪屏聊隐几。诗与君应喜。更报晏斋翁。相将索笑同。

菩萨蛮　　梅窗

点点花飞春恨浅。浅恨春飞花点点。莺语似多情。情多似语莺。
恋春增酒劝。劝酒增春恋。颦损翠蛾新。新蛾翠损颦。

其中米芾一首第一个七言"兼葭风外烟笼柳"的平仄虽然为"◎○⊙●○○●"，但第二个七言"数叠遥山眉黛秀"的平仄则改作"◎●⊙○○●●"，而异于一般此句平仄作"◎○⊙●○○●"者；同样的，韩淲一首第二个七言"空山无此新花吐"的平仄虽仍为"◎○⊙●○○●"，但第一个七言"的皪南枝横县宇"的平仄则易作"◎●⊙○○●●"，也异于一般情形。而梅窗一首上片两个七言"点点花飞春恨浅""浅恨春飞花点点"的平仄则均作"◎●⊙○○●●"，这与此两句的平仄一般作"◎○⊙●○○●"，是大为不同的。

二、本书的创新和贡献

本书重在对《荷叶杯》、《定西番》、《醉太平》、《昭君怨》、《锦帐春》、《人月圆》、《桃源忆故人》、《乌夜啼》、小令《应天长》、《太常引》、《醉花阴》、《天仙子》、《河满子》、《暗香》等十四个词调的格律和体式进行考察和研究。每一章每一调的撰写思路，大抵为：首先，引录前人相关重要论述，分析其异同，间或指出各家之得失；其次，就每一调若干重要格律问题进行辨析，凡有新观点，亦将有新证据，绝不敢有向壁虚造之谈；再次，就前述八个要素之相关者，为每调分别体式，务在详尽；最后，作一总结，意在使读者对于相关词调的格律和体式有一个宏观的认识。为了更好地呈现本书在推陈出新方面的贡献，以下即以上述八种要素为准，就十四个词调的相关特点，作一个简要的论述。

首先是结构。相对言数、句法等其他要素而言，各家关于相关词调在这方面的特点，向来较少忽视，尤其是《词律》《钦定词谱》二书。比如就《天仙子》《河满子》两调而言，起初均为单调，入宋以后始以双调为主。关于这一点，《词律》除录有双调《天仙子》之外，同时，还采录了单调《天仙子》三体，而分别以押平韵、押仄韵、押仄韵转平韵三种特点加以区分。在此基础上，稍后的《钦定词谱》除了录有双调《天仙子》外，更是罗列有单调《天仙子》四体。可见，两书对于《天仙子》在单、双调方面的差异，是较为注意的。同样的，两书对于《河满子》一调的考证，也充分注意到了此调包罗单、双调两种体类的特点。在此需要注意两点：一是和《词律》《钦定词谱》两书不同，其余诸书如《考正白香词谱》等，对于上述两个词调的关注，往往只罗列后来的常用体式，即双调，而对于前期的体式则较少措意，这主要是由这些书籍的体例所决定的，其初衷本不在于包罗众体。二是《词律》《钦定词谱》两书虽兼录有单调体不等之数种，但其中或不标平仄谱，或所标示者多有错讹，或所分体式不够完备，等等。总之，两书对于《河满子》《天仙子》两调体式的罗列虽较为完善，但同时也存在着许多不足。当然，这已经不仅是单双调的结构问题所能尽之的了。虽然词调的结构特点，因为特征明显，诸家一般少有疏漏，但如果所见典籍有限的话，也可能有遗珠之憾。如《人月圆》一调，宋以来，虽然以双调为主，代表作如王诜《人月圆》（小桃枝上春来早）一首：

小桃枝上春来早，初试薄罗衣。年年此夜，华灯盛照，人月圆时。
禁街箫鼓，寒轻夜永，纤手同携。更阑人静。千门笑语，声在帘帏。

其中虽有上片五句，下片六句之别，但各自的字数却是相同的，可称之为"换头"双调。不过，《人月圆》偶尔也有单叠之体，这一点是上述诸家均未曾留意的，典型的例证如：

人月圆　　陈知柔

鬓缘心事随时改，依旧在天涯。多情惟有，篱边黄菊，到处能华。

其次是言数。一般来说，诸家在区分词调的别体时，也少有忽视这一特点的，如果有所遗漏，通常也是载籍未丰、寓目有限造成的。如《桃源忆故人》一调，常见的格式为双调四十八字体，其中上下片中间两句多作六言，如欧阳修《桃源忆故人》（梅梢弄粉香犹嫩）、秦观《桃源忆故人》（玉楼深锁薄情种）等，为资对比，姑录后一首如下：

玉楼深锁薄情种。清夜悠悠谁共。羞见枕衾鸳凤。闷即和衣拥。
无端画角严城动。惊破一番新梦。窗外月华霜重。听彻梅花弄。

但是，据笔者所见，此调上下片中间的六言实际上偶尔也有减一字为五言的，这一点是古今重要词谱如《词律》《钦定词谱》《考正白香词谱》《唐宋词格律》等，均未曾留心的。兹录其佐证两首如后：

桃源忆故人　　何澹

拍堤芳草随人去。洞口山无重数。翦朝露成树。争晚渔翁住。
今人忍听秦人语。只有花无今古。欲饮仙家寿醑。记取桥边路。

桃源忆故人　　汪莘

人间只解留春住。不管秋归去。一阵西窗风雨。秋也归何处。
柴扉半掩闲庭户。黄叶青苔无数。犹把小春分付。梅蕊前村路。

其中何氏一阕，上片第三句“翦朝露成树”为五言，且为一四句法；汪氏一首，上片第二句“不管秋归去”为五言，为二三句法，两首言数均异于其他体式此处之作六言者。又如《醉花阴》一调，常见者为双调五十二字，上下片各五句，其中第二句为五言，著名者如李清照《醉花阴》（薄雾浓云愁永昼）上下片第二句“瑞脑消金兽”“有暗香盈袖”便是。但是经我们考察，此调此句亦偶有作六言者，全词共五十三字，这一情形也是古今诸家所忽视的，例证如仲殊《醉花阴》（轻红蔓引丝多少）一首：

轻红蔓引丝多少。剪青兰叶巧。人向月中归，留下星钿，弹破真珠小。

等闲不管春知道。多著绣帘围绕。只恐被东风，偷得馀香，分付闲花草。

其中下片第二句“多著绣帘围绕”即作六言，而异于一般作五言者。不过，从此首的上下片行文来看，首句“丝多少”云云亦有“多”字，未知“多著绣帘围绕”之“多”是否为误串所致，姑此存疑，以俟高明。

第三是句数。古今词律家在鉴别体式时，往往将言数和句数合二为一，统称为“字数”，意在笼罩全体，这样做当然有其便利，但有时也不免笼统，同时，也遮蔽了一些词体的变化特点。如《人月圆》一调，常见者为双调，上片为两韵五句，依次为七言、五言、四言、四言、四言，下片为两韵六句，六句均为四言，此种体式，前已有所列举，读者不妨取之略看一过，当更为直观。不过，此调偶尔也有合并下片最后三句四言，再破为七言与五言各一句者。例子如杨无咎《人月圆》（风和日薄馀烟嫩）、《人月圆》（月华灯影光相射）等，兹录前一首如下：

风和日薄馀烟嫩，测测透鲛绡。相逢且喜，人圆玳席，月满丹霄。

烂游胜赏，高低灯火，鼎沸笙箫。一年三百六十日，愿长似今宵。

其中下片后一韵“一年三百六十日，愿长似今宵”为七言和五言两句，而异于一般此处作三句四言者。关于这种缩减句数的体式，前此学者如万树、

王奕清等人均已有所关注，不过，他们所关注者，主要为上面这种在下片后一韵减句的情形，对于在下片前一韵减句的情形，则仍有忽视，如张纲《人月圆》（封人祝望尧云了）一首，即为显证：

封人祝望尧云了，归路蔼欢声。何妨明日，开筵笑语，聊庆初生。

官闲岁晚身犹健，兰玉更盈庭。持杯为寿，从教夜醉，谁怕参横。

其中下片前一韵两句“官闲岁晚身犹健，兰玉更盈庭”依次为七、五言，异于一般此韵作三句四言者，如此，则上下片之言数与句式则全同。此外，《醉花阴》一调上下片之后两句，《考正白香词谱》以为当合为一句九言，这一观点，无论是从该书为《醉花阴》所作词谱，在后九字之第四字处加“豆”，还是从其在“填词法”中所说的“第四句九字，句法为上四下五，文气宜贯”，均可见出。[①] 其实，这种见解并不可靠。一则此一主张，古今著作仅见于《考正白香词谱》一书，其他诸如《词律》《钦定词谱》《唐宋词格律》等均无此论，斯诚为一家之见。二则从后九字中第三、第四两字所用的平仄来看，即这两字的平仄绝大多数均作“○○”，而少有作“●○”，也证明了前四字应该单独为四言一句，不然何以解释其间第三个字作仄声者何其之少呢？[②]

第四是用韵。此点可论者主要有二。首先，就叠韵[③]而言，词调格律中本有此一体式，但是又往往为人所忽视。如《昭君怨》一调，上下片无论前两句还是后两句就时有这种特点，如蒋捷《昭君怨》（担子挑春虽小）一首：

担子挑春虽小。白白红红都好。卖过巷东家。巷西家。

帘外一声声叫。帘里鸦鬟入报。问道买梅花。买桃花。

---

① 详见本书第十一章《〈醉花阴〉格律与体式辨正》第一部分。

② 词律中，四言句以平声结尾者，其平仄多为“⊙●○○”，即第三字必为平声。与此不同，九言句第三字的平仄则可平仄不拘，作平或作仄，从概率上来说，应该都不少。详参本书第十一章《〈醉花阴〉格律与体式辨正》第二部分。

③ 叠韵与下面将要论述的叠字有一定的关联。一般来说，叠韵必为叠字，是一种特殊的叠字，但叠字如果不处在韵脚的位置上，那么，就未必是叠韵。

文中上片后两句"卖过巷东家。巷西家",其中"家"为叠韵,下片后两句"问道买梅花。买桃花",其中"花"为叠韵。同样的例子,还有《天仙子》等,该调上下片中间两三言的末字也往往具有这个特点。而以上两调的这一特点,诚均为诸家所忽视。其次,就增减一韵而言,前此诸家对某些词调的这一特点,也有所遗漏。如《天仙子》一调,常见的格式为双调上下片各六句五仄韵,全篇共押十韵,为便于比较,姑录一首如下。

天仙子　　张先

水调数声持酒听。午醉醒来愁未醒。送春春去几时回,临晚镜。伤流景。往事后期空记省。

沙上并禽池上暝。云破月来花弄影。重重帘幕密遮灯,风不定。人初静。明日落红应满径。

其中上片诸句末字之"听""醒""镜""景""省",下片诸句末字之"暝""影""定""静""径",均入韵,也就是说,唯一不入韵的一句,皆位于上下片的第三句。以上特点乃《天仙子》词调的主流押韵方式。不过,此调偶尔也有全篇押九仄韵,甚至仅押八仄韵的,此乃诸家均未曾道及者。例子如:

天仙子　　陈亮

一夜秋光先著柳。暑力平明羞失守。西风不放入帘帏,饶永昼。沉烟透。半月十朝秋定否。

指点芙蕖凝伫久。高处成莲深处藕。百年长共月团圆,女进男,酒称寿。一点浮云人似旧。

天仙子　　随车娘子

别酒未斟心先醉。忽听阳关辞故里。扬鞭勒马到皇都,三题尽,当际会。稳跳龙门三级水。

天意令吾先送喜。不审君侯知得未。蔡邕博识爨桐声,君背负,只此是。酒满金杯来劝你。

和前举张先之作相比，陈亮下片第四句“女进男”，“男”不入韵，随车娘子上片第四句“三题尽”、下片第四句“君背负”，“尽”“负”均不入韵。由此可知，此调增减一韵的关键之处，主要位于上下片的第四句。

第五是叠字。相对于前四种要素而言，此一特点，除几种较为典型的词调如《如梦令》《忆秦娥》外，历来学者论及此一要素者则更为寥寥。如前举《昭君怨》一调，不但有叠韵的特点，叠字的特点则更为明显。如以下两首：

昭君怨　　郭应祥

去岁银山塔上。今岁金山塔上。屈指到泉江。再重阳。

有菊不妨同戴。有酒不妨同醉。嘉客与佳宾。两俱新。

昭君怨　　张镃

月在碧虚中住。人向乱荷中去。花气杂风凉。满船香。

云被歌声摇动。酒被诗情掇送。醉里卧花心。拥红衾。

其中郭氏一首上片前两句，“岁”“山”“塔”“上”均为叠字，“上”同时为叠韵，下片前两句“有”“不妨同”数字亦均为叠字。张氏一首，上片前两句，“中”为叠字，下片前两句，“被”则为叠字。

同样的，《天仙子》上下片的两个三言句，往往也具有这个特点。如以下两首：

天仙子　　刘过

别酒醺醺容易醉。回过头来三十里。马儿只管去如飞，牵一会。坐一会。断送杀人山共水。

是则青衫终可喜。不道恩情拼得未。雪迷村店酒旗斜，去也是。住也是。烦恼自家烦恼你。

天仙子　　卫宗武

搭宅亭园虽不大。花木成阴难论价。豪端点缀有珠玑，竹一带。梅一派。明月清风何用买。

子子孙孙纡寿彩。家庆成图和蔼蔼。更添三岁古来稀，酒满斝。诗满架。直到耆颐年未艾。

其中刘过一首，上片两三言“牵一会。坐一会”，“一会”为叠字，下片两三言“去也是。住也是”，“也是”亦为叠字。卫宗武一首，上片两三言“竹一带。梅一派”，“一”为叠字，下片两三言“酒满斝。诗满架”，“满”为叠字。

第六是句法。本书所论相关词调的这一特点，古今诸家也时有疏漏。兹分两种情况稍事介绍。一是对一些较为罕见的句法使用，缺乏说明。如《醉太平》一调，其上下片末句虽为五言，但所用句法，并不是常见的二三句法，而是较为稀有的一四句法，如刘过一首上、下片最后一句“写春风数声”“更那堪酒醒”，戴复古一首上、下片最后一句“有黄鹂数声”“悔先行一程”，周密一首上、下片最后一句“听猿啼鸟啼”“问梅花便知”等，均是如此。关于《醉太平》词调的这一特点，前论诸家仅《考正白香词谱》曾明确加以揭示，其余诸家则均付之阙如。更为重要的是，大概由于所见有限，古今学者对一些词调当中某一句或某几句同时存在着两种句法的现象，也缺乏足够的关注。如《人月圆》一调，其上片第二句之五言，一例为二三句法，如王诜《人月圆》（小桃枝上春来早）“初试薄罗衣”、汪元量《人月圆》（钱塘江上春潮急）“风卷锦帆飞”等；下片前三句四言如果被易为七言和五言两句，其中的五言也为二三句法，如张纲《人月圆》（封人祝望尧云了）“兰玉更盈庭”等。但是，如果是下片的后三句四言被易为七言和五言两句的话，其中的五言就不一定是二三句法了，这一点前人均未有留心者。如前录杨无咎平韵《人月圆》（风和日薄馀烟嫩）“愿长似今宵”，即为一四句法，全句宜在第一字后略顿。此外，杨氏另一首仄韵《人月圆》（月华灯影光相射），也是如此：

月华灯影光相射。还是元宵也。绮罗如画，笙歌递响，无限风雅。闹蛾斜插，轻衫乍试，闲趁尖耍。百年三万六千夜，愿长如今夜。

其中下片末句“愿长如今夜”，亦为一四句法，读之宜在第一字后稍停。我们强调这是一四句法，而与一般的二三句法相区别，并非无的放矢。一般来说，句法的不同，往往也就意味着其所用平仄句式的不同，这一点，既可以

参阅本书的相关章节，也可以参考以下最后一个要素，即平仄的相关论述。此外，又如《桃源忆故人》一调，其上下片末句五言的句法，绝大多数皆为二三句法，相关例子可谓不胜枚举，但同样是这一地方的一个五言句，偶尔也有作一四句法的，此点，当然也不为古今诸家所留意，如以下一首：

桃园忆故人　　仇远

苎萝山下花藏路。只许流莺来去。吹落梨花无数。香雪迷官渡。

浣纱溪浅人何许。空对碧云凝暮。归去春愁如雾。奈五更风雨。

其中下片末句“奈五更风雨”，显然为一四句法，而迥异于同首上片末句“香雪迷官渡”之作二三句法者。同样是《桃源忆故人》，当其上下片中间某个六言句被易为一五言句时，句法也时有参差，即前举汪莘《桃源忆故人》（人间只解留春住）上片第二句“不管秋归去”虽为二三句法，而另一首何澹《桃源忆故人》（拍堤芳草随人去）上片第三句“翦朝露成树”却为一四句法。诸家既然不知道这两首词的存在，对于此两处所用句法的区分，也就无从谈起了。

第七是对仗。对仗大概是区分罗列词调体式最常用的要素之一，同时，它也是被忽略得最多的词律要素之一。如《天仙子》上下片中间两句三言往往多对仗，例证如：

天仙子　　苏轼

走马探花花发未。人与化工俱不易。千回来绕百回看，蜂作婢。莺为使。谷雨清明空屈指。

白发卢郎情未已。一夜翦刀收玉蕊。尊前还对断肠红，人有泪。花无意。明日酒醒应满地。

天仙子　　丘崈

畏暑只嫌秋较晚。不道玉楼人渐远。此情那解却清凉，肠欲断。愁无限。安得冰壶还照眼。

妙舞蹁跹歌宛转。走遍京华何处见。清眠无梦到西州，余香浅。银钩软。唯仗锦书聊自遣。

其中苏轼一首上片两三言“蜂作婢。莺为使”，下片两三言“人有泪。花无意”，丘密一首上片两三言“肠欲断。愁无限”，下片两三言“余香浅。银钩软”，毫无疑问，均为对仗之句，是为三言对。又如《醉太平》一调，上下片前两个四言句，也时以对仗出之，例子如：

醉太平　　米芾

风炉煮茶。霜刀剖瓜。暗香微透窗纱。是池中藕花。

高梳髻鸦。浓妆脸霞。玉尖弹动琵琶。问香醪饮么。

醉太平　　王梦应

寒窗月晴。寒梢露明。一痕归影灯青。又分携短亭。

蘅皋佩云。蒸溪酒春。有谁勤说归程。是峰头雁声。

其中米芾一首上片“风炉煮茶。霜刀剖瓜”两句，下片“高梳髻鸦。浓妆脸霞”两句，王梦应一首上片“寒窗月晴。寒梢露明”两句，下片“蘅皋佩云。蒸溪酒春”两句，显然亦均为对仗句，是为四言对。又如《乌夜啼》一词，其中上下片两六言句亦以对仗居多，例证如：

乌夜啼　　陆游

素意幽栖物外，尘缘浪走天涯。归来犹幸身强健，随分作山家。

已趁馀寒泥酒，还乘小雨移花。柴门尽日无人到，一径傍谿斜。

乌夜啼　　程垓

杨柳拖烟漠漠，梨花浸月溶溶。吹香院落春还尽，憔悴立东风。

只道芳时易见，谁知密约难通。芳园绕遍无人问，独自拾残红。

其中陆游一首上片前两句“素意幽栖物外，尘缘浪走天涯”，下片前两句“已趁馀寒泥酒，还乘小雨移花”，程垓一首上片前两句“杨柳拖烟漠漠，梨花浸月溶溶”，下片前两句“只道芳时易见，谁知密约难通”，无可置疑，也均为对仗句，是为六言对。诸如此类，大多是古今词律家所未暇顾及的。以上笔

者举了三调,每调仅各举了两首,但这一特点,在本书所讨论的十二种词调中,绝不限于以上三调,每调也绝不限于这一二首。

第八是平仄。关于平仄,以下将分为三种情况加以阐发。

首先,是前面所说的别式问题。比如《乌夜啼》一调位于上下片第三句的七言句,一般来说其所用的平仄多为"◎○⊙●○○●",如李煜《乌夜啼》(昨夜风兼雨)"烛残漏断频欹枕""醉乡路稳宜频到"、赵令畤《乌夜啼》(楼上萦帘弱絮)"年年春事关心事""重门不锁相思梦"等,但偶尔也有使用"◎●⊙○○●●"这种平仄句式的,例子如苏轼《乌夜啼》(莫怪归心甚速)一首:

莫怪归心甚速,西湖自有蛾眉。若见故人须细说,白发倍当时。

小郑非常强记,二南依旧能诗。更有鲈鱼堪切脍,儿辈莫教知。

其中上片第三句"若见故人须细说"、下片第三句"更有鲈鱼堪切脍"两句的平仄均为"◎●⊙○○●●",而非常见的"◎○⊙●○○●"。对此,古今诸家中唯《词律》一书曾有所道及,其余学者则均未有所说明。

其次,是使用不同句法造成的平仄差异问题,此点古今诸家也多未留心。如《醉花阴》一调,其上下片第二句之五言句,虽多为二三句法,但一四句法者也不稀见,试看以下两个例子:

醉花阴　　葛胜仲

东皇已有来归耗。十里青山道。冻栴万株梅,一夜妆成,似趁鸣鸡早。

年时清赏曾同到。先仗游蜂报。抖擞旧心情,一笑酬春,不羡和羹诏。

醉花阴　　舒亶

月幌风帘香一阵。正千山雪尽。冷对酒尊傍,无语含情,别是江南信。

寿阳妆罢人微困。更玉钗斜衬。拟插一枝归,只恐风流,羞上潘郎鬓。

其中葛氏一首上下片第二句“十里青山道”“先仗游蜂报”两句，所用句法为二三句法，平仄为“⊙●○○●”，舒氏一首上下片第二句“正千山雪尽”“更玉钗斜衬”两句，所用的句法则为一四句法，其平仄则相应为“●◎○⊙●”。不但上举两首两种句法的平仄有异，其他词调句法不同者，平仄亦多有差异。问题是，古今学者对此往往不加区别，将两者混为一谈，实属荒唐。

最后，除了以上两种平仄疏忽，古今诸家所注十四个词调的词谱，还存在着大量平仄过宽或过严等问题。总而言之，其所标示的平仄是不准确的，不符合词调本身平仄实际的。个中原因，固然有一部分是由于所见未广造成的，但与学者的学力，尤其是对词律的总体把握不足关系更大。比如，双调《天仙子》上下片中间的两个三言句，几乎均以仄声结尾[①]，可视为同一种平仄句式。通过详细的参校，这两句的平仄应该皆为“◎□●”，也就是说，此两句除末字为仄声外，其余两个字均可平仄不拘。对此，《词律》以为上片两三言的首字必平，下片第一句三言的首字必为平，其余除末字为仄声外，均为可平可仄；《钦定词谱》以为上、下片第二句三言的首字必为平，其余除末字为仄声外，亦均为可平可仄；而《考正白香词谱》认为上、下片两句三言共四句的首字均须为平，其余除末字为仄声外，皆可平仄不拘；《唐宋词格律》则认为上下片这两句的平仄均应为“○●●。○○●”，即不但两三言的首字声调均须为平之外，其余前一句三言的第二字必为仄，后一句三言的第二字必为平，与前述诸家的观点差距颇大。[②]

综上，所引四家对此两句的平仄观点，可谓人见人异，如果说前三家的观点尚略有一致之处外，即他们都认为上下片此两句的第二字均可平仄不拘，且有些位置第一字的平仄也可平仄不拘，其中《词律》认为在下片后一句，共 1 处，《钦定词谱》认为上下片后一句皆是，共 2 处，《考正白香词谱》认为上下片前后两句均可，共 4 处，那么《唐宋词格律》的意见就有些离谱了，所谓两句三言第二字必为平或必为仄，只要稍检几首《天仙子》作品，便可知是妄谬之谈。至于，其余三家或多或少认为的第一字必为平是否可靠呢？且看以下两首《天仙子》：

---

① 宋人所作《天仙子》，三言句偶亦有以平声结尾者，仅见于陈亮《天仙子》（一夜秋光先著柳）“女进男”一句。

② 以上各家观点详参本书第十二章《〈天仙子〉格律与体式辨正》。

天仙子　　张孝祥

三月灞桥烟共雨。拂拂依依飞到处。雪球轻飏弄精神，扑不住。留不住。常系柔肠千万缕。

只恐舞风无定据。容易著人容易去。肯将心绪向才郎，待拟处。终须与。作个罗帏收拾取。

天仙子　　沈蔚

景物因人成胜概。满目更无尘可碍。等闲帘幕小栏干，衣未解。心先快。明月清风如有待。

谁信门前车马隘。别是人间闲世界。坐中无物不清凉，山一带。水一派。流水白云长自在。

其中张氏一首上片第一个三言“扑不住”，“扑”为仄声，下片第一个三言“待拟处”，“待”亦仄声；沈氏一首下片第二个三言“水一派”，“水”亦为仄声，三字均非各家以为的必平之声。此外上下片第一个三言首字作仄的尚有冯时行《天仙子》（风幸多情开得好）“恨不了”、刘过《天仙子》（别酒醺醺容易醉）“去也是”、洪咨夔《天仙子》（风月分将秋一半）“玉绳转”“漏声缓”、卫宗武《天仙子》（搭宅亭园虽不大）“竹一带”“酒满斝”等；上下片第二个三言首字作仄的尚有陈亮《天仙子》（一夜秋光先著柳）“酒称寿”、刘过《天仙子》（别酒醺醺容易醉）“坐一会”“住也是”、随车娘子《天仙子》（别酒未斟心先醉）“只此是”等，如前所证，古今所谓此两句首字必平的观点可以不攻自破了。不仅《天仙子》这两句的平仄，诸家所定多有疏忽，本书所探讨的其他十三个词调，同样频繁存在着类似的问题，以上不过管窥一角而已。

正是由于古今学者对以上八个要素认识不足，所以直接导致了他们在区分词调体式方面的空疏。本书所考察的十四个词调中，除《锦帐春》一调未能提供新的体式之外①，其余十三调，均有大量的收获。为资对比，不妨略

① 本书与《钦定词谱》所录《锦帐春》虽皆为四体，但《钦定词谱》所定词谱或多有讹误，或以实际平仄付之，不宜等而视之。

加罗列如次:《荷叶杯》一调,《词律》《钦定词谱》均录有三体,《唐宋词格律》《唐宋词谱校正》均录有两体,而本书根据其字数、用韵等特点,共析得四体;《定西番》一调,《钦定词谱》录有五体,《唐宋词谱校正》录有两体,《词律》《唐宋词格律》仅各录有一体,而本书根据句数、用韵、平仄、对仗等特点,共析得七体;《醉太平》一调,《词律》录有二体,《钦定词谱》录有三体,《考正白香词谱》《唐宋词格律》各录有一体,而本书根据其句法、对仗等特点,共析得六体;《昭君怨》一调,除《钦定词谱》录有三体外,《词律》《考正白香词谱》《唐宋词格律》仅各录有一体,而本书根据其叠字、叠韵等特点,共析得十五体;《人月圆》一调,《词律》《钦定词谱》两书各录有三体,《考正白香词谱》《唐宋词格律》《唐宋词谱校正》各录有一体,而本书根据结构、句法、用韵等特点,共析得五体;《桃源忆故人》一调,各家所录均仅一体,而本书根据言数、句法等特点,共析得四体;《乌夜啼》一调,《词律》《唐宋词谱校正》各录有两体,《钦定词谱》录有三体,《考正白香词谱》《唐宋词格律》两书无此调,而本书根据言数、对仗、平仄等特点,共析得八体;小令《应天长》一调,《词律》录有五体,《钦定词谱》录有四体,《唐宋词谱校正》录有两体,《考正白香词谱》《唐宋词格律》两书未载此调,而本书根据句数、用韵、对仗、平仄等特点,共析得十二体;《太常引》一调,《词律》《钦定词谱》《唐宋词谱校正》均录有两体,《唐宋词格律》录有一体,《考正白香词谱》未载此调,而本书根据字数、句法、对仗等特点,共析得五体;《醉花阴》一调,诸家所录均为一体,而本书根据字数、句法、平仄等特点,共析得九体;《天仙子》一调,《词律》录有四体,《钦定词谱》录有五体,《考正白香词谱》录有一体,《唐宋词格律》录有两体,而本书根据结构、用韵、叠字、对仗等特点,共析得十九体;《河满子》一调,《词律》录有三体,《钦定词谱》录有五体,《考正白香词谱》《唐宋词谱校正》各录有一体,《唐宋词格律》无此调,本书根据结构、言数、用韵、对仗等特点,共析得十四体。《暗香》一调,《钦定词谱》录有两体,《词律》《考正白香词谱》《唐宋词格律》仅各录有一体,而本书根据字数、用韵、平仄等特点,共析得九体。

第一章

《荷叶杯》格律与体式辨正

词中《荷叶杯》一调，主要盛行于唐五代，首倡之作为温庭筠3首，此后，韦庄亦有所染指，而以顾敻所作9首为最侈。降及宋代，填者寥寥，今所见仅许棐一人1首。关于此调的格律，历来虽有所析列，但堪称完善者，则殆难征举，姑以所见，稍加厘正如次。

一、古今有关《荷叶杯》格律的探讨和得失

相对而言，《荷叶杯》各体的格律差异要甚于其他词调，其首倡之作的体式为单调六句，二十三字，以两平韵为主，而于第三句和末句之前各间押两仄韵，这类体式的代表作为温庭筠所作3首。此后，顾敻所作数首，则易温氏第三句之三言为五言，并将温氏第四句的平仄“⊙○◎●⊙○●”，改为“⊙○◎●●○○”，同时将最后两句易为两个三言叠句，如此，通体则共有二十六字，前两句押两仄韵，后四句押四平韵。韦庄2首，同为双调，而格律略有小异，每片只是将顾词最后两句合为一个五言，其余则几乎全同。关于《荷叶杯》的格律，古今重要词谱，除陈栩、陈小蝶《考正白香词谱》一书因选调不多，未及采论外，其余如万树《词律》、王奕清《钦定词谱》、龙榆生《唐宋词格律》、谢桃坊《唐宋词谱校正》等均有所探讨。以下即就上述四书所载《荷叶杯》的格律，略作述评，并兼及得失。

《词律》一书所录《荷叶杯》共有三体，其中首体为23字，以温庭筠《荷叶杯》（镜水夜来秋月）一首为例，为作词谱如下：

荷叶杯二十三字　**温庭筠**

镜(可平)水夜(可平)来秋月韵如雪叶采莲时换平小娘红粉对寒浪三换仄惆怅叶三仄正思惟(叶平)①

谱后并添注云:“凡三易韵,‘浪’‘怅’二仄间用于‘时’‘惟’二平内,‘对’字必用仄声。”第二体为单调26字体,而以顾夐《荷叶杯》(春尽小庭花落)一首为例,为作词谱。第三体为双调50字体,而以韦庄《荷叶杯》(记得那年花下)一首为例,并一一为其标出平仄和用韵。

《钦定词谱》所载《荷叶杯》亦有三体,其中首体亦为23字,以温庭筠《荷叶杯》(一点露珠凝冷)一首为例,为作词谱如下:

荷叶杯单调二十三字,六句四仄韵两平韵　**温庭筠**

一点露珠凝冷。　波影。满池塘。　绿茎红艳两相乱。　肠
●●●○○●仄韵○●韵●○○平韵●○○●●○●换仄韵○
断。水风凉。
●韵●○○平韵②

谱后有注云:“此调三换韵,以平韵为主,两仄韵即间于平韵之内。温词三首,平仄悉同。”第二体为26字体,第三体为50字体,而分别以顾夐《荷叶杯》(春尽小庭花落)和韦庄《荷叶杯》(记得那年花下)两首为例为作词谱。

和上述两书的词谱合一不同,龙榆生《唐宋词格律》一书的体例则是先有谱式,后有例词。书中所载《荷叶杯》共有两体,其中首体为23字体,词谱之后证以温庭筠《荷叶杯》(一点露珠凝冷)一首,词谱如后:

荷叶杯二十三字,以两平韵为主,四仄韵转换错叶

□●□○○●仄韵○●叶仄●○○平韵●○○●●○●换仄韵○

---

① 万树:《词律》,上海古籍出版社,1984年版,第65页。

② 王奕清:《钦定词谱》,中国书店,1983年版,第25—27页。

●叶仄●○○叶平①

第二体为50字体，龙氏称作“韦庄体”，为制词谱并援韦庄《荷叶杯》（记得那年花下）一首为证之外，谱前又有简略概括云：“韦庄体重填一片，增四字，以上下片各三平韵为主，错叶两仄韵。”

谢桃坊《唐宋词谱校正》所析《荷叶杯》亦有两体，其中首体同样以温庭筠《荷叶杯》（一点露珠凝冷）一首为例，并作词谱如下：

荷叶杯单调，二十三字，六句，四仄韵，两平韵。　　**温庭筠**

一点露珠凝冷。　波影。满池塘。　绿茎红艳两相乱。　肠
●●●○○●仄韵○●韵●○○平韵●○○●●○●换仄韵○
断。水风凉。
●韵●○○平韵②

其后并有云：“单调以温庭筠三首为创调之作。顾敻九首为二十六字体，句式略异，结句叠三字句，如：‘春尽小庭花落。寂寞。凭槛敛双眉。忍教成病忆佳期。知么知。知么知。’温词为正体，双调有韦庄两首。”

总的来看，各家有关《荷叶杯》格律的论列有异有同，得失不一。其中《词律》《钦定词谱》二书所列共有三体，较之《唐宋词格律》《唐宋词谱校正》两家所列之两体，更为齐全，个中原因，概因后两家之探讨格律，并不在于备列各体。再者，诸家所援词例，23字体，除《词律》以温庭筠《荷叶杯》（镜水夜来秋月）一首为例外，其余三书均以温氏《荷叶杯》（一点露珠凝冷）为例；26字体，所涉二书，即《词律》和《钦定词谱》均以顾敻《荷叶杯》（春尽小庭花落）一首为例；50字体，则一例以韦庄《荷叶杯》（记得那年花下）一首为例。可见，诸家所列各体的词例，还是颇为集中和同一的。第三，各家所标平仄谱，除《唐宋词谱校正》一书所列两体全部沿袭《钦定词谱》，可不论外，其余三书，仅26字体的平仄谱错讹较少或无错讹，余下的两体，平仄谱则存在较多的疏漏，难以枚举，请参后文。其中龙榆生一书所列23字体的平仄谱与

---

① 龙榆生：《唐宋词格律》，上海古籍出版社，1978年版，第178页。

② 谢桃坊：《唐宋词谱校正》，上海古籍出版社，2012年版，第5—6页。

《词律》全同，所列50字体的平仄谱，准确率则更在《词律》之下。综合而言，各家有关《荷叶杯》格律的论列，《词律》《钦定词谱》二书虽属草创，但后起之《唐宋词格律》《唐宋词谱校正》等，并未能有所订正和超越，后出转精，实有未逮。

二、《荷叶杯》相关格律问题辨正

经检《全唐五代词》《全宋词》两书相关索引，可知，今存唐宋《荷叶杯》共有十五首，依次为唐五代人温庭筠3首、韦庄2首、顾敻9首，宋人许棐1首。以下即以上述词作为考察对象，就古今有关《荷叶杯》的若干格律问题，略作补充和辨正如次。

首先，句式方面，目前可知，最早的《荷叶杯》，即温庭筠三首，均乃六句，依次为六言、二言、三言、七言、二言和三言，其中相邻的两组二言和三言，从句意来看颇似一个五言句，只是由于押短韵，而从中间第二字加以点断，如“波影满池塘”“肠断水风凉”等两句，均因“影”“断”入韵，所以两句又各被分成了二言和三言两句。此后，韦庄两首，形式上虽为双调，实则上下片几乎全同，就某片而言，较之温作，不过将第一个三言增为五言，又将最后两个二言和三言，合并为一个五言句而已。再后，顾氏九首之句式变化大抵亦同于韦词，只是将韦词上下片的末句，即五言，破为两个三言叠句。综上可知，《荷叶杯》23字、26字和50字各体，虽然在结构、言数和句数方面存在一定的差异，但尚非变化无序，而是有着一定的关联。

其次，押韵方面，《荷叶杯》的特点，各体之间实不尽一样，其中温庭筠体，以押两平韵为主，而错叶四仄韵，其用韵情况较为罕见。后来之韦庄体，则改错叶为换韵，通篇共四用韵，与一般《菩萨蛮》的用韵特点并无二致。[①]至于顾敻体，其押韵特点则类似于韦庄体，只是由于为单调之作，故仅为两用韵，且最后两句例用叠韵。以上《荷叶杯》的押韵特点，各家在析列词体时，大都均能随体说明，已如前所列，可论者，主要有以下两点：一是，各家所谓“三易韵”（见《词律》注《荷叶杯》第一体）、“三换韵”（见《钦定词谱》注《荷叶杯》第一体）或“四易韵”（见《词律》注《荷叶杯》第三体）、“四换韵”

① 前引龙榆生以为韦庄体的押韵为“错叶两仄韵”并不确切，此体实为换韵格。

（见《唐宋词谱校正》注《荷叶杯》第二体），当均为“三用韵”或“四用韵”之意，用“易”或“换”字实不确，既云“易”或“换”，则必是前已有之，而后“易”之或“换”之。如此，《词律》和《钦定词谱》将23字体的《荷叶杯》视为“三易韵”或“三换韵”，便没有着落，如温庭筠《荷叶杯》（镜水夜来秋月）等，最多只能说是“两易韵”或“两换韵”，或者是“三用韵”。以此类推，50字体的《荷叶杯》也只能说是“三易韵”或“三换韵”，或是“四用韵”。二是，韦庄二首，大致来看，均为四用韵，但二词的下片押韵，也有不尽一致的地方，即韦庄《荷叶杯》（绝代佳人难得）的下片：“闲掩翠屏金凤。残梦。罗幕画堂空。碧天无路信难通。惆怅旧房栊。”后三句之于前两句，虽然也是换韵，但它们同时还是平仄通叶，即“凤”“梦”“空”“通”“栊”诸字所押为同一个韵部，只是声调不尽相同。这一特点，在此后宋人许棐《荷叶杯》（鹊踏画檐双噪）一首中，也能得到印证，即该词下片前后所用之韵脚字“辔”“戏”“知”“飞”“西”亦为平仄通叶，而不仅仅是一般意义上的平仄换韵。反观，韦庄的另一首《荷叶杯》，即《荷叶杯》（记得那年花下）下片所用之韵，即“月”“别”“尘”“人”“因”，则纯为换韵，不复有通叶之格。

再次，平仄方面，乃诸家所定《荷叶杯》格律疏漏最多的地方，也是厘清此调格律的关键。如前所论，《唐宋词谱校正》一书关于《荷叶杯》的平仄谱，几乎均袭自《钦定词谱》，而《唐宋词格律》所列两体的平仄谱，前者与《词律》并无不同，后者仅一处异于《词律》，且可信度反而不如《词律》[①]，有鉴于此，下文关于《荷叶杯》平仄谱的辨正，主要以《词律》和《钦定词谱》二书为主，有必要时，再兼及龙、谢二书。概括来讲，诸家有关《荷叶杯》平仄的论列，主要有以下两个缺陷：

一是用以参校词律尤其是平仄谱的方法，有不一致之处。一般来说，古今用以参校词律的文本，往往限于同一词调（乃至于同一体式）同一位置的句子，而较少将不同词调，或同一词调不同体式，或同一词调不同位置，但属于相同句式的句子进行通校。如《钦定词谱》将23字体首句之六言的平仄定为“●●●○○●”，显然是严守23字体，而未与26字体、50字体等同类

---

① 即依韦庄两首上下片六言所用平仄，可知，第三字当属可平可仄，而龙氏注为必仄，显然与此不合。

句式进行通校的结果。反之,《词律》将23字体首句之六言的第一字和第三字标为可平可仄,则应该是参考了50字体,即韦庄两首的首句用声情况。[①]问题是,《词律》对于23字体第二句、第五句的平仄考定,却未能使用同样的方法,即参考其他体式如26字体的用声情况,从而将这两句的平仄更为科学地定为"◎●",而非"○●"。由此可见,《词律》用以考定词律的方法,实不能一以贯之,而是较为随意,时有抵牾。

二是由于所见有限或未谙词律相通之理,故所校定之平仄谱,往往过于狭隘。如23字体《荷叶杯》,《钦定词谱》所定平仄谱竟无一处可通,已如前列,固然,此体有"温词三首,平仄悉同"的特点,但这终究只是温庭筠一家有意为之的结果,并不能说明此体的平仄必须字字计较。至于《词律》将首句之六言的第一、第三字注为可平可仄,虽稍胜于《钦定词谱》,但相较于此体准确的平仄谱尚有不小的距离。如前所论,《荷叶杯》诸体间所用句式虽有一定的差异,但共同之处实多,因此,完全可以将此体的若干句子与其他体式进行参校。如23字体,首句之六言,温庭筠诸词虽均作"●●●○○●",但参校韦庄同位置之"惆怅晓莺残月""绝代佳人难得"、顾敻同位置之"弱柳好花尽拆",可知,此一句式首字、第三字亦可作平,第五字亦可作仄,因此,其平仄当断为"⊙●⊙○◎●"。第二句之二言,温庭筠诸词虽均作"○●",但参校顾敻同位置之"寂寞""胆战"等,可知,此一句式首字亦可作仄,由此,其平仄当断为"◎●"。第五句之二言,同为以仄结尾,与第二句之二言属于同一类型,平仄当以第二句为准。以上三句的平仄均能通过参校其他体式如26字体、50字体的同类句式而得,至于余下的三句,即第三句、末句之三言和第四句之七言,除温庭筠三首外,虽无同类句式可校,但也能以词律相通之理断之。其中温庭筠三首的第三句和末句之三言,共有六句,且均作"●○○",这与一般词调三言以平结尾者多作"●○○"正相契合,故此两句的平仄当断为"●○○"。再者,温庭筠三首的第四句之七言虽均作"●○○●●○●",但以词律相通之理推之,其中的第一字和第三字实属可平可仄。此外,第五字虽均作仄声,较为特殊,但如参酌以《水调歌头》属于同类句式

① 关于这一句式的平仄考定,还可进一步参考26字体,即顾敻《荷叶杯》(弱柳好花尽拆)、《荷叶杯》(夜久歌声怨咽)等句的用声情况,从而将此句的平仄定为"⊙●⊙○◎●"。

的首句多作“⊙●●○●”，也可以作“⊙●○○●”等事实，可知，此一句式的平仄最终宜断为“⊙○◎●⊙○●”。

第四，叠字方面，26 字体的最后两句为两个完全相同的三言叠字。对此，《词律》《钦定词谱》二书均有所认识。其中《词律》在归纳了 26 字体的词谱之后云：“末叠三字，‘摩’字应系‘么’字，设为问答之辞，当于‘知么’二字略豆。”《钦定词谱》则兼从押韵方面，指出这两个叠句的特点，即“若第六句即叠第五句平韵，其第五句第一字即煞尾平韵也。明程明善《啸余谱》于第五句第一字注‘可仄’，则是仄韵煞尾矣，不可从。”所谓“煞尾平韵”，即指以平韵结尾，如果第五句第一字可以用仄声的话，那么，这两句势必将押不成平韵，而与《荷叶杯》26 字体的体制不合。因此，《钦定词谱》的观点是可取的，只是未能明确指出后两句的叠字特色而已。

最后，体式方面，《词律》《钦定词谱》所载均有三体，分别是 23 字体、26 字体和 50 字体，而《唐宋词格律》《唐宋词谱校正》所载则仅有二体，分别是 23 字体和 50 字体。事实上，根据字数、用韵的不同，《荷叶杯》一调共可分为四体，详见本章下一部分。

三、《荷叶杯》的体式

纵观唐宋所有《荷叶杯》词作，其体式主要可以分为 23 字、26 字和 50 字三类，其中前两类为单调体，且均仅有一体，后一类为双调体，依其下片是否为平仄通叶，又可分为两体。综上，共可得《荷叶杯》四体。

首先，是 23 字一类，此类仅一体，为单调之作，通体主要在第三、第六句押一个平声韵部，而于前两句和第四、第五两句各间押一个仄声韵部，其格律并例词如下：

荷叶杯（全第一式，3 首。以两平韵为主，而间押四仄韵，其中第三、第六句，第一、第二句，第四、第五句各自为韵）

⊙●⊙○◎●韵◎●韵●○○韵⊙○◎●⊙○●韵◎●韵●○○韵

荷叶杯　　温庭筠

楚女欲归南浦。朝雨。湿愁红。小舡摇漾入花里。波起。隔西风。

其次，是26字一类，此类亦仅一体，为单调之作，其中前两句押一个仄声韵部，后四句押一个平声韵部，且最后两句为叠句并叠韵，其格律并例词如下：

荷叶杯（全第二式，9首。前两句押一仄声韵部，后四句换押一个平声韵部，且最后两句为叠句并叠韵）

⊙●⊙○◎●韵◎●韵◎●●○○韵⊙○◎●●○○韵○●○韵○●○韵

荷叶杯　　顾敻

夜久歌声怨咽。残月。菊冷露微微。看看湿透缕金衣。归么归。归么归。

最后，是50字一类。此类为双调，上下片各五句，其中每片的前两句押一个仄声韵部，后三句押一个平声韵部。因其下片所押平、仄韵部是否为通叶，此类又可分为两体。第一体为下片所押平、仄韵不通叶，其格律并例词如下：

荷叶杯（全第三式，1首。上下片前两句押一仄声韵部，后三句换押一个平声韵部）

⊙●⊙○◎●韵◎●韵◎●●○○韵⊙○◎●●○○韵◎●●○○韵

⊙●⊙○◎●韵◎●韵◎●●○○韵⊙○◎●●○○韵◎●●○○韵

荷叶杯　　韦庄

记得那年花下。深夜。初识谢娘时。水堂西面画帘垂。携手暗相期。

惆怅晓莺残月。相别。从此隔音尘。如今俱是异乡人。相见更无因。

第二体为下片所押平、仄韵通叶，其格律并例词如下：

荷叶杯（全第四式，2首。上下片前两句押一仄声韵部，后三句换押一个平声韵部，且下片前两句所押仄声韵与后三句所押平声韵通叶）

⊙●⊙○◎●韵◎●韵◎●●○○韵⊙○◎●●○○韵◎●●○○韵

⊙●⊙○◎●韵◎●韵◎●●○○韵⊙○◎●●○○韵◎●●○○韵

荷叶杯　　许棐

鹊踏画檐双噪。书到。和笑拆封看。归程能隔几重山。远约数宵间。

准备绣轮雕辔。游戏。说与百花知。莫教枝上一红飞。留伴玉东西。

四、小结

综上所论，古今有关《荷叶杯》格律和体式的论列，并不确切。就字数言，《荷叶杯》有23字体、26字体和50字体之别，各体在结构、言数和句数方面，既存在一定的差异，也有共通之处：其中前两体为单调体，后一体为双调体；第一体主要由二、三、六、七言组成，第二体在前者的基础上又多五言一种，第三体较之第一体，少了三言一种，而多了五言一种；第一体、第三体均有六句，第二体共有两片，每片则仅有五句。就叠字言，26字体，最后两句例为两个三言叠句。就用韵言，50字体既有单纯的四用韵，如韦庄《荷叶杯》

（记得那年花下），也有四用韵与平仄通叶兼而有之者，如韦庄《荷叶杯》（绝代佳人难得）。此外，26字体因最后两句为全叠字，且均入韵，因而也就有了叠韵的特点。就平仄言，各体《荷叶杯》虽有一定的差异，但其中不少句子的平仄均可使用通校的方法进行考定，个别句子虽不具备这种条件，也可以以词律相通之理定之。就体式言，《荷叶杯》共可分为四体。

综而言之，《荷叶杯》一调的词谱，可概括并说明如后。

荷叶杯单调二十三字。主押两平韵，间押四仄韵，其中第一、第三句，前两句，第四、第五句各自为韵

⊙●⊙○◎●韵◎●韵●○○韵⊙○◎●⊙○●韵◎●韵●○○韵

说明：

1. 又有单调26字者，如此，则将第三句之三言添两字成为五言，平仄即为“◎●●○○”，第四句之七言的平仄易为“⊙○◎●●○○”，最后两句变为两个完全相同的三言叠句，且平仄均为“○●○”。其中前两句押一个仄声韵部，后四句押一个平声韵部。

2. 又有双调50字者，此双调，上下片或全同，或于用韵上略有小异，每片五句，如此，则亦将第三句之三言易为五言，且平仄为“◎●●○○”，第四句之七言的平仄易为“⊙○◎●●○○”，末句同第三句，亦为五言且平仄全同。每片先押两仄韵，后押三平韵。下片之押两仄韵和三平韵，或有通叶者。

第二章

《定西番》格律与体式辨正

词中《定西番》一调，“番”又作“蕃”，见于敦煌、韦庄等词。唐宋人此调所作虽不多，仅区区十几首，但名家经典，亦时有所见。其中以温庭筠所填三首为最早，此后韦庄、牛峤、孙光宪等唐五代词人续有所制，入宋之后，此调仅见于张先词中，而体制与此前诸家则微有变化。关于此调的格律，明清以降，诸家多有探索，而详略参半，得失不一。

一、古今有关《定西番》格律的探讨和得失

《定西番》的主流体式，为双调 35 字，上下片各四句，通篇主要押四平韵外，或间押三仄韵，或间押两仄韵，或无之，不一而足。至宋，始有 41 字之一体，实于上片第二句三言之后增一六言句而成，而不复间押仄韵。对于此调的格律，清代以来，重要词谱除《考正白香词谱》等因选调有限，未加著录外，其余如万树《词律》、王奕清《钦定词谱》、龙榆生《唐宋词格律》、谢桃坊《唐宋词谱校正》等，均有所采择。以下即以上列四书所载有关《定西番》的格律见解为准，稍作评述。

万树《词律》所载《定西番》仅 35 字一体，而以孙光宪《定西番》（帝子枕前秋夜）一首为例，为作词谱如下：

定西番三十五字　　**孙光宪**

帝子枕前秋夜句霜幄冷句月华明韵正三更叶
可平　可平　可仄

何处戍楼寒笛句梦残闻一声叶遥想汉关万里句泪纵横叶①
可仄 可平 可仄 可平 可仄 可仄 可平 可仄

《钦定词谱》所录《定西番》共有五体，其中前四体均为35字，末体为41字体。前四体之析分，主要根据用韵的不同，其中首体以温庭筠《定西番》（汉使昔年离别）一首为例，为作词谱如下：

定西番双调三十五字，前段四句一仄韵两平韵，后段四句两仄韵两平韵　**温庭筠**

汉使昔年离别。　攀弱柳，折寒梅。　上高台。

●●●○○●仄韵○●●句●○○平韵●○○韵

千里玉关春雪。　雁来人不来。　羌笛一声愁绝。　月徘徊。

○●●○○●仄韵●○○●○平韵○●●○○●仄韵●○○平韵

谱后有注云：“此词前后段起句及后段第三句俱间押仄韵。温庭筠别首‘海燕欲飞’词与此同，其平仄如一。”末体以张先《定西番》（捍拨紫檀金衬）一首为例，为作词谱如下：

又一体双调四十一字，前段五句两平韵，后段四句两平韵　**张先**

捍拨紫槽金衬，双秀萼，两回鸾。齐学汉宫妆样，竞婵娟。

●●●○○●句○●●句●○○韵◎●⊙○○●句●○○韵

三十六弦蝉闹，小弦蜂作团。听尽昭君幽怨，莫重弹。

○⊙●○○●句●○○●○韵●●○○○●句●○○韵

谱后又注云：“此调亦不间入仄韵，前段第三句下多六字一句，与孙词异”，“按张词三首皆然。其一首前段第四句‘尽带江南春色’，‘尽’字仄声，‘江’字平声。换头②句‘鸳鸯愿从今夜’，‘鸯’字平声。”③

《唐宋词格律》所录《定西番》仅有35字一体，异于诸家之词谱合一，龙

---

① 万树：《词律》，上海古籍出版社，1984年版，第91页。

② 《定西番》诸体上下片起句均为一六言句，且平仄亦无异，此处“换头”云云，实无着落。

③ 王奕清：《钦定词谱》，中国书店，1983年版，第132—136页。

氏之谱，均为先有谱，而后证以例词若干。其所作之谱如下：

定西番（定格）

□●□○□●仄韵○●●句●○○平韵●○○叶平

□●□○○●叶仄□○□●○叶平□●□○□●叶仄●○○叶平

所征例词，即为温庭筠《定西番》（汉使昔年离别）一首，词文已见于前，不另具。书中于谱前有一概括云："唐教坊曲，《金奁集》入'高平调'。三十五字，前后片四平韵为主，三仄韵错叶。"①

《唐宋词谱校正》所录《定西蕃》共有两体，首体以敦煌无名氏《定西蕃》（事从星车入塞）一首为例，为其作谱如下：

定西蕃双调，三十五字。前后段各四句，两平韵。　　**无名氏**

事从星车入塞，冲沙碛，冒风寒。度千山。

●□○○●●句○○●句●○○韵●○○韵

三载方达王命，岂辞辛苦艰。为布我皇纶綍，定西蕃。

□●□□○●句□○□●○韵□●□○□●句●○○韵

谱后有云："此首敦煌曲子词为创调之作，以结句'定西蕃'为调名。西蕃，蕃部，唐时指西域至中亚一带少数民族。"第二体，与《钦定词谱》一样，亦以张先《定西番》（捍拨紫檀金衬）一词为例，所定词谱，则因袭前者，而庶无发明。②

综上，各家有关《定西番》格律的研究，可谓同中有异，而异大于同。就相同之处而言，体式和例词方面，如《词律》和《唐宋词格律》所录《定西番》均只有35字一体；《钦定词谱》所载35字体的首体和《唐宋词格律》所载，均以温庭筠《定西番》（汉使昔年离别）一首为例；《唐宋词谱校正》一书所采第二体，即41字体，无论是例词还是格律，均完全承袭《钦定词谱》。用韵方

① 龙榆生：《唐宋词格律》，上海古籍出版社，1978年版，第179—180页。

② 谢桃坊：《唐宋词谱校正》，上海古籍出版社，2012年版，第22—23页。

面,《词律》所及仅有通篇押四平韵一种,《唐宋词谱校正》大抵似之,而对《钦定词谱》所列其他不同押韵情况的体式则视而不见。平仄方面,35 字体之六言句,《词律》和《唐宋词格律》,多数以为可作“□●□○□●”,唯下片首句,《唐宋词格律》以为当作“□●□○○●”,而略有不同;五言句的平仄,《词律》《唐宋词格律》《唐宋词谱校正》和《钦定词谱》的第三体大抵均认为当作“□○□●○”;三言句的平仄,无论是 35 字体还是 41 字体,上片的后两句和下片的末句,诸家均一致认为当作“●○○”,上片的第一个三言,诸家多数以为当作“○●●”,唯《唐宋词谱校正》一书以敦煌词“冲沙碛”一句为例,而定作“○○●”;至于 41 字体的平仄,《唐宋词谱校正》与《钦定词谱》则并无不同,已论于前。

就相异之处而言,体式方面,如《词律》和《唐宋词格律》所录《定西番》均只有一体,《唐宋词谱校正》有两体,而《钦定词谱》则高达五体。例词方面,除了上述《钦定词谱》所载 35 字体的首体和《唐宋词格律》所载,均以温庭筠《定西番》(汉使昔年离别)一首为例,《钦定词谱》和《唐宋词谱校正》所载 41 字体均以张先《定西番》(捍拨紫檀金衬)一首为例外,其余则多有差异,尤其是《唐宋词谱校正》一书以敦煌无名氏《定西蕃》(事从星车入塞)一首为 35 字的代表,而迥异于诸家。押韵方面,《词律》《唐宋词谱校正》所录 35 字体均只有押四平韵一种,《唐宋词格律》所录 35 字体以押四平韵为主,辅之以三仄韵,而《钦定词谱》的 35 字体则兼备四种押韵方式。平仄方面,就 35 字体的三个六言句而言,除上述《词律》《唐宋词格律》两书多认为当作“□●□○□●”外,其余两书,《唐宋词谱校正》认为此体上片的六言当作“●□○○●●”,下片前一个六言当作“□●□□○●”,从而与前两书的观点存在较大的差异,至于《钦定词谱》前四体此三处的平仄,更是参差不齐,如就上片的六言句平仄而论,其中或以为当作“●●●○○●”,或以为当作“◎●◎○○●”,或以为当作“○●○○◎●”,很不一致。此外,35 字体中五言句的平仄,《词律》《唐宋词格律》《唐宋词谱校正》三书的观点虽趋为一致,但《钦定词谱》或以为当作“●○○●○”,或以为当作“◎○⊙●○”,或以为当作“○○●●○”,也殊为参差。

总的来看,诸家有关《定西番》格律的探讨,可谓有得有失,只是程度不一而已。其中《词律》所录《定西番》仅 35 字一体,未注意到此调 35 字体尚有各种不同用韵情况，是其最大不足，此外，书中所注平仄，多数虽足信据，但五言句的平仄定为“□○□●○”，而未能剔除孤平“●○●●○”，终是一小疵。龙榆生《唐宋词格律》一书关于《定西番》格律的定夺，得失大致同于《词律》，也是分体不足，但平仄大多较可信，只是同样没有剔除五言句当中的孤平一种，且下片第一个六言句的第五字不宜定为平声。《钦定词谱》关于《定西番》的论列，最大的功绩是几乎将所有《定西番》的体式罗列殆尽，而远远多于《唐宋词谱校正》的两体，《词律》《唐宋词格律》的一体，其不足主要体现在未悉词律平仄相通之理，以至于所定35字各体相同位置的平仄时有参差，不够科学，另外，其中所定41字体的平仄谱，也欠达观。《唐宋词谱校正》所列《定西番》两体，其中41字体完全因袭《钦定词谱》，无甚发明，35字体则以格律尚未规范的敦煌词作为校定词谱的准的，更是不妥。此外，《定西番》一调上片的几个三言，尤其是中间的两个三言，往往以对仗出之，对此，上述诸家均有所忽视，也是一大缺失。大致而言，前人有关《定西番》格律的搜讨，体式之罗列，以《钦定词谱》为最详，平仄之定夺，则以《词律》和《唐宋词格律》二书较为可取。

二、《定西番》相关格律问题辨正

经查《全唐五代词》《全宋词》两书相关索引，可知唐五代今存《定西番》共10首，其中温庭筠3首，韦庄2首，牛峤1首，毛熙震1首，孙光宪2首，敦煌词无名氏1首，宋代今存《定西番》3首，均为张先之作。在这些词中，因存在个别与格律有关的异文，有必要在这里略作辨析。其中韦庄《定西蕃》（芳草丛生缕结）一首下片第三句“紫燕黄鹂犹生”，“生”，《全唐五代词》注道“原校云：按‘生’字，疑‘在’误”，而聂安福《韦庄集笺注》曾引向校云“原作生，全唐诗作‘至’”[①]，两种看法，均可从。总之，无论是从格律还是内容来看，此句的末字绝不可能作“生”。再者，《钦定词谱》所引张先《定西番》（秀眼谩生千媚）下片的首句，作“鸳鸯愿从今夜”，而《全宋词》此处则作“鸳帐愿从今夜”，依此句的格律，当以后者为是。最后，由于敦煌词的格律大多尚不完善，且异文不少，上举敦煌无名氏《定西蕃》（事从星车入塞）一首，暂不

① 韦庄著，聂安福笺注：《韦庄集笺注》，上海古籍出版社，2002年版，第401页。

予以考察。以下即以上述唐宋12首《定西番》词为依据，对《定西番》词调的相关格律情况稍事辨正如次。

第一，就句数而言，《定西番》可分为八句和九句两体，两者的差异，主要在于后者于上片末句之前多添了一句六言，从而使全篇的字数增加到41字，而前者则仅有35字体。对于以上两体在句数和字数上的不同，《钦定词谱》已有所关注，而为《词律》《唐宋词格律》等书所不及。

第二，就35字体的用韵而言，《词律》所举孙光宪《定西番》（帝子枕前秋夜）一体为通篇押四平韵，《唐宋词谱校正》所举敦煌无名氏《定西蕃》（事从星车入塞）一体同此，《唐宋词格律》所举温庭筠《定西番》（汉使昔年离别）一体为通篇押四平韵之外，又间押三仄韵，而《钦定词谱》所举温庭筠《定西番》（汉使昔年离别）、《定西番》（细雨晓莺春晚）、韦庄《定西番》（挑尽金灯红烬）、孙光宪《定西番》（鸡禄山前游骑）四体，则分别为“前段四句一仄韵两平韵，后段四句两仄韵两平韵”“前后段各四句一仄韵两平韵”“前段四句两平韵，后段四句两仄韵两平韵”“前后段各四句两平韵”。考以上举唐宋12首《定西番》，《钦定词谱》关于此调用韵情况的认识显然更为全面，也更为可取。《唐宋词谱校正》以为“此调《词谱》列五体，其中温庭筠与韦庄体实同敦煌曲子词。温词：‘汉使昔年离别，攀弱柳，折寒梅。上高台。　千里玉关春雪，雁来人不来。羌笛一声愁绝，月徘徊。’词中‘别’‘雪’‘绝’非用韵处。韦词：‘芳草丛生缕结，花艳艳，雨濛濛。晓庭中。　塞远久无音问，愁销镜里红。紫燕黄鹂犹生，恨何穷。’词中‘问’‘生’非韵字。”实有所失察。这一点只要将上述12首作品略加排比，即可明了，无须赘论。

第三，就平仄而言，以词律平仄相通之理视之，《定西番》无论是35字体，还是41字体，其所用平仄句式，主要可分为四种，其中六言有一种，五言有一种，三言有两种。诸家因为昧于此理，故所定平仄句式多片面，乃至错误，各书的相关观点，大抵已罗列于前，兹不复引，仅就四种平仄句式的判定，略作证明如后。

首先，四处六言句的平仄[①]，经考，《定西番》诸作的六言句，均一例以仄结尾，且第二、第四、第六字，必分别为仄声、平声和仄声，故此调四处六言

① 此是就41字体而言，如为35字体，六言句则为三处。

句，实仅有一种平仄句式。至于这一平仄句式的第一、第三和第五字的平仄，则在可变通之列。试证如右：第一字，如温庭筠“汉使昔年离别”、孙光宪“帝子枕前秋夜”两句，“汉”“帝”均为仄声，而如韦庄“芳草丛生缕结”、毛熙震“斜日倚栏风好”，“芳”“斜”则均为平声。第三字，如温庭筠“海燕欲飞调羽”、张先“秀眼谩生千媚”，“欲”“谩”均为仄声，而韦庄“挑尽金灯红烬”、张先“年少登瀛词客”，“金”“登”则均为平声。第五字，如温庭筠“楼上月明三五”、韦庄“闷煞梧桐残雨”，“三”“残”均为平声，而毛熙震“苍翠浓阴满院”、孙光宪“鹊面弓离短韔”，“满”“短”则均为仄声。综上，《定西番》诸体的六言句平仄应定为“◎●⊙○◎●”。

其次，一处五言句的平仄。经考，《定西番》所用五言句的平仄句式，均以平结尾，且第二、第四字必分别为平声和仄声。可变通者，主要在此句的第一字和第三字，然第一字终以仄声为正，如温庭筠“一枝春艳浓”、牛峤“漏残星亦残”、张先“梦长连晓鸡”的“一”“漏”“梦”均为仄声，但也不避平声，如韦庄“闲愁上翠眉”、毛熙震“余香出绣衣”的“闲”“余”即均为平声；第三字终以平声为正，如上举前三例中的第三字“春”“星”“连”，即均为平声，同时也不避仄声，如上举后两例中的第三字“上”“出”即均为仄声。熟谙诗律的人都知道，对于平起平收这种律句类型，在诗律里是不能犯孤平的，即不能使用“●○●●○”。经考，这一点同样适合于《定西番》的五言句，因为相关所有 12 句五言句里，无一使用这一平仄句式。综上，《定西番》五言句的平仄可定为“⊙○◎●○”，但不包括孤平“●○●●○”一种。

再次，是一处以仄结尾的三言句的平仄。经考，12 首《定西番》的这种三言句的平仄，均严格作“○●●”，而无一例外。如温庭筠“攀弱柳”、韦庄“花艳艳”、牛峤“金甲冷”、孙光宪“边草白”等，故《定西番》上片第一个三言的平仄，应定为“○●●”。至于敦煌无名氏词此句，即“冲沙碛”的平仄作“○○●”，那是当时的格律尚不完善造成的，已见前论。

最后，三处以平结尾的三言句的平仄。经考，12 首《定西番》24 句这种三言句的平仄，均严格作“●○○”，也毫不例外。其中，上片第一个三言作“●○○”的，如温庭筠“折寒梅”、韦庄“雨濛濛”、牛峤“戍楼寒”、孙光宪“朔天明”等；上片最后一个三言作“●○○”的，如温庭筠“上高台”、韦庄“晓庭中”、牛峤“梦长安”、孙光宪“马蹄轻”等；下片最后一个三言作“●○○”的，

如温庭筠“月徘徊”、韦庄“恨何穷”、牛峤“雪漫漫”、孙光宪“晓鸿惊”等。因此,《定西番》上、下片三处以平结尾的三言句的平仄应定为“●○○”。

第四,就对仗而言,《定西番》上片中间两个三言,往往以对仗出之,这一点无论是对35字体,还是41字体来说,均是如此。如温庭筠《定西番》(细雨晓莺春晓)“人似玉,柳如眉”、韦庄《定西蕃》(挑尽金灯红烬)“人灼灼,漏迟迟”、毛熙震《定西番》(苍翠浓阴满院)“莺对语,蝶交飞”、孙光宪《定西番》(帝子枕前秋夜)“霜幄冷,月华明”、张先《定西番》(年少登瀛词客)“飘逸气,拂晴霓”等,无不为骈俪之格。如果是35字体,有时还会将这种格律特点延伸到最后一个三言,从而组成一鼎足对仗。如温庭筠《定西番》(汉使昔年离别)“攀弱柳,折寒梅。上高台”。倘说温氏这一首,“上高台”与前面两句的对仗,还不是很工整的话,那么,孙光宪《定西番》(鸡禄山前游骑)“边草白,朔天明。马蹄轻”几句的对仗,已经相当谨严。不但唐宋人有这种体格,此后的词人,偶尔也会继承这种遗风,如清人徐釚《定西番》(霜饱篱根苦苡)“枫叶炙,冷风轻。乱山横”等,也是三句三言共同组成了鼎足对。上述《定西番》的这个格律特点,均是前此诸家所忽视的。

第五,就体式而言,诸家所分《定西番》的体式,《词律》《唐宋词格律》均只有一体,《唐宋词谱校正》有两体,贡献较大的是《钦定词谱》所分的五体。实际上,根据本文上述《定西番》诸作在句数、用韵、平仄、对仗等方面的差异,此调共可析为七体,详见本文第三部分。

三、《定西番》的体式

纵观唐宋所有《定西番》词,可大致分为35字和41字两类。其中35字者,根据对仗方面的差异又可分为两小类,一为上片第二句和第三句的两个三言互为对仗,一为最后三句三言组成一鼎足对。其中前一小类,根据押韵的不同,又可分为四体,后一小类,根据押韵的差异,也可分为两体。综上,共可得《定西番》七体。

首先,是35字上片末三句三言为对仗的两体。其一为通篇主要押四平韵,同时间以三个仄声韵者,其格律并例词如下:

定西番(全第一式,1首。上片后三句三言对仗)

◎●⊙○◎●韵○●●句●○○韵●○○韵

◎●⊙○◎●韵⊙○◎●○[1]韵◎●⊙○◎●韵●○○韵

定西番　　温庭筠

汉使昔年离别。攀弱柳，折寒梅。上高台。

千里玉关春雪。雁来人不来。羌笛一声愁绝。月徘徊。

其二为通篇仅押四平韵,而不错杂仄韵者,其格律并例词如下:

定西番(全第二式,1首。上片后三句三言对仗)

◎●⊙○◎●句○●●句●○○韵●○○韵

◎●⊙○◎●句⊙○◎●○韵◎●⊙○◎●句●○○韵

定西番　　孙光宪

鸡禄山前游骑，边草白，朔天明。马蹄轻。

鹊面弓离短韔，弯来月欲成。一只鸣髇云外，晓鸿惊。

其次,是35字上片中间两个三言互为对仗的四体。其一为通篇主要押四平韵,同时间以三仄韵者,其格律并例词如下:

定西番(全第三式,1首。上片中间两三言对仗)

◎●⊙○◎●韵○●●句●○○韵●○○韵

◎●⊙○◎●韵⊙○◎●○韵◎●⊙○◎●韵●○○韵

定西番　　温庭筠

海燕欲飞调羽。萱草绿，杏花红。隔帘栊。

---

① 不包括孤平,即"●○●●○"一种,下同,不再一一注明。

双鬓翠霞金缕。一枝春艳浓。楼上月明三五。琐窗中。

其二为通篇主要押四平韵，同时上、下片的首句，错押两仄韵者，其格律并例词如下：

定西番(全第四式，1 首。上片中间两三言对仗)

◎●⊙○◎●韵○●●句●○○韵●○○韵

◎●⊙○◎●韵⊙○◎●○韵◎●⊙○◎●句●○○韵

定西番　　温庭筠

细雨晓莺春晚。人似玉，柳如眉。正相思。

罗幕翠帘初卷。镜中花一枝。肠断塞门消息，[①] 雁来稀。

其三为通篇主要押四平韵，同时下片的第一句和第三句错押两仄韵者，其格律并例词如下：

定西番(全第五式，2 首。上片中间两三言对仗)

◎●⊙○◎●句○●●句●○○韵●○○韵

◎●⊙○◎●韵⊙○◎●○韵◎●⊙○◎●韵●○○韵

定西番　　牛峤

紫塞月明千里，金甲冷，戍楼寒。梦长安。

乡思望中天阔。漏残星亦残。画角数声呜咽。雪漫漫。

其四为通篇仅押四平韵，而不错杂任何仄韵者，其格律并例词如下：

定西番(全第六式，3 首。上片中间两三言对仗)

◎●⊙○◎●句○●●句●○○韵●○○韵

---

① 此处本不入韵，句读《全唐五代词》误为句号，兹径改。

◎●⊙○◎●句⊙○◎●○韵◎●⊙○◎●句●○○韵

定西蕃　　韦庄

芳草丛生缕结，花艳艳，雨濛濛。晓庭中。

塞远久无音问，愁销镜里红。紫燕黄鹂犹在①，恨何穷。

最后，为仅押四平韵，无杂仄韵，且上片的前两个三言互为对仗的41字者。较之35字体，41字体则由上片末句前增一六言句而成，其格律并例词如下：

定西番（全第七式，3首。上片前两三言对仗）

◎●⊙○◎●句○●●句●○○韵◎●⊙○◎●句●○○韵

◎●⊙○◎●句⊙○◎●○韵◎●⊙○◎●句●○○韵

定西番　　张先

秀眼谩生千媚，钗玉重，鬌云低。寂寂挹妆羞泪，怨分携。

鸳帐愿从今夜，梦长连晓鸡。小逐画船风月，渡江西。

四、小结

综上所论，古今有关《定西番》格律和体式的分析，并不全面。就句数言，《定西番》可以分为八句和九句两大类，从而分别形成了35字体和41字体，而以35字体居多。就押韵言，35字体，或仅押四平韵；或以押四平韵为主，而间押三仄韵；或以押四平韵为主，而间押两仄韵，间押两仄韵时，又有位置上的不同。就平仄言，无论是35字体的三处六言，还是41字体的四处六言，其平仄句式均应定为“◎●⊙○◎●”；五言句的平仄，应定为“⊙○◎●○”，但不包括“●○●●○”，即孤平一种；三言句的平仄，共有两种句式，以仄结尾的三言句的平仄，应定为“○●●”，以平结尾的三言句的平仄，则

---

① “在”原作“生”，当以“在”为是。详参《全唐五代词》，第173页。

应定为"●○○"。就对仗言,《定西番》上片中间的两个三言例为骈俪之格,这种格律特点,有时还延伸到了末句,而形成一鼎足对。就体式言,综合以上各方面的差异,《定西番》共可分为七体。

大致来说,《定西番》一调的词谱,可概括并说明如后:

定西番双调三十五字,上片四句两平韵,下片四句两平韵,上片中间两三言例为对仗

◎●⊙○◎●句○●●句●○○韵●○○韵

◎●⊙○◎●句⊙○◎●○韵◎●⊙○◎●句●○○韵

说明:

1. 上列为35字体,至宋又有于上片末句前增一六言句,而为41字体,所增六言句的平仄,与35字体其他六言句的平仄相同。

2. 用韵亦有以押四平韵为主,而间押三仄韵;或以押四平韵为主,而间押两仄韵,间押两仄韵时,亦有位置的不同。

3. 下片五言句的平仄,不包括孤平"●○●●○"一种。41字体的五言句平仄同此。

4. 上片中间两三言的对仗,有时会延伸至此片的末句,而形成一鼎足对。

第三章

《醉太平》格律与体式辨正

词调《醉太平》，又名《醉思凡》《四字令》等，此一词调不见于唐五代词人作品，两宋词人填制的数量亦不多，据《全宋词》所载，约有 13 首，其中最早的是北宋米芾《醉太平》（风炉煮茶）一首，其余则均为南宋人之作。较著名者，有刘过《四字令》（情深意真）、戴复古《醉太平》（长亭短亭）、孙惟信《醉思凡》（吹箫跨鸾）、李彭老《四字令》（兰汤晚凉）、周密《四字令》（残月半篱）等。关于《醉太平》的格律和体式，古今论列者不少，但确凿可信者却不多，特草斯文，以发其覆。

一、古今有关《醉太平》格律的探讨和得失

《醉太平》主流的格式，一般为双调，上下片相同，各为四句四平韵，其中前两句为四言，次为六言，最后为一个一四句法的五言。关于此调的格律和体式，古今著名词谱著作，如万树的《词律》，王奕清的《钦定词谱》，陈栩、陈小蝶的《考正白香词谱》，龙榆生的《唐宋词格律》等，均有所论列。兹即以上列四书之考证，略作引述，并兼及其得失。

《词律》所录《醉太平》共有 38 字和 45 字两体，其中第一体以戴复古《醉太平》（长亭短亭）一首为例，标出平仄谱，第二体以辛弃疾《醉太平》（态浓意远）一首为例，仅标出韵豆，兹录其第一体之词谱如下：

醉太平三十八字　　**戴复古**

长亭短亭韵春风酒醒叶无端惹起离情叶有黄鹂数声叶
可仄　　　　　　　　　可仄　可平

芙蓉绣茵叶江山画屏叶梦中昨夜分明叶悔先行一程叶①
可仄　　　　　　　　　可平

《钦定词谱》所录《醉太平》则有38字、45字和46字三体，而分别以刘过《醉太平》（情高意真）、辛弃疾《醉太平》（态浓意远）、无名氏《醉太平》（钗分凤凰）三首为例，其中第一体词谱如后：

醉太平双调三十八字，前后段各四句四平韵　　**刘过**

情高意真。眉长鬓青。小楼明月调筝。写春风数声。

○○●○韵○○●○韵⊙○◎●○○韵●○○●○韵

思君忆君。魂牵梦萦。翠绡香暖银屏。更那堪酒醒。

◎○●○韵◎○●○韵⊙○◎●○○韵●⊙○●○韵②

《考正白香词谱》限于体例，所录仅一体，其中亦以刘过《醉太平》（情高意真）一首为例，并作谱如后：

醉太平　　宋**刘过**改之

情高意真。眉长鬓青。小楼明月调筝。写春风数声。

○○●○韵○○●○韵□○□●○○韵●○○●○韵

思君忆君。魂牵梦萦。翠绡香暖云屏。更那堪酒醒。

○○●○韵○○●○韵□○□●○○韵●○○●○韵③

《唐宋词格律》所录《醉太平》亦仅“定格”一体，其中所标平仄，从符号体例到具体平仄均同于《考正白香词谱》。所异者，《唐宋词格律》为先谱后

① 万树：《词律》，上海古籍出版社，1984年版，第99页。

② 王奕清：《钦定词谱》，中国书店，1983年版，第169—172页。

③ 陈栩、陈小蝶：《考正白香词谱》，上海古籍书店，1981年版，第11页。

词,《考正白香词谱》则词谱合一;再者,《唐宋词格律》在“定格之前”,还有这样一段说明:“双调小令,三十八字,前后片各四平韵。第一、二句第三字,第四句第一及第四字,最好用去声,方能将调激起。结句是上一、下四。”①

通观以上四家有关《醉太平》格律和体式的论述,可谓同中有异。较相近者,如关于《醉太平》的体式,均涉及38字一体,且多数以之为重点进行分析;又如例词方面,所列38字一体,四家中有三家曾引刘过《醉太平》(情高意真)一首为例;尤其是关于《醉太平》38字一体的平仄谱,除了个别地方观点不尽相同之外,其余则基本一致。相异之处,主要有以下几点:一则就《醉太平》的别名而言,《钦定词谱》《考正白香词谱》均提及《醉思凡》和《四字令》两名,此外《钦定词谱》还提及《凌波曲》一种,而另外两书对于此调之别名则均无涉及。二则就《醉太平》的体式而言,《词律》列有38字和45字两种,《钦定词谱》在此基础上又添置46字一体,另外两书限于体例,则均主要论列38字一体而已。三则就38字《醉太平》的平仄谱而言,诸家之间的微小差异,主要集中于此调上下片的前两句,对于这四句,《词律》以为上、下片首句的第一个字可平仄不拘,余则不可通融,《钦定词谱》以为下片前两句的第一个字可平仄不拘,余亦不可通融,而《考正白香词谱》《唐宋词格律》二家则认为这四句均应按例词之实际平仄填制,别无通融之处。四则就38字《醉太平》上下片前两句之第三字,到底是应该严格用去声,还是只要仄声就可以,诸家的观点也颇不一致,对此,《词律》以为只要用仄声便可,《唐宋词格律》以为“最好用去声”,而《钦定词谱》《考正白香词谱》则主张应该严格用去声,两家观点详见下文。五则就38字《醉太平》上下片末句的句法而言,《考正白香词谱》强调“实乃四字句上加一字豆也”,其余诸家则均未有相关提示。

总的来看,古今有关《醉太平》格律和体式的论列,其得之处,主要有以下几点:一是对于此调的别名,已基本囊括无遗;二是已意识到此调为数不多的几种大体类;三是所归纳的平仄谱,除了个别微小的差异,基本可信。结合本文后面的论述,所失则主要有以下几点:一是《钦定词谱》《考正白香词谱》等认为38字《醉太平》上下片前两句第三字必为去声的观点,并不足

① 龙榆生:《唐宋词格律》,上海古籍出版社,1978年版,第10—11页。

据；二是忽略了38字《醉太平》上片前两句的平仄，除了“○○●○”之外，偶尔也会使用其他句式；三是除《考正白香词谱》外，其余三家均未注意到38字《醉太平》上下片末句的句法问题；四是无视38字《醉太平》上下片前两句多使用对仗的特点；五是由于对38字《醉太平》平仄别式和使用对仗等特点的疏忽，诸家尤其是《词律》和《钦定词谱》两家为此调所区分的体式，自然是不全面的；六是《钦定词谱》以无名氏《醉太平》（厌厌闷着）、辛弃疾《醉太平》（态浓意远）两首参校，而欲得出45字《醉太平》的平仄谱，实则前者多有非律之处，不足以比照辛词，所得结论，自然也是不可靠的。

二、《醉太平》相关格律问题辨正

经检《全宋词作者词调索引》一书，可知宋代共有《醉太平》13首，其中38字者11首，如米芾《醉太平》（风炉煮茶）等，46字者2首，即辛弃疾《醉太平》（态浓意远）、无名氏《醉太平》（厌厌闷着），本文用以统计和考察的文本，大抵均源于此，唯无名氏一首，因多不合律，且词风俚俗，三声通押，颇类后来之散曲，暂不予以统计。此外，尚有几处重要的异文，应在这里略作说明。刘过一首上片首句、下片第三句，《全宋词》分别作“情深意真”“翠销香暖云屏”，其中“深”字，《钦定词谱》《考正白香词谱》《唐宋词格律》三书均作“高”，“销”字三书均作“绡”，“云”字《钦定词谱》《唐宋词格律》两书则均作“银”。以上三处异文，于平仄并无变化，于义，作“深”或作“高”，作“云”或作“银”，两可通也，难以遽定何者为是，唯六言一句第二字，似当以“绡”为确。再者，周密《四字令》（眉消睡黄）一首下片首句，《全宋词》作“筝尘半妆”，校之《钦定词谱》所引，可知“妆”实乃“床”之误。此外，辛弃疾一首上片末句，《全宋词》作“鬓云欺翠卷”，下片第二句作“红香径里榆钱满”，其中“欺”字，《钦定词谱》作“攲”，而“红”字则为《钦定词谱》所无，前者似当以“攲”为正，后者应以何者为依，则暂不可知。此首之异文，尚有多处，因无涉及词律重要处，兹不一一列举，详参徐本立《词律拾遗》。以下即以上述文本为依据，就有关《醉太平》的调名、格律、体式等重要问题，略作辨正如次，其中除调名和体式两点仅就所有《醉太平》而论外，其余三点则专为38字《醉太平》一类而设。

首先，就调名而言，《醉太平》又名《醉思凡》，此名始见于孙惟信一词，又

名《四字令》，此名则分见于刘过、李彭老、周密、张炎等人之词中，所谓“四字”者，只是大致言之，因为此调虽以四字为主，但也间有五字、六字等句式。以上两种别名，如前所述，《钦定词谱》《考正白香词谱》二家皆已指出，唯《钦定词谱》又言此调别名《凌波曲》，未知何据，姑且阙疑，以俟将来。

其次，就句法而言，此调上、下片末句所用节奏并非一般五字句的二三节奏，而是一四节奏，如刘过一首上、下片最后一句“写春风数声”“更那堪酒醒”，戴复古一首上、下片最后一句“有黄鹂数声”“悔先行一程”，周密一首上、下片最后一句“听猿啼鸟啼”“问梅花便知”等，均是如此。此点，如前所述，诸家中唯《考正白香词谱》曾加以揭示，其余三家，仅《词律》在其所列《醉太平》首体词谱后曾云“各谱注‘有’‘悔’二字可用平声，谬”，似亦有所关注，可为《考正白香词谱》之先声。

再次，就对仗而言，此调上下片前两句往往多用对仗，如前所言，诸家对此均未措意。其中仅上片前两句对仗的，如刘过《醉太平》（情深意真）“情深意真。眉长鬓青”、张炎《四字令》（莺吟翠屏）“莺吟翠屏。帘吹絮云”等；仅下片前两句对仗的，如孙惟信《醉思凡》（吹箫跨鸾）“衣宽带宽。千山万山”①、戴复古《醉太平》（长亭短亭）“芙蓉秀茵。江山画屏”等；上下片前两句均对仗的最多，如米芾《醉太平》（风炉煮茶）“风炉煮茶。霜刀剖瓜”“高梳髻鸦。浓妆脸霞”、李彭老《四字令》（兰汤晚凉）“兰汤晚凉。鸾钗半妆”“罗纨素珰。冰壶露床”等。不仅如此，《醉太平》有些对仗句，还兼有叠字、叠韵的特点，如周密《四字令》（残月半篱）“残月半篱。残雪半枝”，“残”“半”均为叠字；王梦应《醉太平》（寒窗月晴）“寒窗月晴。寒梢露明”，“寒”为叠字；又如颜奎《醉太平》（茶边水经）“茶边水经。琴边鹤经”“小冠晋人。小车洛人”，其中“边”“小”等均为叠字，“经”“人”等均为叠韵。

第四，就平仄而言，可论者，主要有四。一是关于《醉太平》上下片各两句四言的平仄，通过对宋代所有《醉太平》的考察，可知，此调之四言句，平仄绝大多数均作“○○●○”，如刘过“情深意真”“眉长鬓青”“思君忆君”“魂牵梦萦”等，无一不是如此。唯一的例外只有颜奎一首下片中的两句，即“小

---

① 如以现代汉语语法视之，“宽”与“山”似不能相对，然在古人此两句中似亦无不可。

冠晋人”“小车洛人”两句中的首字“小”为仄声，而非一般的平声。这也就是《钦定词谱》对于此体平仄谱的标示，独在下片两四言的首字予以通融的原因。至于《词律》为何将上下片首句的第一个字标为可平可仄，就目前的证据来看，就无从得知了。不但以上四句四言的用声颇具特点，此调末句之五言的后四字，所用的平仄也一例为“○○●○”。鉴于《醉太平》上述数句的用声确实较严，窃以为它们的平仄或宜统一标识为“○○●○”。这一点，我们的意见略同于《考正白香词谱》和《唐宋词格律》，但宜在相关各句下加以说明：其中首字个别也有用仄声的。二是此四句的第三字是否必用去声的问题。对此，《词律》以为只要使用仄声便可，而无论其上、去、入三声。主张此处必用去声的，最早的似源于《钦定词谱》，书中云“宋沈伯时《乐府指迷》论词中有用去声字者，不可以别声替，盖调贵抑扬，去声字取其激越也。如此调前后段起二句第三字，孙惟信词‘吹箫跨鸾’‘香销夜阑’‘衣宽带宽’‘千山万山’，周密词‘眉消睡黄’‘春凝泪妆’‘筝尘半床’‘绡痕半方’，俱用去声。此词前段‘意’字‘鬓’字俱去声，后段‘忆’字入声，‘梦’字去声。按《中原雅音》，‘忆’字作‘意’字读，亦去声也”。此后，《考正白香词谱》亦持此说，乃至于指斥戴复古之作“第三字皆用上声实不足法”。窃以为以上两家的看法均不确，《醉太平》上下片起二句之第三字，宋人虽多用去声，但亦不避上声与入声，其用上声者，除戴复古“长亭短亭”“春风酒醒”二例外，又如米芾《醉太平》（风炉煮茶）“风炉煮茶”“霜刀剖瓜”“浓妆脸霞”、李彭老《四字令》（兰汤晚凉）“兰汤晚凉”、颜奎《醉太平》（茶边水经）“茶边水经”、周密《四字令》（残月半篱）“无诗有诗”、王梦应《醉太平》（寒窗月晴）“蒸溪酒春”等，均是明证。其用入声者，除刘过《四字令》“思君忆君”一例外，则又有徐梦龙《醉太平》（冰肌玉容）“冰肌玉容”、颜奎《醉太平》（茶边水经）“琴边鹤经”“小车洛人”、王梦应《醉太平》（寒窗月晴）“寒窗月晴”等，亦足为明证。总之，以上两家关于此调上下片前两句第三字必用去声的观点绝不可信，即使穿凿捏造“忆”读如“意”这种本不合于宋代实际情况的事实，也改变不了这一客观情形。三是上述四句的平仄绝大多数虽为“○○●○”，但偶尔也有使用别式“○●●○”的，如周密《四字令》（残月半篱）“残月半篱”“残雪半枝”等。此点为诸家所未及。四是刘过《四字令》（情深意真）下片末句“更那堪酒醒”中“那”的平仄乃平声，而非仄声，《钦定词谱》将之标为

仄声显然不妥，其余两家则未误。

最后，就体式而言，古今所列《醉太平》，最多为《钦定词谱》的三体（如不计宋以后一首，则为两体），其次为《词律》的两体，《考正白香词谱》《唐宋词格律》则仅各一体，而据本章后面的考察，《醉太平》一调实可分为六体。

三、《醉太平》的体式

就两宋现存12首[①]《醉太平》来看，此调可大致分为38字和46字两大类。其中46字者，因仅有稼轩1首，故只有一体。38字者，因其某句所用平仄句式的差异，可先分为两小类。其中第一小类上片前两句之四言所使用的平仄为“○●●○”，因为此种情形仅有1首，故也只能有一体。第二小类上片前两句之四言所使用的平仄则为“○○●○”，此小类又因其上、下片前两句是否使用对仗且其使用对仗的位置和数量，又可分为四体。综上，共可得《醉太平》词调六体。以下依次加以论列。

首先，为38字，上片前两句四言所使用的平仄为“○●●○”者，且上、下片末句五字句为一四句法，其格律并例词如下：

醉太平（全第一式，共1首。上片前两句对仗，且不避同字对）

○●●○韵○●●○韵◎○⊙●○○韵●○○●○韵

○○●○韵○○●○韵◎○⊙●○○韵●○○●○韵

四字令　　周密

残月半篱。残雪半枝。孤吟自款柴扉。听猿啼鸟啼。

人归未归。无诗有诗。水边伫立多时。问梅花便知。

其次，为38字，上片前两句四言所使用的平仄为“○○●○”者，且上下片末句五字句亦为一四句法。此类因为对仗的关系，又可分为四体。一是上、下片前两句均不对仗者，其格律并例词如后：

---

① 不计无名氏《醉太平》（厌厌闷着）一首。

醉太平(全第二式,共1首。上、下片前两句均不对仗)

○○●○韵○○●○韵◎○⊙●○○韵●○○●○韵

○○●○韵○○●○韵◎○⊙●○○韵●○○●○韵

醉太平　　徐梦龙

冰肌玉容。情真意浓。小楼几度春风。醉琉璃酒钟。

关山万重。何时又逢。思量雨迹云踪。似襄王梦中。

二是仅上片前两句四言对仗,其格律并例词如下:

醉太平(全第三式,共2首。上片前两句对仗)

○○●○韵○○●○韵◎○⊙●○○韵●○○●○韵

○○●○韵○○●○韵◎○⊙●○○韵●○○●○韵

四字令　　刘过

情深意真。眉长鬓青。小楼明月调筝。写春风数声。

思君忆君。魂牵梦萦。翠销香暖云屏。更那堪酒醒。

三是仅下片前两句四言对仗,其格律并例词如下:

醉太平(全第四式,共2首①。下片前两句对仗)

○○●○韵○○●○韵◎○⊙●○○韵●○○●○韵

○○●○韵○○●○韵◎○⊙●○○韵●○○●○韵

醉太平　　戴复古

长亭短亭。春风酒醒。无端惹起离情。有黄鹂数声。

芙蓉绣茵。江山画屏。梦中昨夜分明。悔先行一程。

---

① 另一首孙惟信《醉思凡》(吹箫跨鸾)下片前两句"衣宽带宽。千山万山"。"宽"字以现代汉语语法视之,与表名词之"山"似难相对,然在古人看来,或未必不可也。

四是上、下片前两句四言均对仗，其格律并例词如下：

醉太平(全第五式，共5首。上下片前两句均对仗)

○○●○韵○○●○韵◎○⊙●○○韵●○○●○韵

○○●○韵○○●○韵◎○⊙●○○韵●○○●○韵

醉太平　　米芾

风炉煮茶。霜刀剖瓜。暗香微透窗纱。是池中藕花。

高梳髻鸦。浓妆脸霞。玉尖弹动琵琶。问香醪饮么。

最后，为46字一体者，此体因仅有辛弃疾1首，暂无他首可参校，格律又颇不同于38字者，其平仄姑以一般词律断之。值得注意的是，此体上下片末句五字句均为常见的二三句法，与前此之一四句法不同，其格律并例词如下：

醉太平(全第六式，共1首。上片前两句对仗)

◎○⊙●韵◎○⊙●韵◎○⊙●◎○●韵⊙○○●●韵

◎○⊙●○○●韵◎○⊙●○○●韵⊙●◎○●○●韵⊙○○●●韵

醉太平　　辛弃疾

态浓意远。眉颦笑浅。薄罗衣窄絮风软。鬓云欺翠卷。

南园花树春光暖。红香径里榆钱满。欲上秋千又惊懒。且归休怕晚。

四、小结

综上所述，古今学者有关《醉太平》格律和体式的论列，实多有疏误。就调名而言，《醉太平》又名《醉思凡》《四字令》，《钦定词谱》所谓《凌波曲》，目前来看，似无实证，有待进一步核实。38字《醉太平》，就句法而言，末句为一四句法，平仄为"●○○●○"，此等与寻常五言二三句法及其平仄均有明显的差异；就对仗而言，其上、下片前两句往往以对仗句出之。就平仄而言，其上下片前两句平仄当标为"○○●○"，同时宜加如下注释：此句偶尔也有使用平仄"●○●○"，即颜奎之"小冠晋人""小车洛人"等。另外，此四句的第三字任用仄声即可，大可不必局限于去声。就体式而言，此调至少当有六体，而非如《词律》《钦定词谱》以为的两体。

如果以主流的38字体为例，《醉太平》的词谱，可大致标举并说明如下。

醉太平 又名醉思凡、四字令，双调三十八字，上下片各四句四平韵

○○●○韵○○●○韵◎○⊙●○○韵●○○●○韵

○○●○韵○○●○韵◎○⊙●○○韵●○○●○韵

说明：

1. 上列为38字者，宋代尚有46字者一种，见于辛弃疾。

2. 下片前两句的平仄，偶尔也用"●○●○"，见于颜奎词中，宜尽量规避。又，上片前两句偶尔也用别式"○●●○"，亦应尽量避免。

3. 前四句之第三字，用仄声即可，不必如《钦定词谱》等所主张的必用去声。

4. 上下片前两句多用对仗，且末句为一四句法。

第四章

《昭君怨》格律与体式辨正

《昭君怨》是宋代著名词调之一，词人如苏轼、朱敦儒、陆游、杨万里、刘克庄、辛弃疾、蒋捷等，名篇如苏轼《昭君怨》（谁作桓伊三弄）、万俟咏《昭君怨》（春到南楼雪尽）、杨万里《昭君怨》（午梦扁舟花底）、辛弃疾《昭君怨》（长记潇湘秋晚）等，均是明证。古今有关《昭君怨》格律和体式的论列，疏漏良多，本章拟以今存宋代所有《昭君怨》词为考察对象，试图制定出一个较为真实可靠的《昭君怨》词谱。

一、古今有关《昭君怨》格律的探讨和得失

《昭君怨》一调，始于宋代，双调，上、下片各四句，以用四韵者为主，平仄交替，先仄后平，常见者为40字，古今著名词谱对其均有著录，这些词谱有清代万树《词律》、王奕清《钦定词谱》、陈栩和陈小蝶《考正白香词谱》、今人龙榆生《唐宋词格律》等。以下就这几种著作有关《昭君怨》的论列，略作评述，并兼其得失。

《词律》曾以万俟咏词为例，为《昭君怨》作谱如下：

昭君怨四十字，又名一痕沙、宴西园　**万俟雅言**[1]

春到南楼雪尽韵（春可仄，南可仄，雪可平）　惊动灯期花信叶（惊可仄，灯可仄，花可仄）　小雨一番寒换平（小可平）　倚阑干叶平

莫把阑干频倚三换仄（莫可平，阑可仄，频可仄）一望几重烟水叶三仄（一可平，几可平，烟可仄）何处是京华四换平（何可仄）暮云遮叶四平[2]

《词律》以后，《钦定词谱》以万俟咏《昭君怨》（春到南楼雪尽）、蔡伸《昭君怨》（一曲云和松响）、周紫芝《昭君怨》（满院融融花气）三词为例，分别列有三体，而以万作为正格[3]；《考正白香词谱》亦以万俟咏《昭君怨》（春到南楼雪尽）一首为例，对词谱进行了勾勒[4]；《唐宋词格律》先谱后词，所例同样为万俟咏《昭君怨》（春到南楼雪尽），此外另有杨万里《昭君怨》（午梦扁舟花底）一首[5]。总的来看，各家有关《昭君怨》词谱的说明，基本相同，其一致处有如下几点：第一，除《钦定词谱》外，其他三家均仅列一体；第二，所列均有 40 字一种；第三，所列 40 字一体，均为双调，上、下片各四句，四用韵，平仄递转，先仄后平；第四，所标平仄基本相同，以上片为例，其中平仄大抵均为"⊙●◎○⊙●。⊙●◎○⊙●。◎●●○○。●○○"，下片准此。

所异者，主要有以下几点：

第一，就词调名称而言，《词律》云《昭君怨》又名《一痕沙》《宴西园》，《钦定词谱》云"朱敦儒词咏洛妃，名《洛妃怨》。侯寘词名《宴西园》"，此后《考正白香词谱》《唐宋词格律》皆袭《词律》之说。

第二，就体式言，《词律》《考正白香词谱》《唐宋词格律》三书均仅录 40 字一体，而《钦定词谱》则列有三体，已如前引。

第三，就用韵言，《词律》云《昭君怨》"凡用四韵"，《考正白香词谱》承之，而《钦定词谱》以为"四换韵"，《唐宋词格律》表述与之同。

---

① 万俟咏，字雅言。

② 万树：《词律》，上海古籍出版社，1984 年版，第 102 页。

③ 王奕清：《钦定词谱》，中国书店，1983 年版，第 215—218 页。

④ 陈栩、陈小蝶：《考正白香词谱》，上海古籍书店，1981 年版，第 14—15 页。

⑤ 龙榆生：《唐宋词格律》，上海古籍出版社，1978 年版，第 158—159 页。

第四，就例词言，《词律》《考正白香词谱》《唐宋词格律》均以万俟咏《昭君怨》（春到南楼雪尽）一首为例，其中下片第一句为“莫把阑干频倚”，《钦定词谱》亦以上述万作一首为例，且下片第一句亦与三书同。不过，《钦定词谱》对此句的原文是有所怀疑的，而说“按坊本后段第一句或作‘莫把阑干倚’，疑‘频’字乃后人增入”。

结合本文下面的考察来看，古今各家有关《昭君怨》词谱的探讨，所得有以下几点：一是基本包举了此调的各种别称；二是指明了《昭君怨》最重要的一体，为双调上下片各四句，四十字，用四韵；三是为此体所归纳的平仄句式，基本可信；四是各家中，以《钦定词谱》所列举的体式，较为全面，有三体，已涉及此调最重要的几种体式。所失有以下几点：一是表述不够准确，如《钦定词谱》《唐宋词格律》“四换韵”之说，《钦定词谱》以为下片首句为五言的《昭君怨》仅蔡伸一首等；二是所列《昭君怨》体式不够完备，各家所列最多为《钦定词谱》的三体，但此调实有十五体；三是对《昭君怨》的用韵和句法考察不够全面，此调除三换韵外，另还有隔押同一韵部和叠韵等特点；四是对《昭君怨》叠字和顶真方面的特点，有所忽视。以下详说之。

二、《昭君怨》相关格律问题辨正

经检《全宋词》，今存宋代《昭君怨》共计 33 首，其中辛弃疾、张镃、刘克庄三人存词较多，每人各有 3 首。以下即拟以这 33 首为考察对象，就古今有关《昭君怨》的几个重要格律问题，略作辨正和补充。

第一，《昭君怨》又名《洛妃怨》，见于朱敦儒《洛妃怨》（拾翠当年延伫）一首，《钦定词谱》云此首因咏洛妃而名，甚是。朱氏另有一首，则仍名《昭君怨》。又名《宴西园》，唐圭璋《全宋词》于侯寘《昭君怨》（晴日烘香花睡）一首下注云“亦名宴西园”，盖为游宴西园之作。另，如上所引，《词律》等三书皆云，此调一名《一痕沙》，不知何据，俟考。就现存宋词来看，有关《昭君怨》的别名，《钦定词谱》的看法较为审慎、可取。

第二，万俟咏《昭君怨》（春到南楼雪尽）一首，据今人著录，其中下片第一句当作“莫把阑干倚”，万俟氏另有《昭君怨》一首，下片第一句作“谩记阳关句”，亦为五言，正可与此相互印证。由此可见，《钦定词谱》之怀疑，并非空穴来风。

第三,《昭君怨》无论哪一体,均为四用韵、三换韵,《钦定词谱》《唐宋词格律》表述为"四换韵",并不准确。所谓"换"者,当然是前已有之,后有所改变,才宜称"换"。

第四,经考,《昭君怨》共有十五体,详见本文第三部分,而古今各家所列,多仅一体,最多的《钦定词谱》也只有三体。此外,《钦定词谱》以为"后段第一句五字"一体,宋词仅见蔡伸一体,无别首可校,亦不确,实则同体裁者,尚有万俟咏《昭君怨》(春到南楼雪尽)、《昭君怨》(一望西山烟雨)两首。

除以上几点,古今有关《昭君怨》词谱的说明,亦时有疏漏,它们主要有如下几点。

第一,《昭君怨》虽多押四个韵部,中有两平声韵部,两仄声韵部,如苏轼《昭君怨》(谁作桓伊三弄)一首"弄""梦""烟""天""去""絮""舟""流"等八个韵字,两两分别押了词韵第十一部仄声、第七部平声、第四部仄声、第十二部平声等四部①。但也有只押三个韵部的,如赵长卿《昭君怨》(隔叶乳鸦声软)上、下片前两句之"软""转""眼""限",所押韵部均为词韵第七部仄声,而上、下片后两句之"肢""西""行""情"等,所押韵部则分别为词韵第十二部平声和第十一部平声。还有只押两个韵部的,如陆游《昭君怨》(昼永蝉声庭院)一首上、下片前两句之"院""扇""燕""见"等,所押韵部均为词韵第七部仄声,上、下片后两句"湘""凉""黄""香"等,所押韵部均为词韵第二部平声。

此外,有些《昭君怨》,还有叠韵的特点。如郭应祥《昭君怨》(歌舞籍中第一)上片前两句"歌舞籍中第一。情致人间第一",其中"一"为叠韵,下片前两句"昨夜华严阁下,今夜海棠洞下",其中"下"为叠韵;蒋捷《昭君怨》(担子挑春虽小)上片后两句"卖过巷东家。巷西家",其中"家"为叠韵,下片后两句"问道买梅花。买桃花",其中"花"为叠韵。

第二,与上述叠韵相似,部分《昭君怨》词,还有叠字的特点。如上举郭词上片前两句,叠"第一"两字,下片前两句,叠"夜""下"两字,蒋词上片后两句,叠"巷""家"两字,下片后两句,叠"买""花"两字。又如,张镃《昭君怨》(月在碧虚中住)上片前两句"月在碧虚中住。人向乱荷中去",叠"中"

---

① 本文词韵分部,均依戈载《词林正韵》,上海古籍出版社,1981 年版。

字，下片前两句“云被歌声摇动。酒被诗情掇送”，叠“被”字；郑域《昭君怨》（道是花来春未）上片前两句“道是花来春未。道是雪来香异”，叠“道”“是”“来”三字。

第三，有些《昭君怨》，还有顶真或近乎顶真的特点。根据使用的位置，顶真有用于上片前两句之间的，如侯寘《昭君怨》（晴日烘香花睡）“晴日烘香花睡。花艳浮杯人醉”，辛弃疾《昭君怨》（人面不如花面）“人面不如花面。花到开时重见”，其中“花”字用法均近乎顶真；有用于上片后两句之间的，如刘辰翁《昭君怨》（月出东山之上）“恨我不能琴。有琴心”，其中“琴”字用法近乎顶真；有用于上、下片之间的，如万俟咏《昭君怨》（春到南楼雪尽）“倚阑干。莫把阑干倚”，其中“阑干”用法近乎顶真；有用于下片后两句之间的，如王从叔《昭君怨》（门外春风几度）“莫怪梦难成。梦无凭”，其中“梦”字用法近乎顶真；最常见的是用于下片二、三句之间的，如苏轼《昭君怨》（谁作桓伊三弄）“明日落花飞絮。飞絮送行舟”、朱敦儒《昭君怨》（胧月黄昏亭榭）“往事总成幽怨。幽怨几时休”、《洛妃怨》（拾翠当年延伫）“惆怅幽兰心事。心事永难忘”、程过《昭君怨》（试问愁来何处）“心事只堪肠断。肠断宿孤村”、蔡伸《昭君怨》（一曲云和松响）“夜夜绮窗风雨。风雨伴愁眠”、杨万里《昭君怨》（午梦扁舟花底）“散了真珠还聚。聚作水银窝”，其中“飞絮”“幽怨”“心事”“肠断”“风雨”“聚”等，均为顶真用法。

第四，《昭君怨》下片第一句一般作“⊙●◎○⊙●”，但偶尔也作“◎○⊙●○●”，后者为前者的替代式，例子如程过《昭君怨》（试问愁来何处）“欲看不忍重看”，“看”字有平仄两读，其中第一个“看”字宜视为平声，第二个“看”字宜视为仄声。

三、《昭君怨》的体式

《昭君怨》可分为40字和39字两大类。其中39字者，有三体。40字，又可分为下片前六字句法为二二二和三三两类，第二类有两体，第一类又有两小类，其中第一小类有一体，第二小类又可分为上下片无押同一韵部者和上下片有押同一韵部者两种，其中前者有四体，后者有五体，由此，共得《昭君怨》十五体。以下分别加以论列。

《昭君怨》共有两大类，其中39字者有三体，第一体为上、下片前半押同

一韵部，第二、三体为句中有顶真。其中第二体的顶真位于上、下片之间，第三体的顶真位于下片第二、三句之间。分别如下：

昭君怨（全第一式，1 首）

⊙●◎○⊙●韵⊙●◎○⊙●韵◎●●○○换●○○韵

⊙●○○●同首韵⊙●◎○⊙●韵◎●●○○换●○○韵

昭君怨　　万俟咏

一望西山烟雨。目断心飞何处。天外白云城。几多程。

谩记阳关句。　衣上粉啼痕污。陇水一分流。此生休。

昭君怨（全第二式、全第三式，各 1 首）

⊙●◎○⊙●韵⊙●◎○⊙●韵◎●●○○换●○○韵

⊙●○○●换⊙●◎○⊙●韵◎●●○○换●○○韵

昭君怨　　万俟咏

春到南楼雪尽。惊动灯期花信。小雨一番寒。倚阑干。

莫把阑干倚。一望几重烟水。何处是京华。暮云遮。

昭君怨　　蔡伸

一曲云和松响。多少离愁心上。寂寞掩屏帏。泪沾衣。

最是销魂处。夜夜绮窗风雨。风雨伴愁眠。夜如年。

40 字者，有两类，其中第二类有两体，这两体下片开头均为两三言句，其中第一体为上、下片后半押同一韵部，第二体则无此特点。分列如下：

昭君怨（全第四式，1 首）

⊙●◎○⊙●韵⊙●◎○⊙●韵◎●●○○换●○○韵

○●●换○●●韵⊙●◎○⊙●韵◎●●○○同二韵●○○韵

洛妃怨　　朱敦儒

拾翠当年延伫。解佩感君诚素。微步过南冈。献明珰。
襟上泪。难再会。惆怅幽兰心事。心事永难忘。　寄君王。

昭君怨(全第五式,1首)

⊙●◎○○⊙●韵⊙●◎○○⊙●韵◎●●○○换●○○韵
○●●换○●●韵⊙●◎○○⊙●韵◎●●○○换●○○韵

昭君怨　　周紫芝

满院融融花气。红绣一帘垂地。往事忆年时。只春知。
风又暖。花渐满。人似行云不见。无计奈离情。恶销凝。

第一类又有两小类,均是下片首句为二二二句法,其中第一小类仅有一体,即上片前两句句法为二一二一者,如下:

昭君怨(全第六式,1首)

⊙●◎○○⊙●韵⊙●◎○○⊙●韵◎●●○○换●○○韵
⊙●◎○○⊙●换⊙●◎○○⊙●韵◎●●○○换●○○韵

昭君怨　　刘克庄

一个恰雷州住。一个又廉州去。名姓在金瓯。不如休。
昨日沙堤行马。今日都门飘瓦。君莫上长竿。下来难。

第二小类,又有两种,均是上片前两句句法为二二二。其中第一种复有四体,均为上、下片无押同一韵部者,前两体为无叠韵叠字者,第三体为有叠字者,第四体为有叠韵兼叠字者。前两体依有无顶真,又分为两体。四体分别如下:

昭君怨(全第七式,7首;全第八式,8首;全第九式,2首)

⊙●◎○○⊙●韵⊙●◎○○⊙●韵◎●●○○换●○○韵

⊙●◎○⊙●换⊙●◎○⊙●韵◎●●○○换●○○韵

昭君怨　　辛弃疾

长记潇湘秋晚。歌舞橘洲人散。走马月明中。折芙蓉。
今日西山南浦。画栋珠帘云雨。风景不争多。奈愁何。

昭君怨　　苏轼

谁作桓伊三弄。惊破绿窗幽梦。新月与愁烟。满江天。
欲去又还不去。明日落花飞絮。飞絮送行舟。水东流。

昭君怨　　张镃

月在碧虚中住。人向乱荷中去。花气杂风凉。满船香。
云被歌声摇动。酒被诗情掇送。醉里卧花心。拥红衾。

昭君怨（全第十式，2首）

⊙●◎○⊙●韵⊙●◎○⊙●同字韵◎●●○○换●○○韵
⊙●◎○⊙●换⊙●◎○⊙●同字韵◎●●○○换●○○韵

昭君怨　　郭应祥

歌舞籍中第一。情致人间第一。　年纪不多儿。尽娇痴。
昨夜华严阁下。今夜海棠洞下。　多少别离情。泪盈盈。

第二种复有五体，均为上、下片有押同一韵部者。其中第一体为上、下片前半押同一韵部，第二、三体为上、下片后半押同一韵部，因其中有无顶真，又分为两体，后一体且有下片首句平仄易为“◎○⊙●○●”的特点。第四、五体为上、下片前、后半各押同一韵部，因其中有无叠韵，又分为两体。五体分别排比如下：

昭君怨（全第十一式，4首）

⊙●◎○⊙●韵⊙●◎○⊙●韵◎●●○○换●○○韵

⊙●◎○⊙●同首韵⊙●◎○⊙●韵◎●●○○换●○○韵

昭君怨　　刘光祖

人在醉乡居住。记得旧曾来去。疏雨听芭蕉。梦魂遥。
惆怅柳烟何处。　目送落霞江浦。明夜月当楼。照人愁。

昭君怨(全第十二式,1 首;全第十三式,1 首)

⊙●◎○⊙●韵⊙●◎○⊙●韵◎●●○○换●○○韵
⊙●◎○⊙●换⊙●◎○⊙●韵◎●●○○同二韵●○○韵

昭君怨　　刘克庄

后土宫中标韵。天上人间一本。道号玉真妃。字琼姬。
我与花曾半面。流落天涯重见。莫把玉箫吹。　怕惊飞。

昭君怨(全第十三式,1 首)

⊙●◎○⊙●韵⊙●◎○⊙●韵◎●●○○换●○○韵
◎○⊙●○●换⊙●◎○⊙●韵◎●●○○同二韵●○○韵

昭君怨　　程过

试问愁来何处。门外山无重数。芳草不知人。翠连云。
欲看不忍重看。心事只堪肠断。肠断宿孤村。　雨昏昏。

昭君怨(全第十四式,1 首;全第十五式,1 首)

⊙●◎○⊙●韵⊙●◎○⊙●韵◎●●○○换●○○韵
⊙●◎○⊙●同首韵⊙●◎○⊙●韵◎●●○○同二韵●○○韵

昭君怨　　陆游

昼永蝉声庭院。人倦懒摇团扇。小景写潇湘。自生凉。
帘外蹴花双燕。　帘下有人同见。宝篆拆官黄。　炷熏香。

昭君怨　　蒋捷

担子挑春虽小。白白红红都好。卖过巷东家。巷西家。

帘外一声声叫。　帘里鸦鬟入报。问道买梅花。　买桃花。

四、小结

综上所述，古今有关《昭君怨》词谱的论列，疏漏不少。就体式言，《昭君怨》的体式当有十五体，而诸家所列多为一体，最多的也只有三体。就别称、用韵的某些特点言，有几家的表述则不够准确。就叠字、顶真和用韵的另外一些特点言，各家则多有遗漏、忽视。

大致言之，《昭君怨》的词谱，可排列并说明如后：

昭君怨双调四十字，上下片各四句，凡四用韵，两两一转。

⊙●◎○⊙●韵⊙●◎○⊙●韵◎●●○○换●○○韵

⊙●◎○⊙●换⊙●◎○⊙●韵◎●●○○换●○○韵

说明：

1. 四十字体之外，偶亦有39字一体，即下片首句减为五言，如此，平仄则为“⊙●○○●”。

2. 下片前六字，偶亦有析为两句三言者，如此，平仄、用韵则为“○●●换○●●韵”。

3. 上片前两句句法，刘克庄“一个恰雷州住。一个又廉州去”作“二一二一”，实非常格，宜尽力避免。

4. 押韵方面，或同韵，或叠韵。

5. 此外，全篇各处，间有叠字和顶真等特点。

6. 下片首句平仄，偶亦有作“◎○⊙●○●”。

第五章

《锦帐春》格律与体式辨正

《锦帐春》词调，今可见者，最早的是丘密《锦帐春》（翠竹如屏）和辛弃疾《锦账春》（春色难留），两位词人年纪相差无多，因此谁为创调之作，抑或别有祖本，根据目前的材料，恐均难有定论。此调终宋之世，虽只有区区 4 首，但即使仅有稼轩 1 首，亦足以名世。明清以来，关于《锦帐春》的格律和体式虽陆续有所探讨，但完全可信的不多，尤其是平仄方面，兹特撰一章，以发其覆。

一、古今有关《锦帐春》格律的探讨和得失

关于《锦帐春》的格律与体式，古今重要词谱如万树《词律》、王奕清《钦定词谱》、谢桃坊《唐宋词谱校正》等，均有所涉及。唯清代流行较广的《白香词谱》和近人龙榆生所著《唐宋词格律》，因选调有限，故未能采录。以下即以上列三书所载《锦帐春》词谱为准，略作引述，并兼及其得失。

《词律》所录《锦帐春》共有两体，首体以戴复古《锦帐春》（处处逢花）一首为例，一一标出平仄和句韵；次体以辛弃疾《锦帐春》（春色难留）一首为例，仅标出句韵，而未及平仄。此外，被万树误收入《锦堂春》的程珌《锦帐春》（最是原来）一首，实亦为《锦帐春》，此点前人已有指出者，如徐本立《词律拾遗》云："前卷五有程珌《锦堂春》词五十九字，实即此调，因落一字，又误

以‘帐’字作‘堂’字，遂附于锦堂春后。”①兹谨录《词律》所收《锦帐春》首体词谱如下：

锦帐春五十六字　　**戴复古**

处(可平)处逢花句家(可仄)家插(可平)柳韵正寒(可仄)食豆清(可仄)明时候叶奉板(可平)舆行(可仄)乐句使星随后叶人(可仄)间稀有叶

出(可平)郭寻仙句绣(可平)衣春(可仄)昼叶马上(可平)列豆两(可平)行红袖叶对韶(可仄)华一(可平)笑句劝国(作平)夫酒叶百(可平)千长寿叶

万树在此体之后，另有注明说“‘国夫’字难解，此为陈提举奉母夫人游庵而作，‘国夫’或谓封某国夫人也”。

《钦定词谱》所录《锦帐春》共有四体，其中除首体以辛弃疾《锦帐春》（春色难留）一首为例，一一标出各句平仄可通等处外，其余三体则分别以程珌、戴复古、丘密等三首为例，一概标出实际平仄，而于其可通之处则付之阙如。兹谨录其第一体之词谱如下：

锦帐春双调六十字，前段七句四仄韵，后段七句五仄韵　　**辛弃疾**

春色难留，酒杯常浅。把旧恨新愁相间。五更风，千里梦，看飞红几片。这般庭院。

◎●○○句⊙○◎●韵●⊙●○○◎●韵●○○句○●●句●◎○⊙●韵⊙○○●韵

几许风流，几般娇懒。问相见何如不见。燕飞忙，莺语乱。恨重帘不卷。翠屏平远。

●●○○句●○○●韵●◎●◎○⊙●韵●○○句○●●韵●◎○⊙●韵⊙○◎●韵

书中在此体后加说明“此调以辛词、程词为正体，若戴词、丘词之减字，

① 万树：《词律》，上海古籍出版社，1984 年版，第 208—209 页。

皆变体也。但宋词只此四首，故此词可平可仄即参后列三词。”①

《唐宋词谱校正》所录《锦帐春》仅一体，而以辛词为例，作谱如下：

锦帐春 双调，六十字。前段七句，四仄韵；后段七句，五仄韵。　　**辛弃疾**

春色难留，酒杯常浅。把旧恨、新愁相间。五更风，千里梦，

□●○○句□○□●韵●□●读○○□●韵●○○句○●●句

看飞红几片。这般庭院。

○□○□●韵□○○●韵

几许风流，几般娇懒。问相见、何如不见。燕飞忙，莺语乱。

●●○○句●○○●韵●□●读□○□●韵●○○句○●●韵

恨重帘不卷。翠屏平远。

●□○□●韵□○○●韵②

纵观以上三家有关《锦帐春》一调格律的说明，共同点不多，大致说来，有以下两点：其一，诸家所列均有辛弃疾一体，这主要与辛词的词史地位崇高、成就巨大，易引人关注有关；其二，《钦定词谱》和《唐宋词谱校正》两书关于辛弃疾一体的平仄标识，除了上片第六句，前者以为平仄为“●◎○⊙●”，后者以为平仄为“○□○□●”，以及《钦定词谱》在上、下片第三句的第三字并未加读，而《唐宋词谱校正》则添之这两方面稍有不同之外，其余则基本全同。三家的相异之处，约略说来，有以下几点：一是体式方面，《词律》所录《锦帐春》共有两体，即使算上被万树误收到《锦堂春》的一体，也只有三体。继《词律》而起的《钦定词谱》，所收《锦帐春》共有四体，相较而言，最为齐备。《唐宋词谱校正》虽然成书于当今，远晚于前两书，但所录只有一体，体式周全方面，已然不如古人，即使其在谱后有“此调存三词，三词句式及字数略异”云云，也难免有图简便之嫌。二是句读方面，《词律》所录数体的第三句，均于第三字处加读，《唐宋词谱校正》所录一体，亦是如此，唯《钦定词谱》所录四体辛词、戴词多不加读，一气贯之，程词、丘词则于第三句第三字处加读。三是用韵方面，就辛弃疾一种体式而言，《词律》认为词中下片第五

① 王奕清：《钦定词谱》，中国书店，1983 年版，第 893—896 页。

② 谢桃坊：《唐宋词谱校正》，上海古籍出版社，2012 年版，第 206 页。

句"莺语乱"的"乱"字押韵是"偶合",并非"叶韵"[①],对于此点,其余两家则一致认为此处须押韵,已如前列。四是平仄方面,仅就《钦定词谱》与《唐宋词谱校正》两书而言,其相同处多,相异处少,前已论及。倘将此两书的平仄标识与《词律》作一番比较,则可见出它们之间的差距还是比较大的。比如,《词律》认为此调上下片第三句的平仄,其中第四字可以平仄不拘,第六字宜平,而其余两书的观点则相反。又如,《词律》认为下片前两句的平仄为"◎●○○,⊙○◎●",而另两书则认为此两句的平仄必为"●●○○,●○○●",也就是说,前句的首字不能不拘,第二句的第一字和第三字也不能不拘。

结合本文后面的研究,总的来看,以上三家关于《锦帐春》格律和体式的说明,《钦定词谱》显然要更胜一筹,但是不可避免的是,该书也或多或少地存在着一些问题。比如,该书认为此调应该以辛词、程词为正体,其实并无根据。又如,和另两书的做法不一样,该书并未在上、下片第三句的第三字之后加读,这是较为可取的,但也应该对此句不同于寻常七言句的句法略作说明。此外,对于书中前三体上、下片倒数第二句之五字句的句法,也应该有所交代,因为此处并不是寻常所见的二三句法。再如,该书所列后三体的平仄谱,只是按各词实际平仄标出,而未能考出其可平可仄之处,诸如此类,也难示人以金针,当然,这一点是此书的体例缺陷,并不局限于《锦帐春》一调。最后,仅就其详考平仄的首体而言,其所示平仄,也仍有许多不妥之处,详见本章下一部分。

二、《锦帐春》相关格律问题辨正

经检《全唐五代词》《全宋词》二书相关索引,前者不见《锦帐春》一调,可见,此调乃源于宋人,后者共有《锦帐春》4 首,其中丘崈、辛弃疾和戴复古 3 首置于《锦帐春》一调下,另 1 首,即程珌《锦帐春》一首则被误题并置于

---

① 万树:《词律》,上海古籍出版社,1984 年版,第 209 页。

《锦堂春》一调中,《锦帐春》与《锦堂春》实为两调,不宜混淆。[①] 关于这4首词,其中戴、程2首,文本时有差异,有必要在这里交代一下。戴复古一首,上片第五句,《全宋词》作"使星随后",《词律》同之,而《钦定词谱》则于句前添一"是"字,两种版本,孰为正本,暂难确定;下片第五句,《全宋词》作"劝国夫人酒",《钦定词谱》同之,《词律》则少一"人"字而作"劝国夫酒",戴氏此词题为"淮东陈提举清明奉母夫人游徐仙翁庵","国夫"云云,与文义未合。以上两处,本文在考订格律时,姑依《全宋词》。程珌一首,前三句《全宋词》作"最是元来,苦无风雨。只恁匆匆归去",《钦定词谱》据《花草粹编》则作"最是春来,苦兼风雨。但只恁匆匆归去",徐本立《词律拾遗》于《词律》此首之后亦云"《历代诗余》首句'最是原来','原'作'春',第三句'只恁'上有'但'字,宜遵之改补",后两种意见甚确,而尤以《钦定词谱》所据最为优胜,不但文贴理通,且格式亦有所本。

通读古今诸家有关《锦帐春》的格律说明,其可辨之处,主要有以下几个方面:

一是,关于《锦帐春》上、下片第三句是否加读的问题。对此,《词律》和《唐宋词谱校正》均主张在第三字之后加豆或读,而《钦定词谱》有的加读,有的不加读,而是七字连贯而下。笔者比较赞同《钦定词谱》后一种做法,但应该略加注明,因为此句之句法与寻常七言之二二三节奏确有不同。为什么我们不支持在第三字之后加读呢?原因很简单,四家词中,诸如"小池面危桥一跨""马上列两行红袖"两句,固然宜在第三字略加停顿,但其他六句"正

---

① 程珌《锦帐春》被误为《锦堂春》者,最早可追溯至汲古阁所刻程氏之词,降至万树《词律》,该书卷五也将此首作为《锦堂春》之一体误列其中,并认为其格律与前面所论之真正的《锦堂春》相去甚远,犹如"径庭"之别。对于以上误解,早在王奕清等人的《钦定词谱》就有所纠正,而以为"汲古阁本此词误刻《锦堂春》,《词律》犹沿其误,类列《锦堂春》后,今从《花草粹编》校正"。此外,清人徐本立《词律拾遗》针对万氏之误,亦有补正:"按此词既增'但'字,则与卷八所列辛稼轩《锦帐春》词,字句皆同,盖传钞时以'帐'字误作'堂',故列于此,应附卷八锦帐春后。"可惜的是,唐圭璋所编《全宋词》并未注意到以上情况,而是仍将程珌《锦帐春》误为《锦堂春》,如果说唐先生的这种失误是由于该编体大文繁,难以一一顾全的话,那谢桃坊先生《唐宋词谱校正》在考辨词体时,反而认为"《词谱》以程珌《锦堂春》列为《锦帐春》别体之一,亦误,盖此两调体制颇异,且调名不同",则殊令人费解。其实,只要稍加对比,即可知程珌之作乃《锦帐春》,而绝非《锦堂春》。

雪意垂垂欲下”“把旧恨新愁相间”“问相见何如不见”“政寒食清明时候”“但只恁匆匆归去”“却不解留春且住”，则未必要在第三字后歇脚，反而是以一六节奏的读法读之为佳。如此，《词律》和《唐宋词谱校正》两家的做法，则难免有挂一漏万的嫌疑。此外，此调上下片第四句如果为五字句（戴体下片第五句也有一处如此），其句式则一例为一四句法，与一般五言的二三节奏不一样，这一点在制定词谱时，也应该有所说明。

二是，《词律》认为辛弃疾体下片第五句“莺语乱”，“乱”字叶韵是偶然巧合，此一观点，前面已有所介绍。此外，万树还认为程珌体下片第五句“留得住”，“住”字“不必叶韵”①，此观点与其上面的主张几乎如出一辙。关于这两处的格律问题，《钦定词谱》则均以入韵视之。哪一种观点更为通达呢？古人填词时，于字数、用韵、平仄方面往往略有小异，这本是一种正常现象，不能把一切不合常规的情况，都视为巧合。一则如果将辛、程两首词的押韵情况联系起来看，它们正好都证明了，下片第五句的押韵并不都是偶然，而是有意为之，这种现象有两首词可以同时为证，并非孤例。二则，程氏这首，不但下片第五句押韵不甚合于此调之常规，其上片第六句“恨秦淮新涨”，“涨”字不入韵，也不合于一般的情形，可见，所谓“常规”，并不是决不可违背。综上，我们比较赞成《钦定词谱》的做法。

三是，古今诸家在制定词律、词谱时，往往忽略了其中的对仗要素。就本调而言，无论何体，其上下片的前两句就时以对仗出之，如丘密《锦帐春》（翠竹如屏）上片前两句“翠竹如屏，浅山如画”、辛弃疾《锦帐春》（春色难留）上、下片各前两句“春色难留，酒杯常浅”“几许风流，几般娇懒”、戴复古《锦帐春》（处处逢花）上片前两句“处处逢花，家家插柳”等，均为对仗句。其中丘、辛之作，甚至不避同字对，如丘作上下句相同位置均有“如”字，辛作上下句相同位置均有“几”字。此外，60 字体者的两个三言句，也时以对仗出之，如辛弃疾一首上下片各两句“五更风，千里梦”“燕飞忙，莺语乱”，就都是很工整的对仗。

四是，古今人在制定词谱时，对于同调同种平仄句式的互校，乃至不同词调同种平仄句式的互校，往往有所不知，因此得出了一些不符合词律本质

---

① 万树：《词律》，上海古籍出版社，1984 年版，第 142 页。

的结论。这种只见树木、不见森林的毛病，实乃是历来词谱不尽可信的最大原因之一。就《锦帐春》而论，通过上下片同种句式的互校，上下片首句的平仄均应为“⊙●○○”，而非《钦定词谱》和《唐宋词谱校正》所认为的上片首句作“◎●○○”或“□●○○”，下片首句则作“●●○○”。同样的道理，上下片第二句的平仄均应为“⊙○◎●”，而非《钦定词谱》和《唐宋词谱校正》所认为的上片第二句作“⊙○◎●”或“□○□●”，下片第二句则作“●○○●”。又如，上下片第三句的平仄均应为“●⊙●◎○⊙●”，而非《钦定词谱》和《唐宋词谱校正》所认为的上片第三句作“●⊙●○○◎●”或“●□●○○□●”，下片第三句则作“●◎●◎○⊙●”或“●□●□○□●”。又如，上下片末句的平仄均应为“⊙○◎●”，而非《钦定词谱》和《唐宋词谱校正》所认为的上片末句作“⊙○○●”或“□○○●”，下片末句则作“⊙○◎●”或“□○○●”。以上大致纠正了《钦定词谱》和《唐宋词谱校正》两书所标《锦帐春》平仄的一些失妥之处。《词律》也有这方面的问题，为避烦琐，这里不再一一指正，此调各体的具体平仄谱请参本章第三部分的相关论述。值得一提的是，此调上下片倒数第二句如果为五言的话，其中领字的平仄自应为仄声，此点上一部分曾论及《钦定词谱》和《唐宋词谱校正》的差异，而未下断语，实则当以《钦定词谱》为是。

三、《锦帐春》的体式

《锦帐春》一调渊源于南宋，整个南宋此调的创作数量虽不多，仅有区区4首，但这4首，每首所用的格律并不完全一样。这一点早在清代的《钦定词谱》已有所揭示，可惜的是，《钦定词谱》对于各体的平仄标示，或时有疏忽，或一味偷懒，仅将它们的实际平仄注出，对其变通之处，则一例付之阙如。有鉴于此，我们对4首《锦帐春》进行了详细的参校，并为其作谱如下。

总的来看，《锦帐春》可大致分为56字、57字和60字三大类，其中60字者，又因押韵不同，而分为两体。

首先是56字者，此体为双调，上下片各六句四仄韵，上片前两句四言对仗，其格律并例词如下：

锦帐春（全第一式，1 首。上片前两句对仗，上下片第三句之七言、第四句之五言均为单式句法）

⊙●○○句⊙○◎●韵●⊙●◎○⊙●韵●◎○⊙●句⊙○◎●韵⊙○◎●韵

⊙●○○句⊙○◎●韵●⊙●◎○⊙●韵●◎○⊙●句⊙○◎●韵⊙○◎●韵

锦帐春　　丘崈

翠竹如屏，浅山如画。小池面危桥一跨。著棕亭临水，宛然郊野。竹篱茅舍。

好是天寒，倍添幽雅。正雪意垂垂欲下。更朦胧月影，弄明初夜。梅花动也。[①]

其次是 57 字者，相对于上一体而言，此体仅在下片第五句句首添一领字，余则全同，其格律并例词如下：

锦帐春（全第二式，1 首。上片前两句对仗，上下片第三句之七言、第四句之五言均为单式句法）

⊙●○○句⊙○◎●韵●⊙●◎○⊙●韵●◎○⊙●句⊙○◎●韵⊙○◎●韵

⊙●○○句⊙○◎●韵●⊙●◎○⊙●韵●◎○⊙●句●⊙○◎●韵⊙○◎●韵

锦帐春　　戴复古

处处逢花，家家插柳。政寒食清明时候。奉板舆行乐，使星随

① 此词上下片第三句，唐圭璋《全宋词》均在第三字后加一顿号，揆之文意，实不尽然。若“小池面危桥一跨”者，自宜在第三字后稍作停顿，然如“正雪意垂垂欲下”者，则以一六句法为佳，即于第一字后略作停顿也。因而，本文此处停顿未据唐书，后之三词，情形亦悉如此，不另说明。

后。人间稀有。

出郭寻仙，绣衣春昼。马上列两行红袖。对韶华一笑，劝国夫人酒。百千长寿。

60 字者，可分为两体。相较于上述全第一式而言，第一体则破上下片第四句之五言而为两三言句，并于第五句句首各添一领字，其格律并例词如下：

锦帐春（全第三式，1 首。上下片前两四言句、中间两三言句均对仗，第三句、第六句为单式句法）

⊙●○○句⊙○◎●韵●⊙●◎○⊙●韵●○○句○●●句●⊙○◎●韵⊙○◎●韵

⊙●○○句⊙○◎●韵●⊙●◎○⊙●韵●○○句○●●韵●⊙○◎●韵⊙○◎●韵

锦帐春　辛弃疾

春色难留，酒杯常浅。把旧恨新愁相间。五更风，千里梦，看飞红几片。这般庭院。

几许风流，几般娇懒。问相见何如不见。燕飞忙，莺语乱。恨重帘不卷。翠屏平远。

第二体字数并平仄，悉同于上一体，唯上、下片各少押一韵，且上下片前两四言句，中间两三言句均不对仗，其格律并例词如下：

锦帐春（全第四式，1 首。上下片第三句、第六句为单式句法）

⊙●○○句⊙○◎●韵●⊙●◎○⊙●韵●○○句○●●句●⊙○◎●句⊙○◎●韵

⊙●○○句⊙○◎●韵●⊙●◎○⊙●韵●○○句○●●韵●⊙○◎●句⊙○◎●韵

锦帐春　　程珌

最是春来，苦兼风雨。但只恁匆匆归去。看游丝，都不恨，恨秦淮新涨，向人东注。

醉里仙人，惜春曾赋。却不解留春且住。问何人，留得住。怕小山更有，碧芜春句。①

四、小结

综上所论，古今有关《锦帐春》词律的论列，疏漏不少。就体式而言，以《钦定词谱》所录四体最为齐全，稍早于它的《词律》虽录有三体，但有一体被误作《锦堂春》，远后于它的《唐宋词谱校正》则仅录有一体；就句读而言，此调上下片第三句之七言的节奏，为单式句法，应一气贯串，以不加停顿为宜，但对于这种异于寻常七字句的句法最好有所说明；就用韵而言，辛弃疾体、程珌体等或添一韵，或减一韵，本属古人常见之法，不必如《词律》所以为的是偶然巧合；就对仗而言，此调上下片前两句往往以对仗出之，第四、第五句如果是两句三言，也多如此。就平仄而言，古今诸家往往不明词律相通之理，所归纳的平仄，时有乖谬，此种问题甚多，已俱见于前。

兹以丘密体为例，将《锦帐春》一调的词谱，排比并说明如下：

锦帐春双调五十六字，上下片各六句四仄韵

⊙●○○句⊙○◎●韵●⊙●◎○○⊙●韵●◎○⊙●句⊙○◎●韵⊙○◎●韵

⊙●○○句⊙○◎●韵●⊙●◎○○⊙●韵●◎○⊙●句⊙○◎●韵⊙○◎●韵

说明：

1. 上列为 56 字体，此外尚有 57 字和 60 字两体。60 字一体中，以其用韵不同，又可分为两体。

---

① 文本依《钦定词谱》所录。

2. 其中上下片第三句之句法，为单式句法，以不加句读为宜，以免挂一漏万。倒数第二句或再添一字而为五字句，倘如此，其句法亦为单式句法，且平仄为“●⊙○◎●”。

3. 上下片第四句，或破为两句三言，或在此多加一韵，或不另添韵，倘如此，其平仄则为“●○○，○●●”。

4. 上下片倒数第二句，偶有不押韵者，如程珌之作。

5. 上下片前两句可用对仗，由五言破为两句三言者，亦如此。

第六章

《人月圆》格律与体式辨正

词中《人月圆》一调，始见于宋人王诜，终宋之世，此调创作数量虽不多，但艺术水准并不低。宋以后，《人月圆》又被元曲吸收，成为主要曲调之一，相继产生了一批名家名作，如张可久《人月圆》（东风西子湖边路）、徐再思《人月圆》（江皋楼观前朝寺）、倪瓒《人月圆》（伤心莫问前朝事）等。关于此调的格律和体式，历来论列不少，可惜，全面、准确的归纳实无多。

一、古今有关《人月圆》格律的探讨与得失

《人月圆》的词调特点，常见的为双调，上、下片各二十四字两平韵，上片五句，下片六句。古今重要词谱如清人万树《词律》、王奕清《钦定词谱》、陈栩和陈小蝶《考正白香词谱》、今人龙榆生《唐宋词格律》、谢桃枋《唐宋词谱校正》等，对其均有所著录。以下即就这五部著作的相关论列，略作述评。

《词律》所收《人月圆》共有三体，其中首体以金人吴激之作为例，作谱如下：

人月圆四十八字，又名青衫湿　　**吴激**

南朝千(可仄)古伤心事句还(可仄)唱后庭花韵旧(可平)时王谢句堂前燕子句飞(可仄)向谁家叶

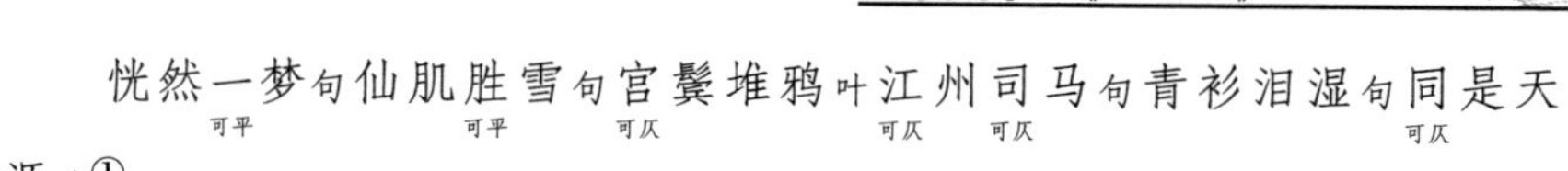
恍然一梦句仙肌胜雪句宫鬓堆鸦叶江州司马句青衫泪湿句同是天涯叶①

第二体以杨无咎《人月圆》(风和日薄馀烟嫩)为例,其中下片后一韵为七、五句式,且末句五言“愿长似今宵”为一四句法。第三体以杨无咎另一首《人月圆》(月华灯影光相射)为例,为仄韵体。稍后,王奕清《钦定词谱》所列《人月圆》亦有三体,其中首体以王诜《人月圆》(小桃枝上春来早)为例,后两体以上举杨无咎两首为例。② 限于体例,两书都只标示了首体的平仄,后两体的平仄则付之阙如。《钦定词谱》之后,《考正白香词谱》《唐宋词格律》《唐宋词谱校正》等,也对《人月圆》的词谱进行了归纳和说明,三者所列都仅一体,其中《考正白香词谱》以吴激一首为例③,后两书则均以王诜一首为例④。

以上各家的相关论列,大致有以下几个共同点:一是都指出了此调的正名和别名,分别为《人月圆》和《青衫湿》。二是均列出了《人月圆》最重要的一体,所举之词有两书以吴激一首为例,为此调中名作,另三书以王诜一首为例,为此调创调。三是所列最重要的一体为平韵体,双调,上片五句,下片六句,四韵。不同之处在于:一是较早的《词律》和《钦定词谱》所列《人月圆》均有三体,较为完备,而后三书都只列了一体。二是《词律》和《钦定词谱》关于第二体与首体区别的说明,不尽相同,《词律》以为第二体仅“末句与前(指首体,笔者按)异”,而《钦定词谱》则以为“惟后段第四五六句,摊破句法,作七字一句,五字一句异”。三是各书关于此调常用体平仄的标示,时有参差,如对上片第四句的标示,《词律》为“○○●●”,《考正白香词谱》《唐宋词格律》同此,《钦定词谱》为“○○⊙●”,《唐宋词谱校正》为“○○□●”,而与《钦定词谱》相近。

结合本章后面的考索,上述古今有关《人月圆》格律和体式的说明,主要

---

① 万树:《词律》,上海古籍出版社,1984年版,第143—144页。

② 王奕清:《钦定词谱》,中国书店,1983年版,第444—446页。

③ 陈栩、陈小蝶:《考正白香词谱》,上海古籍书店,1981年版,第39—40页。

④ 龙榆生:《唐宋词格律》,上海古籍出版社,1978年版,第21—22页。谢桃坊:《唐宋词谱校正》,上海古籍出版社,2012年版,第97—98页。

有以下两点不足:一是体式不够完备,经笔者所考,《人月圆》的体式应该有五体,详见下面论述。二是对于具体平仄的标示,或讹或漏,在在多有,详见本章第二部分。

二、《人月圆》相关格律问题辨正

据《全宋词作者词调索引》一书可知①,今存宋代《人月圆》共有十三首,其中王诜一首与李持正一首除个别字句略有不同外,近乎一样,兹暂计为王诜之作。以下即以这十二首《人月圆》为考察对象,对其中的几个格律问题,略作辨正和补充。

第一,《人月圆》的体式,应有五体,而非《词律》《钦定词谱》罗列的三体,《考正白香词谱》《唐宋词格律》《唐宋词谱校正》罗列的一体。其中既有单调之作,即陈知柔《人月圆》(鬓缘心事随时改),也有双调,如王诜《人月圆》(小桃枝上春来早)。既有平韵体,如赵鼎《人月圆》(连环宝瑟深深愿),也有仄韵体,如杨无咎《人月圆》(月华灯影光相射)。既有上片为五句,下片为六句,如史浩《人月圆》(夕阳影里东风软),也有上、下片同为五句,如张纲《人月圆》(封人祝望尧云了)。下片为五句时,既有前半为两句,而后半为三句,如上举张纲一首,也有前半为三句,而后半为两句,如杨无咎《人月圆》(风和日薄馀烟嫩)。

第二,《词律》和《钦定词谱》关于此调第一体和第二体区别的说明,已如前引,大致当以后者为是,即杨无咎《人月圆》(风和日薄馀烟嫩)所用的体式,与王诜等作的不同,主要在于变下片后半部分的三句四言,为七言和五言两句。不过,《钦定词谱》把这种现象径称为"摊破",也有不妥,因为通常所谓"摊破"往往是由少句而摊成多句,如《浣溪沙》上、下片末句一七言变为一七言加一三言两句,即成《摊破浣溪沙》,而上述情况,显然是先合而后破。再者,杨无咎此体下片末句之五言的句法,与其他常见五言的句法也不尽相同,他体一般为二三句法,如王诜《人月圆》(小桃枝上春来早)"初试薄罗衣",宜在"初试"后读断,而杨体"愿长似今宵"则属一四句法,应在"愿"字后读断。因而,此句所用平仄,与寻常五言并不相同,而应该是"●⊙●

① 高喜田、寇琪编《全宋词作者词调索引》,中华书局,1992年版,第444页。

○○”。这点《钦定词谱》同样未曾论及。

第三,《钦定词谱》以为“杨词两体,俱无他词可校,《词律》所注可平可仄,无据,不可从”。实则,首先,《词律》并未为后两体注出平仄,《钦定词谱》此一批评未免无稽。其次,词中有时某调某体虽仅有一首,也可以以一般词律大致断之,并非完全无法判断它的格律。《钦定词谱》往往为首体以下的他体如实注出平仄,而于宽严之处无所鉴别,正是由于这种方法认识上的局限造成的。

第四,所谓词谱,最重要的应该是平仄谱。各家所注《人月圆》平仄,或由于所见有限,或由于不明词调平仄多相通之理,而多有错漏。以下姑以常见体一种为例,略作辨正如右。《人月圆》的常见体,为上片五句,下片六句,其中除上片首句为七言,次句为五言外,其他均为四言句,这三组九句四言句的平仄可以分为两类,其中每组的前两句为平起仄收,每组的末句为仄起平收。

1. 七言句的平仄,《词律》注为“○○⊙●○○●”,并不准确,首字实可不拘。如王诜《人月圆》(小桃枝上春来早)“小桃枝上春来早”、史浩《人月圆》(夕阳影里东风软)“夕阳影里东风软”、双渐《人月圆》(碧纱低映秦娥面)“碧纱低映秦娥面”,其中首字“小”“夕”“碧”均作仄声。对此,其他四家大抵均注为“◎○⊙●○○●”,可从。

2. 上片第三、第四句,下片第一、第二句,第四、第五句均属于平起仄收四言句,正确的平仄当为“◎○⊙●”,其中作“○○●●”的,如王诜《人月圆》(小桃枝上春来早)“年年此夜”“华灯盛照”“寒轻夜永”“千门笑语”,赵鼎《人月圆》(连环宝瑟深深愿)“佳期胜赏”“嫦娥见了”“芳尊美酒”“年年岁岁”;作“●○●●”的,如杨无咎《人月圆》(风和日薄馀烟嫩)“烂游胜赏”、史浩《人月圆》(骄云不向天边聚)“霎时造化”、汪梦斗《人月圆》(寻常一样窗前月)“赏心乐事”;作“○○○●”的,如王诜《人月圆》(小桃枝上春来早)“更阑人静”、张纲《封人祝望尧云了》“何妨明日”、汪梦斗《人月圆》(寻常一样窗前月)“争寻诗酒”等;作“●○○●”的,如王诜《人月圆》(小桃枝上春来早)“禁街箫鼓”、史浩《人月圆》(夕阳影里东风软)“夜阑归去”、汪梦斗《人月圆》(寻常一样窗前月)“一奁明镜”等。而《词律》所注上片第三句的平仄为“⊙○○●”,第四句的平仄为“○○●●”,下片首句的平仄为“●○⊙●”,第二句的平仄为“○○⊙●”,第五句的平仄为“○○●●”,

《钦定词谱》所注上片第四句、下片第五句的平仄为“○○⊙●”,《考正白香词谱》所注上片第四句、下片第五句的平仄为“○○●●”,下片第二句的平仄为“○○□●”,《唐宋词格律》所注上片第四句、下片第五句的平仄为“○○●●”,《唐宋词谱校正》所注上片第四句、下片第五句的平仄为“○○□●”等,均非正解。

3. 上片第五句,下片第三、第六句均属于仄起平收四言句,正确的平仄当为“⊙●○○”。其中作“●●○○”的,如赵鼎《人月圆》(连环宝瑟深深愿)“月满高楼”、史浩《人月圆》(夕阳影里东风软)“百万人家”“月在梅桠”等;作“○●○○”的如王诜《人月圆》(小桃枝上春来早)“人月圆时”“纤手同携”“声在帘帏”、赵鼎《人月圆》(连环宝瑟深深愿)“今夜中秋”“应羡风流”等。以上数句,各家所注,除《考正白香词谱》所注上片第五句平仄为“○●○○”,不可从外,其他则均无误。

三、《人月圆》的体式

《人月圆》可分为单调和双调两大类。其中双调者,又可分为平、仄韵两小类。两小类中,平韵《人月圆》又有三体。综上,共得《人月圆》五体。以下依次加以论列,并附例词一首。

首先,单调《人月圆》的词谱和例词为:

人月圆(全第一式,1 首)

◎○⊙●○○●句◎●●○○韵◎○⊙●句◎○⊙●句⊙●○○韵

人月圆　　陈知柔

鬓缘心事随时改，依旧在天涯。多情惟有，篱边黄菊，到处能华。

其次,仄韵《人月圆》的词谱和例词为:

人月圆(全第二式,1 首)

◎○⊙●○○●韵⊙●○○●韵◎○⊙●韵◎○⊙●句⊙●○●韵

◎○⊙●句◎○⊙●句⊙●○●韵◎○⊙●◎○●韵●◎○⊙●韵

人月圆　　杨无咎

月华灯影光相射。还是元宵也。绮罗如画。笙歌递响，无限风雅。

闹蛾斜插，轻衫乍试，闲趁尖耍。百年三万六千夜。愿长如今夜。①

值得注意的是,此体上片第五、下片第三两句四言,平仄均宜作“⊙●○●”,其中第三字,必为“平”声,不能误以为是可平可仄。又下片第四句,按杨氏一词,可作七言拗句,即第五字,可作仄声。下片末句为一四句法,平仄当为“●◎○⊙●”,不能误作“⊙●○○●”。此外,词中上片第三句、下片第四句为入韵句,而异于其他体式。

最后,双调平韵《人月圆》可分为两小类:一是较为常见的上片五句、下片六句《人月圆》,一是比较少见的上、下片各五句《人月圆》。后者又可分为两体,一是下片前半为两句,一是下片后半为两句。以下分别列出它们的词谱和例词:

人月圆(全第三式,8 首)

◎○⊙●○○●句◎●●○○韵◎○⊙●句◎○⊙●句⊙●○○韵

◎○⊙●句◎○⊙●句⊙●○○韵◎○⊙●句◎○⊙●句⊙●○○韵

① 此词上片第三句、下片第四句均入韵,依《全宋词》的体例,当以“。”标之,而书中误为“,”,见《全宋词》第 2 册第 1199 页,兹不从。又首句“月华灯影光相射”,《全宋词作者词调索引》“射”误为“对”,见是书第 444 页。

人月圆　　王诜

小桃枝上春来早，初试薄罗衣。年年此夜，华灯盛照，人月圆时。

禁街箫鼓，寒轻夜永，纤手同携。更阑人静。千门笑语，声在帘帏。

人月圆(全第四式,1首)

◎○⊙●○○●句◎●●○○韵◎○⊙●句◎○⊙●句⊙●○○韵

◎○⊙●○○●句◎●●○○韵◎○⊙●句◎○⊙●句⊙●○○韵

人月圆　　张纲

封人祝望尧云了，归路蔼欢声。何妨明日，开筵笑语，聊庆初生。

官闲岁晚身犹健，兰玉更盈庭。持杯为寿，从教夜醉，谁怕参横。

人月圆(全第五式,1首)

◎○⊙●○○●句◎●●○○韵◎○⊙●句◎○⊙●句⊙●○○韵

◎○⊙●句◎○⊙●句⊙●○○韵◎○⊙●◎◎●句●⊙●○○韵

人月圆　　杨无咎

风和日薄馀烟嫩，测测透鲛绡。相逢且喜，人圆玳席，月满丹霄。

烂游胜赏，高低灯火，鼎沸笙箫。一年三百六十日，愿长似今宵。

如前所论，全第五式下片末句的句法为一四句法，平仄为“●⊙●○○”。又此体下片第四句的平仄为七言拗句，即第五、六字可作仄声。这些都是应该特别留意的。

四、小结

如上所述，古今有关《人月圆》词谱的论列，疏漏不少。就体式言，《人月圆》的体式当有五体，而非诸家所列的三体或一体。就某些具体格律言，诸家所归纳的平仄，或过于严格，或对个别特殊句法有所忽略，而导致了误断。就词谱的归纳方法言，《钦定词谱》等尚不能领会词律相通之理，有些词体虽例词不多，甚至只有一首，也可以以律断之。

如果以最常见的《人月圆》词谱为例，那么，其格律特点大致可简述如下：

人月圆又称《青衫湿》。双调四十八字，上片五句两平韵，下片六句两平韵

◎○⊙●○○●句◎●●○○韵◎○⊙●句◎○⊙●句⊙●○○韵

◎○⊙●句◎○⊙●句⊙●○○韵◎○⊙●句◎○⊙●句⊙●○○韵

说明：

1. 双调之外，偶亦有单调一体，其谱全同于上举双调谱的上片。平韵双调之外，偶亦有仄韵双调者，其谱详见本章第三部分“全第二式”。

2. 下片偶亦有作五句者，其中或下片前半为七、五言两句，或下片后半为七、五言两句。倘是后者，其七言句亦可作拗句，其五言句为一四句法，平仄与寻常五言不同，为“●⊙●○○”。

第七章

《桃源忆故人》格律与体式辨正

《桃源忆故人》一调始于宋人，有宋一代，创作殊繁，名家如张先、欧阳修、苏轼、黄庭坚、秦观、朱敦儒、陆游、张孝祥、史达祖、吴文英、周密等均有所染指。其中存词较多者，欧阳修有3首，王之道、陆游各有5首，朱敦儒有6首。此外，管鉴、史达祖、吴文英等亦各有2首。有关此调的格律和体式，古今学者颇多论列，但可补正者仍不少。

一、古今有关《桃源忆故人》格律的探讨和得失

词调《桃源忆故人》一种，常见的格式为双调，上下片均为四句四仄韵，除首句为七言，末句为五言外，中间两句均为六言。关于此调的格律和体式，古今重要词谱著作，如万树《词律》，王奕清《钦定词谱》，陈栩、陈小蝶《考正白香词谱》，谢桃坊《唐宋词谱校正》等，均有所讨论。兹即以上列四书之观点，略作引述，并兼及其得失。

《词律》所录《桃源忆故人》仅48字一体，书中为其作谱如下：

桃源忆故人四十八字，又名虞美人影　　**王之道**

逢(可仄)人借(可平)问春归处韵遥(可仄)指芜(可仄)城烟树叶滴(可平)尽柳(可平)梢残雨叶月(可平)闯西南户叶

游丝不解留伊住叶漫惹闲愁无数叶燕子为谁来去叶似说江南路叶[1]
可仄 可平 可平 可仄 可平 可平 可平

《钦定词谱》所录《桃源忆故人》则有48字和49字两体，其中第二体以王庭珪《桃源忆故人》（催花一霎清明雨）一首为例，并标出其实际平仄，第一体以欧阳修《桃源忆故人》（梅梢弄粉香犹嫩）为例，为其作谱如下：

桃源忆故人双调四十八字，前后段各四句四仄韵 **欧阳修**

梅梢弄粉香犹嫩。欲寄江南春信。别后愁肠萦损。说与伊争稳。

◎○⊙●○○●韵⊙●◎○○●韵⊙●◎○○●韵⊙●○○●韵

小炉独守寒灰烬。忍泪低头画尽。眉上万重新恨。竟日无人问。

⊙○⊙●○○●韵⊙●◎○○●韵◎●⊙○○●韵⊙●○○●韵[2]

《考正白香词谱》限于体例，所录也仅有一体，而以秦观《桃源忆故人》（玉楼深锁多情种）一首为例，并作谱如后：

桃源忆故人四十八字，又名虞美人影，与虞美人本调异 **宋秦观少游**

玉楼深锁多情种。清夜悠悠谁共。羞见枕衾鸳凤。闷即和衣拥。

□○□●○○●韵□●□○○●叶□●□○□●叶□●○○●叶

无端画角严城动。惊破一番新梦。窗外月华霜重。听彻梅花弄。

□○□●○○●叶□●□○□●叶□●□○□●叶□●○○●叶[3]

《唐宋词谱校正》所列《桃源忆故人》同样亦只有一体，也以秦观《桃源忆故人》（玉楼深锁薄情种）一首为例，所异者，谢先生所依文本，秦观此首首句第五字作“薄”，而异于前面《考正白香词谱》之作“多”。

---

① 万树：《词律》，上海古籍出版社，1984年版，第146页。

② 王奕清：《钦定词谱》，中国书店，1983年版，第428—430页。

③ 陈栩、陈小蝶：《考正白香词谱》，上海古籍书店，1981年版，第40页。

桃源忆故人双调，四十八字。前后段各四句，四仄韵　　**秦观**

玉楼深锁薄情种。清夜悠悠谁共。羞见枕衾鸳凤。闷即和衣拥。

□○□●□○●韵□●□○□●韵□●□○□●韵□●○○●韵

无端画角严城动。惊破一番新梦。窗外月华霜重。听彻梅花弄。

□○□●○○●韵□●□○□●韵□●□○□●韵□●○○●韵①

通观以上四家关于《桃源忆故人》格律和体式的论列，总的来看，相同者颇多，相异者较少。如所录《桃源忆故人》的体式，四家所列大多只有一体，《钦定词谱》表面虽列有两体，但后一体是应该存疑的，理由详见本章第二部分。又如，所标平仄谱，除个别有异外，观点颇多相似，如关于此调上下片首句七言和末句五言的平仄，多认为前者为“□○□●○○●”，后者为“□●○○●”，微小的差异主要集中在中间两句六言某个特殊位置的声调标识。又如，关于此调的别名，大多均提及《虞美人影》一名，差别是《词律》认为“桃源”作“桃园”误，《考正白香词谱》亦持此种观点，《钦定词谱》新添别名有《胡捣练》《桃园忆故人》《醉桃园》《杏花风》等，《唐宋词谱校正》续添别名有《转声虞美人》。

结合本文后面的相关论述来看，四家有关《桃源忆故人》格律和体式的探讨，大抵难分伯仲，其所得：一则对于《桃源忆故人》的别称基本上已经囊括无遗，虽然各家之间仍互有缺失；二则对于《桃源忆故人》的体式，均已列出其中最为重要的一体；三则对于《桃源忆故人》的平仄谱，也大多可信。如果要说缺点，那么，也有以下几点：一是所列《桃源忆故人》的体式尚不周备，此调应至少有四种体式；二是对于此调个别篇目个别句子所用字数的差异，以及个别篇目个别句子字数虽然相同，但所用句法不一等现象，注意得还不够，由此而忽略了此调的一些相关体式；三是对于此调主流体式中间两六言句的平仄标识，尚未领会其中的关键之处；四是对于此调的别名，各家之间尚有一些出入和矛盾，还有进一步综合、论定的空间。

---

① 谢桃坊：《唐宋词谱校正》，上海古籍出版社，2012年版，第93页。

二、《桃源忆故人》相关格律问题辨正

经检《全唐五代词》《全宋词》两书相关索引，可知，《桃源忆故人》一调实始于宋代。终宋一朝，《桃源忆故人》之作，共有 56 首，其创作数量在词调众多的宋代，已然不少。本文对《桃源忆故人》格律和体式的考察，文本即多依《全宋词》，唯秦观《桃源忆故人》（玉楼深锁薄情种）一首首句第五字，《全宋词》作“薄”，而《考正白香词谱》作“多”，于律于文，后者似均胜于前者，兹暂依《考正白香词谱》。① 以下拟就有关《桃源忆故人》的相关格律问题，略作辨正如次。

首先，就《桃源忆故人》的别名而言，如前所述，古今学者大多提到了《虞美人影》一种，其他别名的论列则颇为参差。据《全宋词》所录 56 首《桃源忆故人》来看，此调又称《转声虞美人》，见于张先《转声虞美人》（使君欲醉离亭酒）一首；又称《醉桃园》，见于赵鼎《醉桃园》（青春不与花为主）一首；又称《虞美人影》，见于吴文英《虞美人影》（黄包先著风霜劲）一首；又称《桃园忆故人》，见于仇远《桃园忆故人》（苎罗山下花藏路）一首。参照前面诸家的意见来看。一是《钦定词谱》以为陆游该调之作取名《桃园忆故人》，依《全宋词》所录，则作《桃源忆故人》，未知是否已经后人改动；另外《钦定词谱》以为“韩淲词有‘杏花风里东风峭’句，名《杏花风》”，而《全宋词》所录韩氏之作调名实为《桃源忆故人》，而别有词题为《杏花风》者。细味该词，《杏花风》似非词题，或后人将本来为调名之《杏花风》移作词题，而另添调名《桃源忆故人》，亦未可知。二是《词律》等认为“桃源”作“桃园”误，实则，古代诗文中“桃园”偶亦有与“桃源”相混用者，不独此调调名如此，如刘长卿《湘中纪行十首·洞山阳》：“旧日仙成处，荒林客到稀。白云将犬去，芳草任人归。空谷无行径，深山少落晖。桃园几家住，谁为扫荆扉。”赵佶《念奴娇》（雅怀素态）：“雅怀素态，向闲中、天与风流标格。绿锁窗前湘簟展，终日风清人寂。玉子声乾，纹楸色净，星点连还直。跳丸日月，算应局上销得。　全似

① 此外，《桃源忆故人》诸作中尚有几处异文，拟在此略作交代，以广见闻。首先是《词律》所录首体王之道一首，上片第三句首二字“滴尽”，《全宋词》作“收尽”，下片末句第三、第四字作“江南”，而《全宋词》作“江头”。其次是《钦定词谱》所录首体欧阳修一首，上片第三句第三、第四字作“愁肠”，而《全宋词》作“寸肠”。

落浦斜晖,寒鸦游鹭,乱点沙汀碛。妙算神机,须信道,国手都无勍敌。玳席欢馀,芸堂香暖,赢取专良夕。桃园归路,烂柯应笑凡客。”两篇中之“桃园”,即为陶渊明诗文中之“桃源”,而非寻常的桃李园。

其次,就某一句的句法而言,《桃源忆故人》下片末句多数时候虽都为二三句法,但偶也有一四句法者,如仇远《桃园忆故人》(苎罗山下花藏路)一首下片末句为“奈五更风雨”即是,如此此句的平仄则应为“●⊙○◎●”。上述这一特点是古今诸家所忽视的。就此调上片中间的某一句而言,《桃源忆故人》虽多作六言,但偶也有作五言者,如汪莘《桃源忆故人》一首上片第二句即不作六言,而为五言“不管秋归去”,如此,此句的平仄则为“⊙●○○●”。又如何澹《桃源忆故人》(拍堤芳草随人去)一首上片第三句亦不作六言,而为五言,且为一四句法,即“剪朝露成树”[①],如此,则此句的平仄则为“●◎●○●”。以上情形,同样是古今诸家所忽视的。就此调的体式而言,古今诸家所列多为一体,《钦定词谱》所列两体的第二体,以王庭珪《桃源忆故人》(催花一霎清明雨)为例,其中下片第二句作“明月夜扁舟何处”,而《全宋词》此首此句为六言,并无“月”字[②],可知,此字恐是误衍而来。因此,前举四家所录《桃源忆故人》之体式,当均为一体,而根据本文的考察,综合前面所论句法、字数等的差异,此调的体式应该至少有四体。

再次,就此调的平仄而言,可论者主要有两点,而以第二点为要。一是《唐宋词谱校正》一书曾举秦观一首为例,对《桃源忆故人》的格律进行说明,其中所注上片首句“玉楼深锁薄情种”的平仄为“□○□●□○●”,实则此调此句的平仄,第五字除了秦观这首有可能是仄声外,其余五十几篇,一百多处,则无一例外为平声,而秦观这句的第五字到底是作“薄”,还是作“多”,如前所述,是应该存疑的。总之,我们以为,《唐宋词谱校正》选择首句作“玉楼深锁薄情种”的秦观词,作为分析《桃源忆故人》格律的依据,并不合适。二是古今四家对《桃源忆故人》的平仄标识,最大的不同,在于中间两句六言第五字的平仄,到底应该是必为平声,还是平仄不拘。对此,四家的观点可分作两派:其中,《词律》《考正白香词谱》均认为必为平声,而《钦定词谱》和

---

① 然此句文义似不可解,姑此存疑,以待识者。

② 唐圭璋:《全宋词》第二册,中华书局,1965年版,第821页。

《唐宋词谱校正》则主张为平仄不拘。实则，这两派的观点都有一定的不足，要解决这个问题，不能单一地看此句的第五字，而是应该把后四字的平仄联系起来考察。据我们统计，《桃源忆故人》一调中间两句六言末四字平仄作“○○○●”和“●○○●”的，数量都很多，占有绝对的优势，类似的例子颇为常见，不另举例；作“○○●●”的，则相对较少，两百多处中仅计得 23 处，如欧阳修《桃源忆故人》(梅梢弄粉香犹嫩)下片第二句“忍泪低头画尽”、朱敦儒《桃源忆故人》(飘萧我是孤飞雁)上片第二句“不共红尘结怨”、王道亨《桃源忆故人》(刘郎自是桃花主)下片第二句“却有梅花淡伫”、赵子发《桃源忆故人》(芳菲已有东风露)上片第二句“寒著轻罗未去”、第三句“午夜鸾车鹤驭”、刘学箕《桃源忆故人》(暮霞散绮西溪浦)上、下片第三句“清绝梅花几树”“谁画江南好处”等词句的末四字，平仄均为“○○●●”；更加稀见的是作“●○●●”的，在两百多处中仅计得 3 处，即朱敦儒《桃源忆故人》(玉笙吹彻清商后)上片第三句“巧画远山不成”、马子严《桃源忆故人》(几年闲作园林主)上片第三句“雪后又开半树”、无名氏《桃源忆故人》(江天雪意云飞重)上片第三句“回傍小楼独拥”等词句的末四字，平仄均为“●○●●”。通过以上论列，不难看出《词律》《考正白香词谱》主张《桃源忆故人》上下片中间两句六言的第五字必为平声，主要是为了规避“⊙●●○●●”这种句式，而《钦定词谱》《唐宋词谱校正》认为此调上下片中间两句六言的第五字可为平仄不拘，主要是为了纳入“⊙●○○●●”这种句式。比较客观和科学的做法，应该是将此调中间四句六言的平仄注为“⊙●◎○◎●”或“⊙●⊙○◎●”，并加以注明道：应该尽量避免“仄仄仄平仄仄”这一种句式。

最后，拟再补充一点，《唐宋词谱校正》在《桃源忆故人》一调下有“晏殊三首为创调(调谓《桃源忆故人》，笔者按)之作”云云。一则所谓“晏殊”应该为“欧阳修”，晏殊今所存词作中，并无一首《桃源忆故人》。二则即使是欧阳修三首《桃源忆故人》，也不可轻易将它们推为创调之作，殊不知，在欧阳修之前，张先早已有该调的相关创作。

三、《桃源忆故人》的体式

如前所述，由于所见有限，古今诸家所列《桃源忆故人》的体式，最多为

《钦定词谱》的两体，其中王庭珪《桃源忆故人》一体姑且存疑，其余各家所录则均仅一体。总的来看，《桃源忆故人》可大致分为48字和47字两大类。其中48字者，因其下片末句五字句所用句法的不同，又可分为两体；47字，因减一六字句为一五字句的位置的差异，也可分为两体，以上共可得《桃源忆故人》四体。

首先，是双调48字，下片末句五字句为二三节奏者，其格律并例词如下：

桃源忆故人（全第一式，53首）

◎○⊙●○○●韵⊙●◎○◎●韵⊙●⊙○◎●韵⊙●○○●韵

◎○⊙●○○●韵⊙●◎○◎●韵⊙●⊙○◎●韵⊙●○○●韵

桃源忆故人　　朱敦儒

西楼几日无人到。依旧红围绿绕。楼下落花谁扫。不见长安道。

碧云望断无音耗。倚遍阑干残照。试问泪弹多少。湿遍楼前草。

其次，是双调48字，而下片末句之五言为一四节奏者，倘如此，此句的平仄则易为"●⊙○◎●"，其格律并例词如后：

桃源忆故人（全第二式，1首）

◎○⊙●○○●韵⊙●◎○◎●韵⊙●⊙○◎●韵⊙●○○●韵

◎○⊙●○○●韵⊙●◎○◎●韵⊙●⊙○◎●韵●⊙○◎●韵

桃园忆故人　　仇远

苎萝山下花藏路。只许流莺来去。吹落梨花无数。香雪迷官渡。

浣纱溪浅人何许。空对碧云凝暮。归去春愁如雾。奈五更风雨。

再次，是双调47字，而将上述两体上片第二句之六言易为一五言，如此，此句的平仄则为"⊙●○○●"，其格律并例词如下：

桃源忆故人(全第三式,1首)

◎○⊙●○○●韵⊙●○○●韵⊙●⊙○◎●韵⊙●○○●韵

◎○⊙●○○●韵⊙●◎○◎●韵⊙●⊙○◎●韵⊙●○○●韵

桃源忆故人　　汪莘

人间只解留春住。不管秋归去。一阵西窗风雨。秋也归何处。

柴扉半掩闲庭户。黄叶青苔无数。犹把小春分付。梅蕊前村路。

最后,是双调47字,而改易上述前两体上片第三句之六言为一五言,且句法为一四句法,平仄为"●◎●○●",其格律并例词如后。

桃源忆故人(全第四式,1首)

◎○⊙●○○●韵⊙●◎○◎●韵●◎●○●韵⊙●○○●韵

◎○⊙●○○●韵⊙●◎○◎●韵⊙●⊙○◎●韵⊙●○○●韵

桃源忆故人　　何澹

拍堤芳草随人去。洞口山无重数。翦朝露成树。争晚渔翁住。

今人忍听秦人语。只有花无今古。欲饮仙家寿酯。记取桥边路。

四、小结

综上所论,古今有关《桃源忆故人》格律和体式的论列,可补正者仍不少。就调名而言,《桃源忆故人》又称《虞美人影》《转声虞美人》《醉桃源》《桃园忆故人》《杏花风》等,古今诗文中往往有"桃源""桃园"二名混用者,《桃园忆故人》之名,不宜简单地断为误妄。就句法而言,调中之五言句,虽多为二三句法,但偶亦有一四句法者。就词调中间两句而言,虽多为六言,但偶亦有用五言者。就体式而言,诸家所列多只有一体,实则此调至少当有四体。就平仄而言,诸家的分歧多集中于此调中间两句六言中的第五字,实则此处大可平仄不拘,但宜加注明:应尽量不用"⊙●●○●●"这种句式。

大致来说,《桃源忆故人》的词谱,可排列并说明如后:

桃源忆故人双调四十八字,上下片各四句四仄韵

◎○⊙●○○●韵⊙●◎○◎●韵⊙●⊙○◎●韵⊙●○○●韵

◎○⊙●○○●韵⊙●◎○◎●韵⊙●⊙○◎●韵⊙●○○●韵

说明:

1. 上列为48字体,尚有易上片第二句为二三节奏之五言,或易上片第三句为一四节奏之五言,而成为47字体者。如果为前者,其所改换之句平仄则为"⊙●○○●",如果为后者,其所改换之句平仄则为"●◎●○●"。

2. 谱中下片末句五言,偶亦有作一四节奏者,见于仇远之作,如此,此句平仄则为"●⊙○◎●"。

3. 谱中上、下片中间两句六言平仄亦尽量避免"⊙●●○●●"。前一部分所列四体,为避烦琐,未曾特意拈出此点,高明者宜加措意焉。

第八章

《乌夜啼》格律与体式辨正

《乌夜啼》之作，始见于南唐李煜《乌夜啼》（昨夜风兼雨）一首。此后，到了宋代，词人染指渐多，名家如欧阳修、苏轼、贺铸、朱敦儒、陆游等均有所作，而以陆游所作最繁，至有 8 首之多①。名作除上举李后主一首外，又如赵令畤《乌夜啼》（楼上萦帘弱絮）一首，颇为词学家所爱赏，而放翁所成 8 首，由离别相思转而关注其人性情之所系，也颇有兴味。关于《乌夜啼》的格律和体式，古今讨论者颇不少，但真正能体现其本来面貌者，至今似仍未见，特略缀小文，以揭示之。

一、古今有关《乌夜啼》格律的探讨和得失

词中《乌夜啼》一调，始于五代，到了宋代，体式稍有改易，其中最常见者为双调，上下片均为六、六、七、五句式，双句押平声韵，其中两六言句多对仗，全篇共 48 字。关于此调的格律，清代著名词谱唯《白香词谱》一种因选调有限，未见采用外，其余如万树《词律》、王奕清《钦定词谱》均有所著录。今人著述者，龙榆生《唐宋词格律》一种亦未见采录，而别见于谢桃坊《唐宋词谱校正》、张梦机《词律探原》等。以下即以上述四书对《乌夜啼》一调的格律说明作为考察对象，略作分析和评价。

① 陆游所用词调中，《乌夜啼》一种所作之数仅次于《好事近》，可见其喜爱之程度。详见朱惠国《论〈放翁词〉的用调特色》，《文学遗产》2016 年第 5 期。

《词律》所录《乌夜啼》(即书中《锦堂春》)共有两体,第二体实为59字之《锦帐春》,与《乌夜啼》无涉。此外,在首体后另附有欧阳修《圣无忧》(此路风波险)、李煜《乌夜啼》(昨夜风兼雨)各一首,而未标示平仄谱。其中首体以赵令畤《锦堂春》(楼上萦帘弱絮)一首为例,为其作谱如下:

锦堂春四十八字　　**赵令畤**

楼(可仄)上萦(可仄)帘弱絮句墙(可仄)头碍(可平)月低花韵年(可仄)年春(可仄)事关心事句肠(可仄)断欲栖鸦叶

舞(可平)镜鸾(可仄)衾翠减句啼(可仄)珠凤(可平)蜡红斜叶重(可仄)门不(可平)锁相思梦句随(可仄)意绕天涯叶①

《钦定词谱》所录《乌夜啼》共有47字、48字和50字三体,其中前两体即分别以47字李煜《乌夜啼》(昨夜风兼雨)和48字赵令畤《锦堂春》(楼上萦帘弱絮)为例,并作谱如下:

乌夜啼双调四十七字,前后段各四句两平韵　　**李煜**

昨夜风兼雨,帘帏飒飒秋声。烛残漏断频欹枕,起坐不能平。

●●○○●句◎○●●○○韵⊙○⊙●○○●句⊙●●○○韵

世事漫随流水,算来一梦浮生。醉乡路稳宜频到,此外不堪行。

⊙●⊙○◎●句⊙○⊙●○○韵⊙○⊙●○○●句⊙●●○○韵

又一体双调四十八字,前后段各四句两平韵　　**赵令畤**

楼上萦帘弱絮,墙头碍月低花。年年春事关心事,肠断欲栖鸦。

◎●◎○⊙●句○○●●○○韵◎◎◎⊙○◎●句◎●●○○韵

舞镜鸾衾翠减,啼珠凤蜡红斜。重门不锁相思梦,随意绕天涯。

●●○○●●句○○●●○○韵◎◎⊙⊙○◎●句◎●●○○韵②

《唐宋词谱校正》所录《乌夜啼》也有两体,而亦分别以赵令畤《乌夜啼》(楼上萦帘弱絮)和李煜《乌夜啼》(昨夜风兼雨)为例,并作谱如下:

---

① 万树:《词律》,上海古籍出版社,1984年版,第141—142页。

② 王奕清:《钦定词谱》,中国书店,1983年版,第388—390页。

乌夜啼双调，四十八字。前后段各四句，两平韵。　　**赵令畤**

楼上萦帘弱絮，墙头碍月低花。年年春事关心事，肠断欲栖鸦。

□●□○□●句○○●●○○韵□□□□○○●句□●●○○韵

舞镜鸾衾翠减，啼珠凤蜡红斜。重门不锁相思梦，随意绕天涯。

●●○○●●句○○●●○○韵□□□□○□●句□●●○○韵

又一体双调，四十七字。前后段各四句，两平韵。　　**李煜**

昨夜风兼雨，帘帏飒飒秋声。烛残漏断频欹枕，起坐不能平。

●●○○●句□○●●○○韵□○□●○○●句□●●○○韵

世事漫随流水，算来梦里浮生。醉乡路稳宜频到，此外不堪行。

□●□○□●句□○□●○○韵□○□●○○●句□●●○○韵[①]

此外，《词律探原》也录有《乌夜啼》一体，唯是书主要是探讨宋以前词调格律之萌芽与发生史，故未及宋人之创作，所录一体中，亦以李煜《乌夜啼》（昨夜风兼雨）一首为例，平仄则因“无他首可校”，悉数以该词之实际平仄标出[②]。

纵观以上各家有关《乌夜啼》词调格律和体式的探讨，虽已取得了一定的成就，如已基本认识到《乌夜啼》的几种大体类，并为它们一一标识了平仄，但疏漏之处，也比较明显。结合本文后面的论述，其不足主要有以下几点：一是对于49字《乌夜啼》一种的存在，一无所知；二是尚未认识到《乌夜啼》上下片两个六言句的对仗特点；三是除《词律》之外，其余诸家均未认识到此调的七言句，除了主要使用“◎○⊙●○○●”一种外，偶尔也使用别式“◎●⊙○○●●”；四是所标平仄，多有讹误，尤以《钦定词谱》和《唐宋词谱校正》两书为甚；五是所析《乌夜啼》的体式尚不够完备，诸家所列最多的是《钦定词谱》的三体，而此调实有八体。

---

① 谢桃坊：《唐宋词谱校正》，上海古籍出版社，2012年版，第87—88页。

② 张梦机：《词律探原》，文史哲出版社，1981年版，第220—221页。

二、《乌夜啼》相关格律问题辨正

经翻检《全唐五代词》《全宋词》相关索引，可知宋代以前共有《乌夜啼》4 首。其中聂夷中一首，乃五言四句绝句，而非词。李煜《乌夜啼》（林花谢了春红）、《乌夜啼》（无言独上西楼）两首乃《相见欢》，与一般上下片各四句者《乌夜啼》迥异，由此，仅得宋以前《乌夜啼》一首，即李煜《乌夜啼》（昨夜风兼雨）。宋代以后共有《乌夜啼》57 首，剔去 24 首实为《相见欢》者，如蒋元龙《乌夜啼》（小桃落尽残红）、赵鼎《乌夜啼》（檐花点滴秋清）、辛弃疾《乌夜啼》（江头醉倒山公）等，可得宋以后《乌夜啼》33 首。在这 33 首中，关于程垓《乌夜啼》（静院槐风绿涨）一首的文本应该在这里略作补正。《全宋词》所录程氏此首的全文如下：

静院槐风绿涨，小窗梅雨黄垂。欲看春事留连处，惟有夜寒知。
魂梦长闲消午醉，扫花共坐风凉。归来窗北有胡床。兴在羲皇以上。

同页又录有程垓各缺一片之《西江月》两首，如次：

西江月

众绿初围夏荫，老红犹驻春妆。画帘燕子日偏长。静看新雏来往。
□□□□□□，□□□□□□。□□□□□□□。□□□□□□。

又

□□□□□□，□□□□□□。□□□□□□□。□□□□□□。
汲井漫随兰炷，心情半怯罗衣。粉香消尽无人觑，只门外、子规啼。

对于以上数首，明末陆贻典有一个看法，即程垓《乌夜啼》（静院槐风绿涨）一首的下片，原文本应为如上缺了上片的第二首《西江月》的下片，而其下片“魂梦长闲消午醉”等四句，恰应移至第一首《西江月》的下片，如此两首

则恰好均为完璧之作。[1] 窃认为,此一观点甚当,宜即依之重新加以调整,重组之后,无论是《乌夜啼》,还是《西江月》,无论是各自的体制特点,还是内容勾连,均更具完整性。唯所谓《西江月》,似无下片首句为七言者,兹疑"魂梦长闲消午醉","闲"或为衍字,姑志于此,以待识者。综上共可得唐宋《乌夜啼》34 首,以下即以这些相关作品,结合古今有关《乌夜啼》格律和体式的论述,稍作辨正如次。

就字数而言,《词律》列有《锦堂春》48 字、47 字和 59 字三种,其中第二种仅是为了"以资考证",而载之于附录,第三种实为《锦帐春》,而误入《锦堂春》;稍后之《钦定词谱》,共收有《乌夜啼》47 字、48 字和 50 字三种;《考正白香词谱》则仅收有《乌夜啼》最常见的 48 字一种。通过我们的考察,事实上,《乌夜啼》除上述《钦定词谱》所载的三种字数以外,尚有 49 字一种,即程垓《乌夜啼》(静院槐风绿涨)一首。

就对仗而言,《乌夜啼》上、下片两六言句往往多对仗,而这一点,是前此诸家所忽视的。类似的例子,不胜枚举,诸如赵令畤《乌夜啼》(楼上萦帘弱絮)上、下片前两句"楼上萦帘弱絮,墙头碍月低花""舞镜鸾衾翠减,啼珠凤蜡红斜"、李石《乌夜啼》(绣阁和烟飞絮)"绣阁和烟飞絮,粉墙映日吹红""絮点铺排绿水,红香收拾黄蜂"、陆游《乌夜啼》(我校丹台玉字)"我校丹台玉字,君书蕊殿云篇""携酒何妨处处,寻梅共约年年"、程垓《乌夜啼》(绿外深深柳巷)"绿外深深柳巷,红间曲曲花楼""三月东风易老,几宵明月难留"、李从周《乌夜啼》(径藓痕沿碧甃)"径藓痕沿碧甃,檐花影压红阑""旧梦莺莺沁水,新愁燕燕长干"、卢祖皋《乌夜啼》(照水飞禽斗影)"照水飞禽斗影,舞风小径低花""系恨腰围顿减,禁愁酒力难加",均为明证。

就平仄而言,可论者有三点。一是,一般来说《乌夜啼》七言句所用的平仄,绝大多数为"◎○⊙●○○●",但偶尔也有使用"◎●⊙○○●●",这种例子目前仅见于苏轼《乌夜啼》(莫怪归心甚速)一首中的"若见故人须细说""更有鲈鱼堪切鲙"两句。对此,前举三家唯《词律》曾有所关注,并说道:"坡公前第三句,作'若见故人须细问',后第三句作'更有鲈鱼堪切鲙',与此平仄异。"二是,窃以为,《乌夜啼》一调的平仄谱归纳,其难点主要在于上、下

---

① 唐圭璋:《全宋词》第三册,中华书局,1965 年版,第 2011 页。

片前一个六言句①，尤其是后四字的用声，经我们统计，此一六言句平仄为“⊙●○○●●”的，数量最多，如李石《乌夜啼》（红软榴花脸晕）“红软榴花脸晕”“莹雪凉衣乍浴”、陆游《乌夜啼》（金鸭馀香尚暖）“金鸭馀香尚暖”“冷落秋千伴侣”、卢祖皋《乌夜啼》（漾暖纹波飐飐）“漾暖纹波飐飐”“斗草褰衣湿翠”等；其次是“⊙●○○○●”，如权无染《乌夜啼》（洗尽铅华污）“骨瘦难禁消瘦”、李石《乌夜啼》（鸾镜愁添眉黛）“鸾镜愁添眉黛”、魏了翁《乌夜啼》（不肯呈身觅举）“梅里无边春事”等；最少的是“⊙●●○○●”，所见仅有3例，即欧阳修《圣无忧》（珠帘卷）“多少旧欢新恨”、《圣无忧》（相别重相遇）“莫惜斗量珠玉”、程垓《乌夜啼》（墙外雨肥梅子）“墙外雨肥梅子”；另外，未见有使用“⊙●●○●●”一种的。综上，可知《乌夜啼》此一六言句的平仄应为“⊙●◎○⊙●”，但不包括“⊙●●○●●”一种。持此与上述各家的观点相较，比如，《词律》以为此句第五字必仄，《钦定词谱》以为下片此句第一、第五字必仄，第三字必平，《唐宋词谱校正》观点同《钦定词谱》，均为一隅之见。三是，除上述两个关键问题之外，《钦定词谱》《唐宋词谱校正》两书所标举《乌夜啼》其他句子的平仄，也错漏百出，例子几乎举不胜举，如《唐宋词谱校正》以为此调上片之七言句前四字均可平仄不拘，下片之七言句前四字与第六字共五字亦均可平仄不拘，诸如此类误讹，不待指出，稍识格律者，但略读几首《乌夜啼》，即能得之十之九。

就体式而言，由于古今诸家对于《乌夜啼》的字数、对仗和平仄等诸多特点的忽视，他们所归纳和分析出来的《乌夜啼》体式，自然不够完备，其中所录最多的为《钦定词谱》的三体，而据笔者的考察，《乌夜啼》在唐宋至少应该有八体。

三、《乌夜啼》的体式

纵观唐宋所有《乌夜啼》词，根据其字数、句数、对仗和平仄的差异，此调可分为47字、48字、49字和50字四大类，共八体。

其中，47字者根据句数和对仗的不同，可分为三体。三体中，最为常见的是上片首句、下片末句均为五言，而下片前两句又为对仗者，其格律并例词如下：

---

① 考察范围也包括欧阳修《圣无忧》（珠帘卷）上下片倒数第二句的两个六言句。

乌夜啼(全第一式,4 首。其中下片前两句须对仗)

⊙●○○●句◎○⊙●○○韵◎○⊙●○○●句◎●●○○韵

⊙●◎○⊙●[①]句◎○⊙●○○韵◎○⊙●○○●句◎●●○○韵

圣无忧　　欧阳修

世路风波险，十年一别须臾。人生聚散长如此，相见且欢娱。

好酒能消光景，春风不染髭须。为公一醉花前倒，红袖莫来扶。

第二体,格律全同第一体,唯下片前两句不对仗,今存最早之《乌夜啼》,即李煜《乌夜啼》(昨夜风兼雨)便属此体,其格律并例词如次:

乌夜啼(全第二式,4 首。其中下片前两句不对仗)

⊙●○○●句◎○⊙●○○韵◎○⊙●○○●句◎●●○○韵

⊙●◎○⊙●句◎○⊙●○○韵◎○⊙●○○●句◎●●○○韵

乌夜啼　　李煜

昨夜风兼雨，帘帏飒飒秋声。烛残漏断频欹枕，起坐不能平。

世事漫随流水，算来一梦浮生。醉乡路稳宜频到，此外不堪行。

第三体,格律亦大抵同于第一体,唯上片首句和下片末句之五言,分别摊破为两句三言,且上片第二个三言入韵,同时上、下片两七言均各减一字而为六言,其格律并例词如下所示:

乌夜啼(全第三式,2 首。其中下片前两句须对仗)

○⊙●句●○○韵◎○⊙●○○韵⊙●◎○⊙●句○○◎●○韵

⊙●◎○⊙●句◎○⊙●○○韵⊙●◎○⊙●句○⊙●句●○○韵

① 本章所列此一平仄句式,均不包括"⊙●●○●●"一种,下同,不另一一注出。

圣无忧　　欧阳修

珠帘卷，暮云愁。垂杨暗锁青楼。烟雨濛濛如画，轻风吹旋收。

香断锦屏新别，人闲玉簟初秋。多少旧欢新恨，书杳杳，[1] 梦悠悠。

48字者，是《乌夜啼》词调的主流形式，根据平仄和对仗的不同，也可分为三体。首先是上、下片均为四句，第三句七言句的平仄为"◎○⊙●○○●"，且上、下片前两句为对仗者，其格律并例词如下：

乌夜啼(全第四式，11首。其中上、下片前两句须对仗)

⊙●◎○⊙●句◎○⊙●○○韵◎○⊙●○○●句◎●●○○韵

⊙●◎○⊙●句◎○⊙●○○韵◎○⊙●○○●句◎●●○○韵

乌夜啼　　赵令畤

楼上萦帘弱絮，墙头碍月低花。年年春事关心事，肠断欲栖鸦。

舞镜鸾衾翠减，啼珠凤蜡红斜。重门不锁相思梦，随意绕天涯。

第二体的格律全同于第一体，唯上片前两句不对仗，其格律并例词如下：

乌夜啼(全第五式，2首。其中上片前两句不对仗，下片前两句对仗)

⊙●◎○⊙●句◎○⊙●○○韵◎○⊙●○○●句◎●●○○韵

⊙●◎○⊙●句◎○⊙●○○韵◎○⊙●○○●句◎●●○○韵

---

① 此处《全宋词》加顿号，宜如上片前两句对仗之三言，以逗号隔开，见唐圭璋：《全宋词》，中华书局，1965年版，第147页。

乌夜啼　　卢祖皋

几曲微风按柳，生香暖日蒸花。鸳鸯睡足芳塘晚，新绿小窗纱。
尺素难将情绪，嫩罗还试年华。凭高无处寻残梦，春思入琵琶。

第三体的格律亦略同于第一体，唯上、下片第三句的平仄易为“◎●⊙○○●●”，且上片前两句不对仗，其格律并例词如下：

乌夜啼（全第六式，1 首。其中上片前两句不对仗，下片前两句对仗）

⊙●◎○⊙●句◎○⊙●○○韵◎●⊙○○●●句◎●●○○韵
⊙●◎○⊙●句◎○⊙●○○韵◎●⊙○○●●句◎●●○○韵

乌夜啼　　苏轼

莫怪归心甚速，西湖自有蛾眉。若见故人须细说，白发倍当时。
小郑非常强记，二南依旧能诗。更有鲈鱼堪切脍，儿辈莫教知。

49 字者，格律与上述全第四式基本相同，唯下片末句五字句破为一三三节奏的六字句，其格律并例词如下：

乌夜啼（全第七式，1 首。其中上、下片前两句须对仗）

⊙●◎○⊙●句◎○⊙●○○韵◎○⊙●○○●句◎●●○○韵
⊙●◎○⊙●句◎○⊙●○○韵◎○⊙●○○●句◎⊙●读●○○韵

乌夜啼　　程垓

静院槐风绿涨，小窗梅雨黄垂。欲看春事留连处，惟有夜寒知。
汲井漫随兰炷，心情半怯罗衣。粉香消尽无人觑，只门外、子规啼①。

50字者，格律与上述全第四式亦基本相同，唯上、下片末句五字句并破为一三三节奏的六字句，其格律并例词如下：

乌夜啼（全第八式，1首。其中上、下片前两句均须对仗）

⊙●◎○⊙●句◎○⊙●○○韵◎○⊙●○○●句◎⊙●读●○○韵

⊙●◎○⊙●句◎○⊙●○○韵◎○⊙●○○●句◎⊙●读●○○韵

乌夜啼　　程垓

墙外雨肥梅子，阶前水绕荷花。阴阴庭户熏风满，水纹簟、怯菱芽。

春尽难凭燕语，日长惟有蜂衙。沉香火冷珠帘暮，个人在、碧窗纱。

四、小结

综上所论，古今有关《乌夜啼》格律和体式的论列，疏漏良多。就字数而言，《乌夜啼》除了《钦定词谱》所列的47字、48字和50字之外，尚有49字一种，为程垓的《乌夜啼》（静院槐风绿涨）。就对仗而言，《乌夜啼》上、下片前两句六言往往多为对仗句。就平仄而言，《乌夜啼》两七言句虽多作“◎○⊙●○○●”，但偶尔也作“◎●⊙○○●●”；其第一个六言句的平仄应标识为“⊙●◎○⊙●”，但不包括“⊙●●○●●”一种。就体式而言，《乌夜啼》应有八体。

兹以最常见的48字《乌夜啼》为例，为其作一总谱，并说明如次。

---

① 此调末句五言破为两段三言，如欧阳修者，因用对仗，故宜视为两句。而程氏此处，并另一首两处，因上下各三字，一气贯串，殊为流利，故暂视为一句，略以顿号隔之，以明其非寻常二二二节奏之六言也。

乌夜啼又名圣无忧，《词律》取名“锦堂春”者暂未见，双调四十八字，上下片各四句两平韵

⊙●◎○⊙●句◎○⊙●○○韵◎○⊙●○○●句◎●●○○韵

⊙●◎○⊙●句◎○⊙●○○韵◎○⊙●○○●句◎●●○○韵

说明：

1. 上列为 48 字一体，尚有 47 字、49 字和 50 字三种。

2. 上片首句六言，少数词家有减一字为五言者；上下片之七言句，偶亦有减一字而为六言者；上下片末句五言偶亦有摊破为两句三言者。

3. 上下片两六言句往往多对仗。

4. 前一个六言句的平仄不包括“⊙●●○●●”；上下片之七言偶有作别式“◎●⊙○○●●”。

第九章

小令《应天长》格律与体式辨正

唐宋《应天长》有小令和长调两种。其中小令始于韦庄,流行于唐五代,五代之后,填制日少,与此相反,长调经柳永之手后,则作者渐多。小令《应天长》和长调《应天长》两种,格律差异甚大,宜分别加以讨论。本文拟先论小令《应天长》。唐代以降,小令《应天长》虽罕有为人所熟知的经典名篇,但一时作手,如韦庄、牛峤、孙光宪、冯延巳、李璟等,皆非等闲之辈。关于小令《应天长》的格律,明清以来,学者曾陆续有所析列,可惜片面之处仍有不少。

一、古今有关小令《应天长》格律的探讨和得失

小令《应天长》的常见格式,为双调四十九字,前段五句,后段四句,各押四仄韵,也有前段五句押五仄韵的。关于小令《应天长》的格律,古今重要词谱,除陈栩和陈小蝶《考正白香词谱》、龙榆生《唐宋词格律》二书因选调不多,未及采论外,其余如万树《词律》、王奕清《钦定词谱》、谢桃坊《唐宋词谱校正》等均有所探讨。以下即就上述三书所列小令《应天长》之格律,略作述评,并兼及得失。

《词律》一书所录小令《应天长》共有五体,其中前两体为四十九字体,后三体为五十字体。五体中,首体以欧阳修《应天长》(一弯初月临鸾镜)[①]一首为例,一一为其标出平仄和句韵,后四体分别以顾敻《应天长》(瑟瑟罗裙

① 此首实为李璟所作,而非欧阳修,详见曾昭岷等编撰《全唐五代词》,中华书局,1999 年版,第723 页。

金线缕)、韦庄《应天长》(绿槐阴里黄鹂语)、牛峤《应天长》(玉楼春望晴烟灭)、毛文锡《应天长》(平江波暖鸳鸯语)四首为例,其中第三、第四体亦一一标出平仄和句韵,第二、第五体则仅标出句韵。为便讨论,谨录其首体之词谱如下:

应天长四十九字　　**欧阳修**

一(可平)弯初(可仄)月临鸾镜韵云(可仄)鬓凤(可平)钗慵不整叶珠(可仄)帘静(可平)叶重(可仄)楼迥叶惆(可仄)怅落(可平)花风不定叶

绿烟低柳径叶何(可仄)处辘(可平)轳金井叶昨(可平)夜更(可仄)阑酒(可平)醒叶春(可仄)愁胜(可平)却病叶①

《钦定词谱》所载小令《应天长》共有四体,其中第一、第四体为50字体,第二、第三体为49字体。四体中,首体以韦庄《应天长》(绿槐阴里黄鹂语)一首为例,逐一标出平仄和句韵,后三体分别以顾敻《应天长》(瑟瑟罗裙金线缕)、冯延巳《应天长》(一弯初月临鸾镜)②、毛文锡《应天长》(平江波暖鸳鸯语)三首为例,虽也一一标出了平仄和句韵,但平仄多数只是如实注出例词的平仄,已然失去了平仄谱的意义。兹录其首体词谱如后:

应天长双调五十字,前后段各五句四仄韵　　**韦庄**

绿槐阴里黄鹂语。深院无人春昼午。画帘垂，金凤舞。寂寞绣屏
⊙◎◎⊙○◎●韵◎●◎○○●●韵⊙○◎句◎⊙●韵⊙●⊙○
香一炷。
○●●韵

碧天云，无定处。空有梦魂来去。夜夜绿窗风雨。断肠君信否。
●○○句○●●韵◎●⊙○○●韵⊙●⊙○◎●韵⊙◎◎⊙●韵

谱后又云:"此调始于此词,顾词、冯词由此减字,毛词由此或添字或减

① 万树:《词律》,上海古籍出版社,1984 年版,第 154-155 页。

② 此首为李璟所作,而非冯延巳,详见曾昭岷等编撰《全唐五代词》,中华书局,1999 年版,第723 页。

字，实正体也。韦词别首‘别来半岁’词，牛峤‘双眉淡薄’词，宋毛开‘曲阑十二’词，正与之同。”①

《唐宋词谱校正》所列小令《应天长》仅两体，其中次体以49字之顾敻《应天长》（瑟瑟罗裙金线缕）一首为例，除下片首句外，其余均如实标出平仄，而于可通之处则未加说明，并以为“此体将韦词后段第一、二两句六字改为五字句，比韦词少一字，其余格律相同”。首体以韦庄《应天长》（别来半岁音书绝）一首为例，为作词谱如下：

应天长双调，五十字。前后各五句，四仄韵。　　韦庄

别来半岁音书绝。一寸离肠千万结。难相见，易相别。又是玉楼花似雪。

□□□□○□●韵□●□○○●●韵□○□句□□●韵□●□○○●●韵

暗相思，无处说。惆怅夜来烟月。想得此时情切。泪沾红袖黦。

●○○句○●●韵□●□○○●韵□●□○□●韵□○○●●韵②

纵观以上各家有关小令《应天长》格律的论述，有同也有异，相同之处，主要有以下几点：一是《词律》五体、《钦定词谱》四体中，均曾以李璟《应天长》（一弯初月临鸾镜）、顾敻《应天长》（瑟瑟罗裙金线缕）、韦庄《应天长》（绿槐阴里黄鹂语）、毛文锡《应天长》（平江波暖鸳鸯语）四首为例，此外《唐宋词谱校正》所列两体，例词中亦有一首与前两书相同，即顾敻《应天长》（瑟瑟罗裙金线缕）；二是《词律》《钦定词谱》二书均注意到了小令《应天长》八句体、九句体和十句体之别，以及八韵体和九韵体之别；三是上列关于小令《应天长》首体词谱上片后四句、下片两个六言句的平仄标示，除上片第二个三言的第二个字，《词律》以为必平，《钦定词谱》和《唐宋词谱校正》以为可平可仄外，其余的观点则几乎全同，此外，下片的开端如果为两个三言句，诸家的平仄标示，也均一致，而分别为“●○○”“○●●”。不同之处，主要有

① 王奕清：《钦定词谱》，中国书店，1983年版，第491—494页。

② 谢桃坊：《唐宋词谱校正》，上海古籍出版社，2012年版，第116—118页。

以下几点：一是三家所列小令《应天长》的体式数量并不一致，其中《词律》为五体，《钦定词谱》为四体，《唐宋词谱校正》为二体；二是三家在例词上虽大致雷同，尤其是《词律》《钦定词谱》二书，但毕竟所载体式数量不一，故例词方面必亦有所出入，如《词律》所列牛峤《应天长》（玉楼春望晴烟灭）一首，即为另外二家所无等；三是《词律》《钦定词谱》所列体式均兼及八句体、九句体、十句体三种，以及八韵体和九韵体两种，而《唐宋词谱校正》在句数上仅列及九句体和十句体两种，押韵上仅列及八韵体一种；四是关于小令《应天长》上片首句的平仄，《钦定词谱》《唐宋词谱校正》两书的观点大体一致，一为"⊙◎◎⊙○◎●"，一为"□□□□○□●"，但《词律》则认为当作"⊙○◎●○○●"，而与前两书有较大的差异，此外，关于下片末句的平仄，《词律》认为当作"◎○⊙●●"，《钦定词谱》认为当作"⊙◎◎⊙●"，《唐宋词谱校正》认为当作"□○○●●"，三者之间也有明显的不同。

结合本章后面的论证来看，各家有关小令《应天长》体式的析列，相对而言，以《词律》的为最胜，次为《钦定词谱》，次为《唐宋词谱校正》，不过，《词律》等书由于所见有限，乃至忽略了对仗、平仄等要素对析体的参考标准，故他们所分小令《应天长》的体式，还不够完备。就句数和用韵而言，《词律》《钦定词谱》均注意到了小令《应天长》的各种变化，反观《唐宋词谱校正》一书的罗列，则有所不及，已见前述。就对仗而言，三家均未注意到小令《应天长》上下片各两个三言组，尤其是上片一个三言组的骈俪特点。以上是他们的短处。就平仄而言，三家关于此调首体上片后四句、下片中间两个六言句的平仄标示，基本可信，此外，如果不局限于首体的话，三家关于下片开端如为两个三言句的平仄标注，也完全可从，以上是他们的长处。① 缺点，主要有以下三个方面：一是，往往将两种平仄句式加以混注，使相关位置可用的平仄句式严重泛化。如《钦定词谱》《唐宋词谱校正》将上片首句分别注为"⊙◎◎⊙○◎●""□□□□○□●"。又如，《钦定词谱》将下片末句注为"⊙

---

① 唯诸书将第一个三言句的平仄大致混注为"□○□"等，而有明显的不妥。固然这种混注，不像后面所列举的其他五、七言句式的混注一样，会导致平仄句式范围的无端扩大，但也带来了新的麻烦，即这一合多种句式为一体的标注法，显然遗漏了本在使用范围之内的"○●●"等，如冯延巳《应天长》（朱颜日日惊憔悴）"人事改"、《应天长》（石城花落江楼雨）"芳草岸"。

◎◎⊙●”等。二是，所标的平仄，尚有不准确的地方，如下片开端如为一五言句，当作“⊙○○●●”，而《词律》却断为“●○○●●”，以为此句第一字必仄，显有不妥；又如下片第一个六言句的第五字，诸家均以为必作平，实则考以同句式的后一个六言，此字当可不拘，即全句的平仄当作“◎●⊙○◎●”；又如《词律》将下片末句的平仄断为“◎○⊙●●”，实则这一句的平仄唐宋人多作“⊙○○●●”，也就是说，第三字一般并不能不拘，万氏之所以如此判断，或与此句存在讹字有关，即第三字当为“过”而非“胜”[①]。三是，所标各句的平仄，常常忽略了替代式或别式的存在。前者如小令《应天长》上片末句虽多作“◎●⊙○○●●”，但偶尔也会使用替代式“◎●⊙○●○●”，对此，上述三家均未曾道及。后者如小令《应天长》下片末句虽多作“⊙○○●●”，但有时也作“⊙●◎○●”，而《唐宋词谱校正》一书显然忽略了后一种句式的存在。又如小令《应天长》的第二、第四句虽多作“◎●⊙○○●●”，但偶尔也作“◎○⊙●○○●”，对此，《钦定词谱》《唐宋词谱校正》两书亦均未说明。以上所论各家所标平仄句式的得失，主要是以首体为中心，而稍事概括。事实上，如果把范围扩展到他们所析列的所有体式，问题将会更多。[②] 详细的例证，请参本章第二部分的相关论述。

二、小令《应天长》相关格律问题辨正

经检《全唐五代词》《全宋词》两书，可知，今存唐五代小令《应天长》共有 13 首，其中，以冯延巳的 5 首最多，次为韦庄、牛峤两人的 2 首，此外，毛文锡、顾夐、孙光宪、李璟等亦各有 1 首；宋代小令《应天长》共有 2 首，分别为毛幵《应天长令》（曲栏十二闲亭沼）和许棐《应天长》（溅紫飘红风又雨）。

---

① 见曾昭岷等编撰《全唐五代词》，中华书局，1999 年版，第 723 页。

② 在此姑举数例，如《词律》所列第二体顾夐《应天长》（瑟瑟罗裙金线缕）以为“首句用仄仄平平仄仄”，实于中间漏一“平”字；所列第三体，将下片倒数第二句的平仄混注为“⊙⊙⊙○◎●”，使此句的用律范围无端扩大化了。又如《唐宋词谱校正》所列第一体小注后所引韦庄另一首同调之作，即小令《应天长》（绿槐阴里黄鹂语）下片的首句“碧云天”，实当作“碧天云”；所列第二体，即顾夐《应天长》（瑟瑟罗裙金线缕），以为较之韦庄词，差别仅在改下片开端两三言为一五言，实则两者之间所用平仄句式亦多有不同，而主要体现在上、下片的首句；此外，所列第二体的小注中，所引李璟一首“重帘静”，“静”乃入韵，其后的标点应为句号，而书中却误为逗号。诸如此类，可谓不胜枚举。

应该特别说明的是,《全唐五代词》所录顾夐《应天长》(瑟瑟罗裙金线缕)一首,上片第三句"垂交带","带"不入韵,依此书体例,本应为逗号,而书中却标为句号,实有未妥。另外,冯延巳《应天长》(朱颜日日惊憔悴)一首上片第三句"人事改","改"乃入韵,依此书体例,则应为句号,而书中却误为逗号,亦有未当。以下即以上述词作为考察对象,就古今有关小令《应天长》的几个重要格律问题,略作辨正和补充。

首先,就句数而言,小令《应天长》有一个最大的特点,即上片末句之前多数为两个三言句,但偶尔也有将这两个三言句合为一个七言句的,下片首句多数为一个五言句,但偶尔也有将其破为两个三言句的。如此,小令《应天长》的句数便形成了三种情况:一是上片末句之前为两个三言句,而下片首句为一个五言句,如此通篇则为九句,如冯延巳《应天长》(当时心事偷相许)等;二是上片末句之前仍为两个三言句,而下片的前头,也为两个三言句,如此,通篇则有十句,如韦庄《应天长》(绿槐阴里黄莺语)等;三是上片末句之前为一个七言句,而下片首句为一个五言句,如此,通篇则为八句,如牛峤《应天长》(玉楼春望晴烟灭)等。至于,上片末句之前为一个七言句,而下片的前头为两个三言句的情况则未见。以上三种情况,可分别称作九句体、十句体和八句体。三体中,以九句体最为常见,次为十句体,最少的是八句体,其中九句体通篇共 49 字,而十句体和八句体,通篇则均为 50 字。持此而观上述三家之论,其中《词律》《钦定词谱》二书均包括九句体、十句体和八句体三类,较为全面,而《唐宋词谱校正》一书则仅涵盖九句体和十句体两种,有所不及。

其次,就用韵而言,总的来说,小令《应天长》是一个押韵较为稠密的词调,各体之间的押韵差异,主要体现在通篇用韵数量的多少。而通篇用韵数量的多少,关键则在于当上片末句的前面是两个三言句时,其第一个三言句是否入韵。如果入韵,则通篇将有九韵,如冯延巳《应天长》(兰舟一宿还归去)"兰舟一宿还归去。底死謾生留不住。枕前语。记得否。说尽从来两心素。　　同心牢结取。切莫等闲相许。后会不知何处。双栖人莫妒",其中的韵脚字分别为"去""住""语""否""素""取""许""处""妒"等,凡九韵,较之它篇,此处,主要是"枕前语"的"语"也入韵了。类似的例子,还有冯延巳《应天长》(朱颜日日惊憔悴)、李璟《应天长》(一钩初月临妆镜)等两

首。如果不入韵，通篇则为八韵，如许棐《应天长》（溅紫飘红风又雨）“溅紫飘红风又雨。一刻韶芳留不住。燕吞声，莺谇语。待得晴来人已去。

怯新歌，怜旧舞。冷落艳腔芳谱。要识此时情绪。豆梅酸更苦”，其中的韵脚字分别是“雨”“住”“语”“去”“舞”“谱”“绪”“苦”等，凡八韵，其中“燕吞声”的“声”不入韵。类似的例子还有冯延巳《应天长》（石城山下桃花绽）、毛幵《应天长令》（曲栏十二闲亭沼）等。以上两种情况，实以后一种情况较为常见，前一种情况颇寥寥。换言之，小令《应天长》主要以押八韵为主，押九韵虽有之，但不多，唐宋诸作中仅 3 首。持此而观上述三家之论，《词律》《钦定词谱》二书均能兼顾八韵和九韵之小令《应天长》，而《唐宋词谱校正》一书所列则仅有八韵体一种，乃其短处。

再次，就对仗而言，小令《应天长》上片末句前，如为两个三言，则它们往往以对仗出之，如韦庄《应天长》（绿槐阴里黄莺语）“画帘垂，金凤舞”、牛峤《应天长》（双眉澹薄藏心事）“玉钗横，山枕腻”、孙光宪《应天长》（翠凝仙艳非凡有）“鬓如云，腰似柳”、冯延巳《应天长》（石城山下桃花绽）“南去棹，北归雁”等。甚至有不避同字对的，如韦庄《应天长》（别来半岁音书绝）“难相见，易相别”，其中“相”为同字，两句为同字对。这两句，偶尔也有不对仗的，如冯延巳《应天长》（朱颜日日惊憔悴）“人事改。空追悔”、《应天长》（兰舟一宿还归去）“枕前语。记得否”等。与上相反，下片的开端如为两个三言句，则以不对仗为主，如韦庄《应天长》（绿槐阴里黄莺语）“碧天云，无定处”、《应天长》（别来半岁音书绝）“暗相思，无处说”、牛峤《应天长》（双眉澹薄藏心事）“别经时，无限意”等。当然，偶尔也有对仗的，如孙光宪《应天长》（翠凝仙艳非凡有）“醉瑶台，携玉手”、许棐《应天长》（溅紫飘红风又雨）“怯新歌，怜旧舞”等。以上小令《应天长》两处的骈俪特点，不管是清代的《词律》《钦定词谱》，还是今天的《唐宋词谱校正》，均未暇顾及，而有所忽视。

第四，小令《应天长》最大的格律问题，主要是平仄问题。就平仄而言，结合上述唐宋所有小令《应天长》的词作来看，其上片首句多作“◎○⊙●○○●”，如韦庄“绿槐阴里黄莺语”、牛峤“玉楼春望晴烟灭”、孙光宪“翠凝仙艳非凡有”等；偶尔也有作“◎●⊙○○●●”，如许棐“溅紫飘红风又雨”等。第二句的平仄，则多作“◎●⊙○○●●”，如韦庄“深院无人春昼午”、毛文锡“两两钓船归极浦”、孙光宪“窈窕年华方十九”等；偶尔也作“◎○⊙

●○○●”，如牛峤“舞衫斜卷金条脱”。第二句之后，倘为一个七言，平仄则一例作“◎○⊙●○○●”，如牛峤“黄鹂娇啭声初歇”、毛文锡“芦洲一夜风和雨”等。倘为两个三言，前者如以平收尾，平仄则作“●○○”，如牛峤“玉钗横”、孙光宪“鬓如云”，如以仄收尾，平仄则作“◎⊙●”，如韦庄“难相见”、冯延巳“南去棹”“枕前语”等；后者的平仄则仅有以仄收尾者，其平仄一例作“◎⊙●”，如韦庄“易相别”、孙光宪“腰似柳”、冯延巳“空追悔”等。末句的平仄，则多作“◎●⊙○○●●”，如牛峤“宝帐鸳鸯春睡美”、毛文锡“飞起浅沙翘雪鹭”、孙光宪“妙对绮筵歌醁酒”；偶尔也有用上一种平仄的替代式，而为“◎●⊙○●○●”，如冯延巳“枕上夜长只如岁”“说尽从来两心素”等；或作“◎○⊙●○○●”，如牛峤“杏花飘尽龙山雪”。

下片的开头如为两个三言，前者的平仄，均作“●○○”，如韦庄“碧天云”、孙光宪“醉瑶台”；后者的平仄，均作“○●●”，如韦庄“无处说”、孙光宪“携玉手”。如为一个五言，其平仄则多数作“⊙○○●●”，如牛峤“凤钗低赴节”、毛文锡“渔灯明远渚”、冯延巳“倚楼情绪懒”；偶尔也作“⊙○○○●”，如顾敻“背人匀檀注”，后面这种平仄本非律句，不足为训，例子亦仅顾氏一例，疑或有误，姑识于此。中间两个六言的平仄句式本为一种，宜合而校之，经考，它们的平仄均应作“◎●⊙○◎●”①，例子如右，前一个六言的如韦庄“惆怅夜来烟月”、牛峤“筵上王孙愁绝”、毛文锡“兰棹今宵何处”、冯延巳“惆怅春心无限”，后一个六言的如韦庄“想得此时情切”、牛峤“莫信彩笺书里”、毛文锡“罗袂从风轻举”、冯延巳“忍泪蒹葭风晚”等。末句之五言的平仄，与前此开端如为五言者的主流平仄句式一样，主要作“⊙○○●●”，如韦庄“断肠君信否”、孙光宪“泪沾金缕袖”、毛幵“不知春过了”；但与前者不一样，此处的五言，偶尔也有作“⊙●◎○●”，如毛文锡“愁杀采莲女”。

第五，就体式而言，如前所述，三书中以《词律》所载数量为最多，共有五体，次为《钦定词谱》的四体，最少的为《唐宋词谱校正》，仅有两体。而据笔者考证，综合小令《应天长》一调在句数、用韵、对仗、平仄等四个方面的差

---

① 前一个六言的第五字，唐宋诸作无作仄声者，究其原因，概因例子较少，存在一定的偶然性，并不能说明此处定不能用仄声，此点参见后一个六言之第五字不避仄声即可知也。故万树注此调第一个六言句的第五字为必平，实欠通达。

异，此调实可分为十二体。

三、小令《应天长》的体式

纵观唐宋所有小令《应天长》，其体式可分为八句、九句和十句三大类。其中，八句体因某几句所用平仄句式的不同，又可分为两体；九句体，因用韵、对仗、平仄等方面的差异，又可分为六体；而十句体，因对仗、平仄等方面的差异，也可分为四体。综上，共可得小令《应天长》十二体。

首先，是八句体中的两体。第一体为上片四句七言，下片两句五言并两句六言，其中，后一个五言与其他各体此处之五言所用的平仄不尽相同，而为“⊙●◎○●”。此体的格律并例词如下：

应天长（全第一式，1 首）

◎○⊙●○○●韵◎●⊙○○●●韵◎○⊙●○○●韵◎●⊙○○●●韵

⊙○○●●韵◎●⊙○◎●韵◎●⊙○◎●韵⊙●◎○●韵

应天长　　毛文锡

平江波暖鸳鸯语。两两钓船归极浦。芦洲一夜风和雨。飞起浅沙翘雪鹭。

渔灯明远渚。兰棹今宵何处。罗袂从风轻举。愁杀采莲女。

第二体与第一体最大的不同，在于上片第二、第四句的平仄为“◎○⊙●○○●”，而非“◎●⊙○○●●”，且下片第三句的平仄为“◎○●○⊙●”，第四句的平仄为“⊙○○●●”，其格律并例词如下：

应天长（全第二式，1 首）

◎○⊙●○○●韵◎○⊙●○○●韵◎○⊙●○○●韵◎○⊙●○○●韵

⊙○○●●韵◎●⊙○◎●韵◎○●○⊙●韵⊙○○●●韵

应天长　　牛峤

玉楼春望晴烟灭。舞衫斜卷金条脱。黄鹂娇啭声初歇。杏花飘尽龙山雪。

凤钗低赴节。筵上王孙愁绝。鸳鸯对衔罗结。两情深夜月。

其次，是九句体中的六体。所谓九句体，因用韵的不同，可分为上片五韵和上片四韵两类。其中上片五韵者，因对仗的差异，又可分为上片两三言句对仗和上片两三言句不对仗两体。第一体为上片两三言句对仗者，其格律并例词如下：

应天长（全第三式，1 首。上片两三言对仗）

◎○⊙●○○●韵◎●⊙○○●●韵◎⊙●韵◎⊙●韵◎●⊙○○●●韵

⊙○○●●韵◎●⊙○◎●韵◎●⊙○◎●韵⊙○○●●韵

应天长　　李璟

一钩初月临妆镜。蝉鬓凤钗慵不整。重帘静。层楼迥。惆怅落花风不定。

柳堤芳草径。梦断辘轳金井。昨夜更阑酒醒。春愁过却病。

第二体为上片两三言句不对仗者，其格律并例词如下：

应天长（全第四式，2 首。上片两三言不对仗）

◎○⊙●○○●韵◎●⊙○○●●韵◎⊙●韵◎⊙●韵◎●⊙○●○●韵

⊙○○●●韵◎●⊙○◎●韵◎●⊙○◎●韵⊙○○●●韵

应天长　　冯延巳

朱颜日日惊憔悴。多少离愁谁得会。人事改。空追悔。枕上夜长只如岁。

红绡三尺泪。双结解时心醉。魂梦万重云水。觉来还不睡。

上片四韵者，因对仗的差异，又可分为上片两三言句对仗和上片两三言句不对仗两小类。其中第一小类因上片首句所用平仄句式等的不同，又可分为两种。第一种仅一体，其上片首句的平仄为“◎●⊙○○●●”，另外，此体下片首句的平仄为“⊙○○○●”，也异于众体，其格律并例词如下：

应天长（全第五式，1 首。上片两三言对仗）

◎●⊙○○●●韵◎●⊙○○●●韵◎⊙●句◎⊙●韵◎●⊙○○●●韵

⊙○○○●韵◎●⊙○◎●韵◎●⊙○◎●韵⊙○○●●韵

应天长　　顾敻

瑟瑟罗裙金线缕。轻透鹅黄香画袴。垂交带，盘鹦鹉。袅袅翠翘移玉步。

背人匀檀注。慢转横波偷觑。敛黛春情暗许。倚屏慵不语。

第二种，上片首句的平仄为“◎○⊙●○○●”。此种，因上片第三句之三言所用平仄的不同，还可分为两体。一为上片第三句之三言以平结，其格律并例词如下：

应天长（全第六式，2 首。上片两三言对仗）

◎○⊙●○○●韵◎●⊙○○●●韵●○○句◎⊙●韵◎●⊙○○●●韵

⊙○○●●韵◎●⊙○◎●韵◎●⊙○◎●韵⊙○○●●韵

应天长令　　毛幵

曲栏十二闲亭沼。履迹双沉人悄悄。被池寒，香炉小。梦短女墙莺唤晓。

柳风轻袅袅。门外落花多少。日日离愁萦绕。不知春过了。

其中上片末句之七言，偶尔也用替代式“⊙●◎○●○●”，见冯延巳《应天长》(当时心事偷相许)一首。另一体为上片第三句之三言以仄结，其格律并例词如下：

应天长(全第七式，1 首。上片两三言对仗)

◎○⊙●○○●韵◎●⊙○○●●韵◎⊙●句◎⊙●韵◎●⊙○○●●韵

⊙○○●●韵◎●⊙○◎●韵◎●⊙○◎●韵⊙○○●●韵

应天长　　冯延巳

石城山下桃花绽。宿雨初收云未散。南去棹，北归雁。水阔天遥肠欲断。

倚楼情绪懒。惆怅春心无限。忍泪兼葭风晚。欲归愁满面。

第二小类仅一体，其格律并例词如下：

应天长(全第八式，1 首。上片两三言不对仗)

◎○⊙●○○●韵◎●⊙○○●●韵◎⊙●句◎⊙●韵◎●⊙○○●●韵

⊙○○●●韵◎●⊙○◎●韵◎●⊙○◎●韵⊙○○●●韵

应天长　　冯延巳

石城花落江楼雨。云隔长洲兰芷暮。芳草岸，和烟雾。谁在绿杨深处住。

旧游时事故。岁晚离人何处。杳杳兰舟西去。魂归巫峡路。

最后，是十句体中的四体。所谓十句体，因对仗的不同，可分为上下片两个三言组仅一组对仗和上下片两个三言组均对仗两类。其中第一类，因平仄的差异，又可分为上片第三句之三言以平结和上片第三句之三言以仄结两体。其中第一体为上片第三句之三言以平结者，其格律并例词如下：

应天长(全第九式,2 首。仅上片两三言对仗)

◎○⊙●○○●韵◎●⊙○○●●韵●○○句◎⊙●韵◎●⊙○○●●韵

●○○句○●●韵◎●⊙○◎●韵◎●⊙○◎●韵⊙○○●●韵

应天长　　牛峤

双眉澹薄藏心事。清夜背灯娇又醉。玉钗横，山枕腻。宝帐鸳鸯春睡美。

别经时，无限意。虚道相思憔悴。莫信彩笺书里。赚人肠断字。

第二体为上片第三句之三言以仄结者,其格律并例词如下:

应天长(全第十式,1 首。仅上片两三言对仗)

◎○⊙●○○●韵◎●⊙○○●●韵◎⊙●句◎⊙●韵◎●⊙○○●●韵

●○○句○●●韵◎●⊙○◎●韵◎●⊙○◎●韵⊙○○●●韵

应天长　　韦庄

别来半岁音书绝。一寸离肠千万结。难相见，易相别。又是玉楼花似雪。

暗相思，无处说。惆怅夜来烟月。想得此时情切。泪沾红袖黦。

第二类,因平仄的差异,又可分为上片首句的平仄为"◎○⊙●○○●"和上片首句的平仄为"◎●⊙○○●●"两体。其中第一体上片首句的平仄为"◎○⊙●○○●",其格律并例词如下:

应天长(全第十一式,1 首。上下片各两三言均对仗)

◎○⊙●○○●韵◎●⊙○○●●韵●○○句◎⊙●韵◎●⊙○○●●韵

●○○句○●●韵◎●⊙○◎●韵◎●⊙○◎●韵⊙○○●●韵

应天长　　孙光宪

翠凝仙艳非凡有。窈窕年华方十九。鬓如云，腰似柳。妙对绮筵歌醁酒。

醉瑶台，携玉手。共宴此宵相偶。魂断晚窗分首。泪沾金缕袖。

第二体上片首句的平仄为“◎●⊙○○●●”，其格律并例词如下：

应天长（全第十二式，1 首。上下片各两三言均对仗）

◎●⊙○○●●韵◎●⊙○○●●韵●○○句◎⊙●韵◎●⊙○○●●韵

●○○句○●●韵◎●⊙○◎●韵◎●⊙○◎●韵⊙○○●●韵

应天长　　许棐

溅紫飘红风又雨。一刻韶芳留不住。燕吞声，莺谇语。待得晴来人已去。

怯新歌，怜旧舞。冷落艳腔芳谱。要识此时情绪。豆梅酸更苦。

四、小结

综上所述，古今有关小令《应天长》格律的论列，并不完善。就句数言，小令《应天长》有八句体、九句体和十句体三类，而以九句体为主。就用韵言，小令《应天长》有八韵体和九韵体两类，其差别主要在于上片第一个三言是否入韵。就对仗言，上片两个三言往往为骈俪之格，下片的开端如为两个三言，有时也以对仗出之。就平仄言，许多位置除了使用常见的平仄句式外，偶尔也使用替代式或别式。综合以上句数、用韵、对仗、平仄各个方面的差异，共可得小令《应天长》体式十二体。

大致来说，小令《应天长》一调的词谱，可概括并说明如后。

应天长双调 49 字，上片五句四仄韵，下片四句四仄韵，上片两三言多对仗

◎○⊙●○○●韵◎●⊙○○●●韵●○○句◎⊙●韵◎●⊙○○●●韵

⊙○○●●韵◎●⊙○◎●韵◎●⊙○◎●韵⊙○○●●韵

说明：

1. 偶有 50 字体者，即上片两三言偶尔也有合为一七言句，倘如此，平仄则为"◎○⊙●○○●"。下片首句之五言，偶尔也有破为两个三言句，倘如此，平仄则分别为"●○○""○●●"。

2. 上片第三句，偶尔亦有入韵的，如冯延巳《应天长》(兰舟一宿还归去)、李璟《应天长》(一钩初月临妆镜)等。

3. 下片开端如为两三言，也有以骈俪之格出之的，唐宋时此一特点虽非主流，却有愈后愈严之势。

4. 上片首句的平仄偶亦有作"◎●⊙○○●●"；第二句的平仄偶亦有作"◎○⊙●○○●"；第三句的平仄偶亦有作"◎⊙●"；末句的平仄偶亦有作"⊙●◎○●○●"或"◎○⊙●○○●"。下片首句的平仄偶亦有作"⊙○○○●"，须注意的是，与其他替代式或别式不同，此一平仄句式，并非通常意义上的律句；末句的平仄偶亦有作"⊙●◎○●"。

第十章

《太常引》格律与体式辨正

《太常引》一调，概始见于南宋，今存较早之作有沈端节《太常引》（三三五五短长亭）、丘崈《太常引》（憎人虎豹守天关）、辛弃疾《太常引》（君王著意履声间）等。有宋一代，此调创作虽不多，但亦不乏名篇佳作，如辛弃疾《太常引》（一轮秋影转金波）、高观国《太常引》（玉肌轻衬碧霞衣）、卢祖皋《太常引》（梦回金井卸梧桐）、无名氏《太常引》（行云踪迹杳无期）等，均是明证。关于《太常引》的格律，古今学者时有探讨，然或多或少，仍有一定的讹漏，特撰本章，以弥缝之。

一、古今有关《太常引》格律的探讨和得失

词调《太常引》，前人多用以写仙、祝寿和咏梅，风格不一。其格律，常见的为五十字，上片四句四平韵，下片五句三平韵，其中上片第二句为三三句法，上下片末句为三四句法，由此而别于一般之六言与七言句法。关于此调的格律，古今著名词谱如万树《词律》、王奕清《钦定词谱》、龙榆生《唐宋词格律》等，均有所论列，此外，今人谢桃坊《唐宋词谱校正》一书亦有所析分，以下即就上述四书的相关看法，略作引述，并兼及其异同得失。

《词律》所录《太常引》共有 49 字和 50 字两体，其中第二体以高观国《太常引》（玉肌轻衬碧霞衣）一首为例，标出韵句，平仄谱则仅就第二句“似争驾翠鸾飞”略加归纳。首体以辛弃疾《太常引》（仙机似欲织纤罗）一首为例，为其标出句韵与平仄，其详如下：

太常引四十九字　　**辛弃疾**

仙机(可仄)似欲(可平)织纤罗韵仿(可平)佛度金梭韵无(可仄)奈玉纤何韵却弹(可仄)作豆清商恨多韵
朱(可仄)帘影(可平)里句如(可仄)花半(可平)面句绝(可平)胜隔帘歌韵世(可平)路苦风波韵且痛(可平)饮豆公无渡
河韵

万氏在是谱后又进一步补充道:"恨渡二字。必用去声。与柳梢青同。此乃音理。非穿凿也。"①

《钦定词谱》所列《太常引》亦有49字和50字两体,其中第二体所用例词、所标平仄大抵同于《词律》,首体同样以辛弃疾《太常引》(仙机似欲织纤罗)一首为例,并为作词谱如后:

太常引双调四十九字,前段四句四平韵,后段五句三平韵　　**辛弃疾**

仙丛似欲织纤罗。仿佛度金梭。无奈玉纤何。却弹作、清商恨
◎○⊙●●○○韵⊙●●○○韵◎●●○○韵●◎●读○○●
多。
○韵
珠帘影里，如花半面，绝胜隔帘歌。世路苦风波。且痛饮、公无
◎○⊙●句◎○⊙●句⊙●●○○韵⊙●●○○韵⊙⊙●读○○
渡河。
●○韵②

总的来看,《钦定词谱》所列两体,无论是例词,还是文字谱,几乎全同于《词律》,两书的最大区别在于,《词律》认为此调两结句倒数第二字必为去声,而《钦定词谱》则未予论定。另外,《词律》认为此调下片末句首字必为仄声,而《钦定词谱》则认为此处亦可用平声,即此处可平仄不拘。

不同于以上两书的词、谱合一,龙榆生《唐宋词格律》所列《太常引》,则

① 万树:《词律》,上海古籍出版社,1984年版,第151页。
② 王奕清:《钦定词谱》,中国书店,1983年版,第483—485页。

是先有谱式,而后有例词。其中所列《太常引》仅一体,例词为辛弃疾《太常引》(一轮秋影转金波),谱式如下:

太常引四十九字,前片四平韵,后片三平韵。两结句倒数第二字定要去声。

□○□●●○○韵□●●○○韵□●●○○韵●□●豆○○●○韵

□○□●句□○□●句□●●○○韵□●●○○韵●□●豆○○●○韵①

相较而言,龙榆生关于《太常引》格律的见解最近于《词律》。一则《词律》以为49字体上下片末句倒数第二字必为去声,龙氏同之;二则《词律》并不以为此体下片末句首字可平仄不拘,龙氏亦同之。须知,上述两点乃《钦定词谱》《词律》两书关于此调格律的最大分歧。

谢桃坊《唐宋词谱校正》所录《太常引》亦有两体,其中首体以50字沈端节《太常引》(三三五五短长亭)一首为例,为其作谱如下:

太常引双调,五十字。前段四句,四平韵;后段五句,三平韵。　　**沈端节**

三三五五短长亭。都只解、送人行。天远树冥冥。怅好梦、才成又惊。

□○□●●○○韵□□●读●○○韵○●●○○韵●●●读○○●○韵

夜堂歌罢,小楼钟断,归路已闻莺。应是困瞢腾。问心绪、而今怎生。

●○○●句●○○●句□●●○○韵○●●○○韵●□●读□○●○韵

谱后又有云:"南宋中期新声。换头曲,句式富于变化。前段第二句为折腰之六字句,前后段结句为上三下四句法……此调有两体。"第二体则以

① 龙榆生:《唐宋词格律》,上海古籍出版社,1978年版,第23页。

49字辛弃疾《太常引》(一轮秋影转金波)一首为例,一一标出句韵与平仄。谱后说明中,又提及刘辰翁《太常引》(便晴也是不曾晴)一首"前段第二句为六字句,但不作折腰句法,略异。"①

纵观以上各家有关《太常引》格律的论述,可知,《词律》与《钦定词谱》两家的观点颇为接近,不管所析体式的数量,还是例词与文字谱,总的来看,均大同小异。此外,《唐宋词格律》所录《太常引》仅一体,但其中的一些重要观点则均承自《词律》一书。最晚出的《唐宋词谱校正》,所录《太常引》虽和《词律》等书一样,也有两体,但其中颇有异于前人者,其中最大的不同:一是为《太常引》第一体所标的文字谱,尤其是平仄谱与前述三家所论,多有出入,如以为此调上下片第三句的平仄首字必为平声,上片末句的平仄第二字必为仄声等;二是揭示出50字体中前段第二句之六言,其中既有使用三三句法的,也有使用二二二句法的。

结合本章后面的论证来看,古今四家对于《太常引》格律的论列,当以《词律》的成就最高,而《唐宋词谱校正》所标《太常引》首体之平仄谱,讹误最多。《词律》《钦定词谱》《唐宋词谱校正》三书为《太常引》分析的体式,虽已包括此调最主要的两种格式,但还是忽略了句法、对仗两种要素在词体区分中的重要价值。相对而言,《词律》《唐宋词格律》认为《太常引》两结句的首字必为仄声,更为审慎,但他们又一致以为这两个结句的倒数第二个字必为去声,则不免武断。

二、《太常引》相关格律问题辨正

经检《全宋词》《全宋词补辑》二书相关索引,《太常引》一调今有宋代词作共20首,其中以辛弃疾存作最多,计有4首,其次韩玉、韩淲、刘辰翁三人亦各有2首。相较宋代其他词调而言,古今诸家关于《太常引》格律的论列,分歧不算太多,以下即以上述相关作品为准,就此调一些重要的格律问题略作辨析如次。

第一,就平仄而言,主要有三个问题值得注意。一是《太常引》两结句的首字到底是必用仄声,还是大可平仄不拘。对此,《词律》《唐宋词格律》两家

---

① 谢桃坊:《唐宋词谱校正》,上海古籍出版社,2012年版,第114—115页。

均以为须用仄声，而《钦定词谱》《唐宋词谱校正》以为上片结句的首字用仄声，下片结句的首字则可平仄不拘。经过对宋代《太常引》所有相关词句的考察，可知，此两句的首字无论其本身是单独成一节奏，还是与别字合成一节奏，绝大多数均为仄声。这样的例子可谓不胜枚举，如辛弃疾《太常引》（君王着意履声间）“道吏部、文章泰山”“似江左、风流谢安”、韩玉《太常引》（荒山连水水连天）“又却在、潇湘岸边”“尚独对、残灯未眠”、高观国《太常引》（玉肌轻衬碧霞衣）“笑女伴、东风醉时”“问一片、将愁寄谁”，其中“道”“似”“又”“尚”“笑”“问”等字即均为仄声。唯一的例外，仅有1例，即辛弃疾《太常引》（一轮秋影转金波）下片“人道是、清光更多”，“人”为平声，但是像这样的特殊情况，实不足为训。因此，关于此处平仄的标示，笔者更赞成《词律》等书的做法。稍有遗憾的是，在这一点上，龙榆生一书的观点虽与《词律》相同，但书中以辛弃疾《太常引》（一轮秋影转金波）一首为证，却不太合适，毕竟，像“人道是、清光更多”这样的例子，并不具有代表性。

二是《太常引》两结句倒数第二字是不是非得限以去声。对此《词律》《唐宋词格律》二书均以为定要去声，已如前引，而其他两家则未置可否。经考，宋人所作《太常引》，此处虽多作去声，如诸家所举的辛弃疾《太常引》（仙机似欲织纤罗）“却弹作、清商恨多”“且痛饮、公无渡河”的“恨”和“渡”，《太常引》（一轮秋影转金波）“被白发、欺人奈何”“人道是、清光更多”的“奈”和“更”等，但亦不乏作上声者，如沈端节“问心绪、而今怎生”、丘密“这富贵、于人怎谩”、宋先生“识返本、还元祖宗”、韩淲“夜色转、参横斗横”“便觉得、诗情有涯”“细看得、花如剪裁”“问何似、山阴道回”、卢祖皋“峭不似、红尘道中”、王清观“谩赢得、红尘满衣”、无名氏“待摘取、横斜盏中”，其中“怎”“怎”“祖”“斗”“有”“剪”“道”“道”“满”“盏”等均为上声，而非万树等人以为的必为去声。相对而言，此处用入声的例子虽较少，但也有2例，如王清观“待月满、长空鹤归”、汪元量“拥彩仗、千官肃然”的“鹤”和“肃”等。综上可见，关于此处的平仄，只需仄声即可①，大可不必片面地限以去声。

三是《唐宋词谱校正》所标《太常引》平仄谱中一些异于别家的地方。首

① 应该注意的是韩玉《太常引》（东城归路水云间）“又人对、西风凭栏”，“凭”有平去两读，此处当为去声，莫误以为是平声。

先是《唐宋词谱校正》以为此调上下片倒数第二句的平仄为“○●●○○”，其中以首字必为平声而异于其他三家。经笔者考察，此处无论作平或作仄，例子均不少，作平者可不举，作仄者，如丘崈“说与沐猴冠”“不醉有馀欢”、辛弃疾“把酒问姮娥”“斫去桂婆娑”“世路苦风波”“奉使老于行”“富贵出长生”、韩淲“一阵暗香来”“片片亦佳哉”、卢祖皋“草面露痕浓”、刘辰翁“昨夜月还生”，其中各句的首字无不作仄声，类似的例子几乎不胜枚举。可见，此处的平仄实为平仄不拘，而不宜以平声限之。其次，《唐宋词谱校正》以为此调上片结句倒数第二字必为仄声，也有失偏颇，实际上，宋人此处用平声的例子并不少，如沈端节“问心绪、而今怎生”、辛弃疾“似江左、风流谢安”“却弹作、清商恨多”“记门外、清溪姓彭”、韩玉“又人对、西风凭栏”、宋先生“已跳出、乾坤世笼”、韩淲“问何似、山阴道回”等，其中第二字的“心”“江”“弹”“门”“人”“跳”“何”均为平声，而非仄声。也正因此，其他三家此处均以平仄不拘示人，当足信从。再者，《唐宋词谱校正》以为此调下片前两句四言的平仄必为“●○○●”，同样也疏于参校。验以宋人之作，我们认为，这两个四言的第一、第三字也大可不拘，其中首字作仄，第三字作平的例子，可不必举；首字作平声，同时第三字作仄声的例子就有辛弃疾“乘风好去”“长空万里”“珠帘影里”“如花半面”“须同卫武”、宋先生“神光现处”、呈昌甫“茅檐出没”、卢祖皋“天低绛阙”“云浮碧海”、刘埙“文章太守”“词华哲匠”、王清观“黄龙喝住”、无名氏“多情嘱付”等，而这一结果，显然与《唐宋词谱校正》一书规定的此句必作“●○○●”不合。

应该顺便说明的是，现存宋人作品中平仄偶有例外的，除了上举辛弃疾《太常引》(一轮秋影转金波)“人道是、清光更多”一例，首字偶作平声外，尚有辛弃疾《太常引》(论公耆德旧宗英)“九十入相”和无名氏《太常引》(行云踪迹杳无期)“不道久别离”两例，即前者第三字本应用一平声字，却用一仄声字“入”，后者第四字亦本应用一平声字，却用一仄声字“别”。

第二，对仗方面，因为《太常引》下片有连续两句四言，因此，也提供了对仗的可能。经考察，此调的早期之作，如沈端节《太常引》(三三五五短长亭)、丘崈《太常引》(憎人虎豹守天关)等，这两处确乎均为对仗之句，即前者为“夜堂歌罢，小楼钟断”，后者为“忘形尊俎，能言桃李”。此后，这两处的使用对仗虽然不是主流，但例子也不少，如卢祖皋《太常引》(梦回金井卸梧桐)

"天低绛阙，云浮碧海"、刘埙《太常引》（甘棠春色满南丰）"文章太守，词华哲匠"、王清观《太常引》（邯郸梦里武陵溪）"青蛇飞起，黄龙喝住"、汪元量《太常引》（广寒宫殿五云边）"世间王母，月中仙子"等。甚至还有一些同字对，如高观国《太常引》（玉肌轻衬碧霞衣）"不飘红雨，不贪青子"、刘辰翁《太常引》（此公去暑似新秋）"鹭清为酒，螺清为寿"等，其中"不"和"清为"均为同字。以上《太常引》一调的对仗特点是诸家所忽略的。

第三，句读方面，因为《太常引》上片第二句之六言和上下片结句之七言，与一般二二二节奏的六言和四三节奏的七言不同，所以古今诸家为作词谱时，往往在上述诸句的第三字后以"豆"或"读"的方式加以点断，这种提示固然是好的，但因此而抹去了一些别的读法或作法，也不甚可取。正确的做法应该是使用文字略加指明其中异于常格的句法特点。

第四，体式方面，古今诸家所列《太常引》最多仅二体，实际上，根据字数、句法、对仗方面的不同特点，此调至少应有五体，详见本章第三部分。

三、《太常引》的体式

遍观宋代所有《太常引》词作，根据其字数、句法、对仗等方面的不同，共可析得《太常引》五体。五体中的上下片末句均为三四句法。

首先，为 49 字之《太常引》。此类《太常引》因其下片前两句四言的对仗与否，又可分为两体。一是下片前两句四言对仗者，其格律并例词如下：

太常引（全第一式，共 3 首。下片前两句对仗）

⊙○◎●●○○韵⊙●●○○韵⊙●●○○韵●⊙●○○●○韵

⊙○◎●句⊙○◎●句⊙●●○○韵⊙●●○○韵●⊙●○○●○韵

太常引　　卢祖皋

梦回金井卸梧桐。嘶马带疏钟。草面露痕浓。渐薄袖清寒暗通。

天低绛阙，云浮碧海，残月尚朦胧。吹面桂花风。峭不似红尘道中。

二是下片前两句四言不对仗者，其格律并例词如下：

太常引（全第二式，共2首。下片前两句不对仗）

⊙○◎●●○○韵⊙●●○○韵⊙●●○○韵●⊙●○○●○韵

⊙○◎●句⊙○◎●句⊙●●○○韵⊙●●○○韵●⊙●○○●○韵

太常引　　辛弃疾

一轮秋影转金波。飞镜又重磨。把酒问姮娥。被白发欺人奈何。

乘风好去，长空万里，直下看山河。斫去桂婆娑。人道是清光更多。

其次，又有50字《太常引》，较之49字者，此类则易上片第二句五言为六言。相对来说，宋人所作《太常引》实以这一类体式居多。50字《太常引》根据上片六言所用节奏和平仄的不同，又可分为两小类：第一小类为上片六言用二二二节奏者，如此，这句的平仄则相应为“⊙●◎○⊙●”，其格律并例词如下：

太常引（全第三式，共1首。下片前两句不对仗）

⊙○◎●●○○韵⊙●◎○⊙●韵⊙●●○○韵●⊙●○○●○韵

⊙○◎●句⊙○◎●句⊙●●○○韵⊙●●○○韵●⊙●○○●○韵

太常引　　刘辰翁

便晴也是不曾晴。不怕金吾禁行。风雨动乡情。梦灯火扬州化城。

少年跌宕，谁家娇小，绕带到天明。昨夜月还生。但惊破霓裳数声。

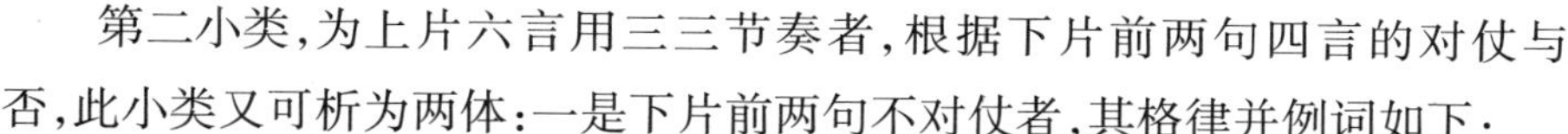

第二小类，为上片六言用三三节奏者，根据下片前两句四言的对仗与否，此小类又可析为两体：一是下片前两句不对仗者，其格律并例词如下：

太常引（全第四式，共9首。下片前两句不对仗）

⊙○◎●●○○韵⊙◎●●○○韵⊙●●○○韵●⊙●○○●○韵

⊙○◎●句⊙○◎●句⊙●●○○韵⊙●●○○韵●⊙●○○●○韵

太常引　　韩玉

荒山连水水连天。忆曾上桂江船。风雨过吴川。又却在潇湘岸边。

不堪追念，浪萍踪迹，虚度夜如年。风外晓钟传。尚独对残灯未眠。

二是下片前两句四言用对仗者，其格律并例词如下：

太常引（全第五式，共5首。下片前两句对仗）

⊙○◎●●○○韵⊙◎●●○○韵⊙●●○○韵●⊙●○○●○韵

⊙○◎●句⊙○◎●句⊙●●○○韵⊙●●○○韵●⊙●○○●○韵

太常引　　高观国

玉肌轻衬碧霞衣。似争驾翠鸾飞。羞问武陵溪，笑女伴东风醉时。

不飘红雨，不贪青子，冷澹却相宜。春晚涌金池，问一片将愁寄谁。

四、小结

综上所论，古今有关《太常引》格律和体式的论列，虽已取得了一定的成绩，其中以《词律》的成就较高，但各家或多或少，仍时有讹漏。就字数而言，《太常引》应该有 49 字和 50 字两体，其中 50 字更为常见，宜列为正体、首体。就句法而言，50 字《太常引》上片第二句之六言，句法虽多为三三节奏，但偶也有作二二二节奏的，即刘辰翁《太常引》（便晴也是不曾晴）“不怕金吾禁行”。就对仗而言，《太常引》下片前两句四言，早期之作多以对仗出之，后之词人，虽渐不以对仗为步趋，但仍时有回响，且其中亦有不避同字对者。就声调而言，此调两结句之倒数第二字虽多以去声为主，但作上声者亦有不少，此外尚有作入声者，可见《词律》《唐宋词格律》二书将此限于去声，实不足为训；再者，此调两结句之首字，当以仄声为宜，辛弃疾《太常引》（一轮秋影转金波）“人道是、清光更多”，“人”作平声，不过偶然之例，不应据以校勘。就体式言，此调当有五体，而不止诸家所列最多的二体。

兹以最常见的 50 字体《太常引》为例，为其制一总谱，并说明如次。

太常引双调五十字，上片四句四平韵，下片五句三平韵

⊙○◎●●○○韵⊙◎●●○○韵⊙●●○○韵●⊙●○○●○韵

⊙○◎●句⊙○◎●句⊙●●○○韵⊙●●○○韵●⊙●○○●○韵

说明：

1. 上列为 50 字体《太常引》，偶亦有易第二句为一五言，而为 49 字《太常引》。

2. 上片第二句多为三三句法，而异于常见之二二二句法，只是偶尔也有使用二二二句法的，见于刘辰翁《太常引》（便晴也是不曾晴）一首。上下片两结句为三四句法，而异于常见之四三句法。

3. 下片前两句四言时有以对仗出之者。

4. 两结句倒数之第二字不必限于去声，首字当以仄声为宜。

第十一章

《醉花阴》格律与体式辨正

《醉花阴》是宋代著名词调之一，以此调作词的词人如陈亮、李清照、张元幹、杨无咎、辛弃疾等，名篇如陈亮《醉花阴》（姓名未勒慈恩寺）、李清照《醉花阴》（薄雾浓云愁永昼）、辛弃疾《醉花阴》（黄花谩说年年好）等，均是明证。古今有关《醉花阴》格律和体式的论列，分歧甚大，本章拟以今存宋代所有《醉花阴》词为考察对象，试图制定出一个较为真实可靠的《醉花阴》词谱。

一、古今有关《醉花阴》格律的探讨和得失

《醉花阴》词调始于宋代，双调，上、下片各五句三仄韵，常见者为 52 字，古今著名词谱对其均有著录，这些词谱有清代万树的《词律》，王奕清的《钦定词谱》，陈栩、陈小蝶的《考正白香词谱》和今人龙榆生的《唐宋词格律》等。以下即就这几种著作有关《醉花阴》的论列，略作评述。

《词律》以李清照词为例，为《醉花阴》作谱如下：

醉花阴五十二字　　**李清照**

薄(可平)雾浓(可仄)云愁永昼韵瑞(可平)脑喷金兽叶佳(可仄)节又重阳句宝(可平)枕纱厨句半(可平)夜秋初透叶

东(可仄)篱把(可平)酒黄昏后叶有(可平)暗香盈袖叶莫(可平)道不消魂句帘(可仄)卷西风句人(可仄)比黄花

瘦叶①

《钦定词谱》所录《醉花阴》亦仅一体，而以毛滂《醉花阴》（檀板一声莺起速）一首为例，其词谱为：

醉花阴双调五十二字前后段各五句三仄韵　　**毛滂**

檀板一声莺起速。山影穿疏木。人在翠阴中，欲觅残春，春在

◎⊙⊙◎○⊙●韵◎⊙○◎●韵◎●●○○句⊙●○○句◎●

屏风曲。

○○●韵

劝君对客杯须覆。灯照瀛洲绿。西去玉堂深，魄冷魂清，独引

●○●●○○●韵◎●○○●韵◎●●○○句⊙●○○句⊙●

金莲烛。

○○●韵②

《考正白香词谱》为《醉花阴》所作词谱为：

醉花阴　　宋**李清照**女史

薄雾浓云愁永昼　瑞脑喷金兽　佳节又重阳　宝枕纱幮　昨夜

□●□○○●●韵□●○○●叶□●●○○句□●○○豆□●

凉初透

○○●叶

东篱把酒黄昏后　有暗香盈袖　莫道不消魂　帘卷西风　人比

□○□●○○●叶●●○○●叶□●●○○句□●○○豆□●

黄花瘦

○○●叶③

---

① 万树：《词律》，上海古籍出版社，1984 年版，第 183—184 页。

② 王奕清：《钦定词谱》，中国书店，1983 年版，第 614—616 页。

③ 陈栩、陈小蝶：《考正白香词谱》，上海古籍书店，1981 年版，第 49—51 页。

与上述三种词、谱合一不同,《唐宋词格律》是先有《醉花阴》谱,再例以李清照词,其谱如下:

醉花阴小令,五十二字,前后片各三仄韵。

□●□○○●●韵□●○○●韵□●●○○句□●○○句□●○○●韵

□●□●○○●韵●●○○●韵□●●○○句□●○○句□●○○●韵①

纵观以上各家所作之《醉花阴》词谱,结合书中的相关说明来看,其中有以下几处共同点:一是所录《醉花阴》均只有一体;二是所录《醉花阴》均为双调,除《考正白香词谱》为上、下片各四句三仄韵,其他三家均为上、下片各五句三仄韵;三是除《唐宋词格律》外,其他三家均注意到了此调下片第二句(《词律》《考正白香词谱》)或上、下片第二句(《钦定词谱》),除了使用二三句法外,亦有用一四句法的;四是所标上、下片后三句的平仄基本一致,即大抵为"□●●○○,□●○○,□●○○●";五是上片首句所用之平仄句式,与下片首句所用之平仄句式时有不同,此点除《唐宋词格律》外,其他三家亦均有论及。

相异之处,主要有以下几点:

第一,就上、下片第二句兼用二三句法和一四句法这一点而言,《唐宋词格律》并未着意,而《词律》《钦定词谱》《考正白香词谱》三书虽有所留心,如《词律》云"'有暗香'句,以'有'字领句,与'瑞脑'句语气异,然查各家,如稼轩、东堂、逃禅等,前后皆用'瑞脑'句法",《钦定词谱》云"句法间有小异耳……前后段第二句,舒亶词'正千山云尽''更玉钗斜衬',与别首之'教露华休妒''指广寒归去'、沈会宗词之'怯晓寒脉脉''有动人标格',俱作上一下四句法,亦与此词②一首异",《考正白香词谱》云后阕"次句五字,句法上一下四,与《贺圣朝》'且高歌休诉'句同,故第一字应仄,但查各家词,如稼

① 龙榆生:《唐宋词格律》,上海古籍出版社,1978年版,第78页。
② 指毛滂《醉花阴》(檀板一声莺起速)。

轩、逃禅、东堂等，均作上二下三，与前阕'瑞脑'句同，故第一字亦可用平"，意见亦不尽相同。其中《词律》以为一四句法仅能用于下片第二句，且仅论及李清照此词，《考正白香词谱》大致沿袭了《词律》的看法，而《钦定词谱》认为一四句法可同时用于上、下片第二句，并举舒亶、沈蔚词为例，而不限于一人一例。

第二，就上、下片第二句所用平仄而言，《词律》认为两句均宜作"⊙●○○●"，《钦定词谱》认为两句分别宜作"◎⊙○◎●""◎●○○●"，《考正白香词谱》认为两句分别宜作"□●○○●""●●○○●"，《唐宋词格律》与《考正白香词谱》同，除后两种外，诸家观点亦多有不同。

第三，就上片第一句兼用两种平仄句式而言，《词律》《钦定词谱》《考正白香词谱》三种均有说明，如《词律》认为"后段起句，与前段起句，平仄相反，东堂亦然，余家前后俱用'东篱'句法"，《钦定词谱》以为《醉花阴》"平仄不同""如前段起句杨无咎词'淋漓尽日黄梅雨'、舒亶词'粉轻一捻和香聚'、辛弃疾词'黄花漫说年年好'、张元幹词'红萸紫菊开还早'、沈会宗词'微含清雾真珠滴'，平仄俱与此词异"，《考正白香词谱》以为此调"后半起句，与前段平仄相反，东堂亦然，其余诸家词，前后俱用平起七字仄[①]句，与东篱句同"，不同的是，《唐宋词格律》并未指出这一点。此外，前面三家虽注意到这一特点，但意见亦不尽相同，其中《考正白香词谱》所持看法，与《词律》相近，以为《醉花阴》首句用"□●□○○●●"，仅限于李清照和毛滂两首，《钦定词谱》则未加限定。

此外，上片第一句的平仄，《钦定词谱》作"◎⊙⊙◎○⊙●"，《唐宋词格律》作"□●□○○●●"，余下两家认为虽多作"□○□●○○●"，但偶尔也作"□●□○○●●"。下片第一句的平仄，除《钦定词谱》作"●○●●○○●"外，其余三家均作"□●□●○○●"。

第四，就下片首句是否藏韵而言，《词律》《唐宋词格律》均无说明，《钦定词谱》《考正白香词谱》则有所揭示，如《钦定词谱》云"此词换头句'客'字疑韵，如杨无咎词之'扑人飞絮浑无数'，李清照词之'东篱把酒黄昏后'，'絮'字、'酒'字俱韵，此即《乐府指迷》所谓藏短韵于句内者，然宋词如此者亦

① 此"仄"，疑为衍字。

少”。概言之，即《钦定词谱》认为此调下片首句第四字处，也有押韵的，但并非常式。《考正白香词谱》的意见与《钦定词谱》正相反，认为藏短韵于句内的说法，“殊穿凿，学者正不必为所拘也”。

第五，就《醉花阴》上、下片所具句数而言，如前所引，《词律》《钦定词谱》《唐宋词格律》三家所列两片均为五句，分别为七言、五言、五言、四言、五言，唯《考正白香词谱》所列两片均为四句，末句为一九字句，只在中间加“豆”，这种观点，在此书的“填词法”中说得更加明晓，即“第四句九字，句法为上四下五，文气宜贯”。

二、《醉花阴》相关格律问题辨正

经检《全宋词》相关索引可知，今存宋代《醉花阴》计有 34 首，其中张元幹两首与李弥逊《醉花阴》（翠箔阴阴笼画阁）、《醉花阴》（紫菊红萸开犯早）重出，暂不统计。又王灼《醉花阴》（平生五色江淹笔）一首上片倒数第二句缺两字，仲殊《醉花阴》（一双鹤绕蟠桃戏）一首为残篇，亦暂不统计。由此，共得《醉花阴》30 首。以下拟以这 30 首为考察对象，就古今有关《醉花阴》的几个重要格律问题，略作辨正如次。

第一，就字数言，《醉花阴》除 52 字一体外，尚有 53 字一体，如仲殊《醉花阴》（轻红蔓引丝多少）等，此点古今诸家均阙而未及。

第二，就句法言，《醉花阴》上、下片第二句多为二三句法，此外，也不乏一四句法。根据使用的数量和位置，《醉花阴》所用一四句法又可分为三类：一是上、下片第二句均为一四句法者，如舒亶《醉花阴》（露牙初破云腴细）“玉纤纤亲试”“了知君此意”、《醉花阴》（月幌风帘香一阵）“正千山雪尽”“更玉钗斜衬”、沈蔚《醉花阴》（微含清露真珠滴）“怯晓寒脉脉”“有动人标格”、王之望《醉花阴》（弧门此日犹能记）“叹居诸难系”“笑欣欣相戏”等；一是仅上片第二句为一四句法，如王庭珪《醉花阴》（月娥昨夜江头过）“把素衫揉破”、李弥逊《醉花阴》（帘卷西风轻雨外）“揖数峰横翠”；一是仅下片第二句为一四句法，如无名氏《醉花阴》（霓裳浅艳来何处）“惜暗香分付”、李清照《醉花阴》（薄雾浓云愁永昼）“有暗香盈袖”等。

第三，就平仄言，①上、下片第二句，倘为二三句法，其平仄则为“⊙●○○●”，如葛胜仲《醉花阴》（东皇已有来归耗）“十里青山道”“先仗游蜂

报”、王庭珪《醉花阴》（红尘紫陌春来早）“晚市烟光好”“年少还须老”、杨无咎《醉花阴》（楚乡易得天时恶）“风雨长如约”“有酒须同酌”等六句均为二三句法，平仄亦均为“⊙●○○●”；倘其为一四句法，其平仄则为“●◎○⊙●”，如上举舒亶等共十二句，均为一四句法，平仄亦均为“●◎○⊙●”。前此诸家因不知句法有别，平仄亦当有异的道理，故对这两句的平仄标示多有片面、曲解之处。②上片第一句，多用“◎○⊙●○○●”，如王庭珪《醉花阴》（玉妃谪堕烟村远）“玉妃谪堕烟村远”、杨无咎《醉花阴》（满城风雨无端恶）“满城风雨无端恶”、王之望《醉花阴》（弧门此日犹能记）“弧门此日犹能记”、辛弃疾《醉花阴》（黄花谩说年年好）“黄花谩说年年好”、无名氏《醉花阴》（霓裳浅艳来何处）“霓裳浅艳来何处”等，但亦不乏用“◎●⊙○○●●”，如陈亮《醉花阴》（峻极云端潇洒寺）“峻极云端潇洒寺”、毛滂《醉花阴》（金叶犹温香未歇）“金叶犹温香未歇”、李清照《醉花阴》（薄雾浓云愁永昼）“薄雾浓云愁永昼”、赵长卿《醉花阴》（老去悲秋人转瘦）“老去悲秋人转瘦”等。③下片第一句，则仅用“◎○⊙●○○●”，如上段例诗中，王庭珪《醉花阴》（玉妃谪堕烟村远）“春风岭上淮南岸”、杨无咎《醉花阴》（满城风雨无端恶）“菊花旋摘揉青萼”、王之望《醉花阴》（弧门此日犹能记）“儿童寿酒邀翁醉”、辛弃疾《醉花阴》（黄花谩说年年好）“蟠桃结子知多少”、无名氏《醉花阴》（霓裳浅艳来何处）“阑珊岂是东风妒”、陈亮《醉花阴》（峻极云端潇洒寺）“秋风满座芝兰媚”、毛滂《醉花阴》（金叶犹温香未歇）“持杯试听留春阕”、李清照《醉花阴》（薄雾浓云愁永昼）“东篱把酒黄昏后”、赵长卿《醉花阴》（老去悲秋人转瘦）“登高无奈空搔首”等，无一不为“◎○⊙●○○●”。④上、下片第四句为四言，后两字的平仄，一般来说，宜作“○○”，但偶尔也有作“●○”，如王庭珪《醉花阴》（玉妃谪堕烟村远）“天若有情”。第五句为五言，一般宜作“⊙●○○●”，但偶尔也有作“⊙●●○●”，如曹组《醉花阴》（九陌寒轻春尚早）“各是一般好”。以上两种情况，诸家均所未及，特为拈出。

第四，就藏韵言，毛滂《醉花阴》（檀板一声莺起速）“劝君对客杯须覆”、杨无咎《醉花阴》（淋漓尽日黄梅雨）“扑人飞絮浑无数”，李清照《醉花阴》（薄雾浓云愁永昼）“东篱把酒黄昏后”，其中“客”“絮”“酒”字，与三词所押韵为同一韵部，类似之例，巧合与否，殊难定论。《钦定词谱》《考正白香词谱》两家的意见实在两可之间。

第五，就句读言，此调上、下片后九字当析为四言和五言两句，不宜合为九言一句。一则合后九字为一句者，仅见于《考正白香词谱》；二则今存《醉花阴》30首，上、下片后九字共有60处，其中第三、第四字所用平仄除两处为“●○”外，其余均严格为“○○”，如舒亶《醉花阴》（露牙初破云腴细）“无限仙风”“花底春寒”、李清照《醉花阴》（薄雾浓云愁永昼）“玉枕纱厨”“帘卷西风”、赵长卿《醉花阴》（老去悲秋人转瘦）“只有茱萸”“满眼兴亡”、辛弃疾《醉花阴》（黄花谩说年年好）“若斗尊前”“沧海飞尘”等。此处如果不是单独成句，而与后五字相连为一句，其平仄作“●○”者，当绝不会如此之少，如《相见欢》一调上、下片九字句之第三、第四字处，作“●○”者，即相当常见，如毛滂《相见欢》（十年湖海扁舟）“寂寞一生心事五更头”、李煜《相见欢》（无言独上西楼）“别是一番滋味在心头”、朱敦儒《相见欢》（金陵城上西楼）“万里夕阳垂地大江流”、向子諲《相见欢》（桃源深闭春风）“流水落花馀恨几时穷”等，其中“一生”“一番”“夕阳”“落花”之平仄，均作“●○”。

三、《醉花阴》的体式

如前所述，古今诸家所列《醉花阴》仅各有一体，其中《考正白香词谱》《唐宋词格律》两书，撰述初衷本在于指点创作或讲授课业，而非求备众体，而作为开风气之作的《词律》和有集大成之誉的《钦定词谱》，有所缺漏，则未免遗憾。

大致言之，今存宋代《醉花阴》之作，可分为53字和52字两大类。其中，第一大类仅有一体。第二大类，又可分为上、下片第二句为二三句式和上、下片第二句至少有一处为一四句式两小类。两小类中，第一小类有两体，第二小类又有六体。由此，共可得《醉花阴》体式九种。详表如下：

两大类中，第一类仅有一式，为53字一体。

醉花阴（全第一式，1首）

◎○⊙●○○●韵●◎○⊙●韵◎●●○○句⊙●○○句⊙●○○●韵

◎○⊙●○○●韵⊙●◎○⊙●韵◎●●○○句⊙●○○句⊙●○○●韵

醉花阴　　仲殊

轻红蔓引丝多少。剪青兰叶巧。人向月中归，留下星钿，弹破真珠小。

等闲不管春知道。多著绣帘围绕。只恐被东风，偷得馀香，分付闲花草。

第二大类中又有两小类，第一小类有两体，均为上、下片第二句为二三句法，其中第一式上片首句平仄为“◎○⊙●○○●”，第二体上片首句平仄为“◎●⊙○○●●”。如下：

醉花阴（全第二式，11首）

◎○⊙●○○●韵⊙●○○●韵◎●●○○句⊙●○○句⊙●○○●韵

◎○⊙●○○●韵⊙●○○●韵◎●●○○句⊙●○○句⊙●○○●韵

醉花阴　　辛弃疾

黄花谩说年年好。也趁秋光老。绿鬓不惊秋，若斗尊前，人好花堪笑。

蟠桃结子知多少。家住三山岛。何日跨归鸾，沧海飞尘，人世因缘了。

醉花阴（全第三式，8首）

◎●⊙○○●●韵⊙●○○●韵◎●●○○句⊙●○○句⊙●○○●韵

◎○⊙●○○●韵⊙●○○●韵◎●●○○句⊙●○○句⊙●○○●韵

醉花阴　　毛滂

檀板一声莺起速。山影穿疏木。人在翠阴中，欲觅残春，春在屏风曲。

劝君对客杯须覆。灯照瀛洲绿。西去玉堂深，魄冷魂清，独引金莲烛。

第二小类，前两体为上、下片第二句均为一四句法，其中第一体上片首句平仄为“◎○⊙●○○●”，第二体上片首句平仄为“◎●⊙○○●●”。如下：

醉花阴(全第四式，4 首)

◎○⊙●○○●韵●◎○⊙●韵◎●●○○句⊙●○○句⊙●○○●韵

◎○⊙●○○●韵●◎○⊙●韵◎●●○○句⊙●○○句⊙●○○●韵

醉花阴　　无名氏

粉妆一捻和香聚。教[①]露华休妒。今日在尊前，只为情多，脉脉都无语。

西湖雪过留难住。指广寒归去。去后又明年，人在江南，梦到花开处。

醉花阴(全第五式，1 首)

◎●⊙○○●●韵●◎○⊙●韵◎●●○○句⊙●○○句⊙●○○●韵

---

① 一般来说，中古“教”字，表使、让义时，读平声，如王昌龄《出塞》“不教胡马度阴山”，“教”即为平声；表训诲、传授义时，读去声，如杜牧《寄扬州韩绰判官》“玉人何处教吹箫”，“教”即为去声。但偶亦有表使、让义而读去声的，此处“教露华休妒”即是，又如李弥逊《青玉案》“杨花尽教难拘管”，“教”亦读去声。

◎○⊙●○○●韵●◎○⊙●韵◎●●○○句⊙●○○句⊙●○○●韵

醉花阴　　舒亶

月幌风帘香一阵。正千山雪尽。冷对酒尊傍，无语含情，别是江南信。

寿阳妆罢人微困。更玉钗斜衬。拟插一枝归，只恐风流，羞上潘郎鬓。

中两体为仅上片第二句为一四句法,其中第一体上片首句平仄为“◎○⊙●○○●”,第二体上片首句平仄为“◎●⊙○○●●”。如下：

醉花阴(全第六式,1首)

◎○⊙●○○●韵●◎○⊙●韵◎●●○○句⊙●○○句⊙●○○●韵

◎○⊙●○○●韵⊙●○○●韵◎●●○○句⊙●○○句⊙●○○●韵

醉花阴　　王庭珪

月娥昨夜江头过。把素衫揉破。冷逐晓云归，留与东风，吹作千千朵。

云残香瘦春犹可。玉笛愁无那。倚著画楼人，且莫教他，吹动些儿个。

醉花阴(全第七式,2首)

◎●⊙○○●●韵●◎○⊙●韵◎●●○○句⊙●○○句⊙●○○●韵

◎○⊙●○○●韵⊙●○○●韵◎●●○○句⊙●○○句⊙●○○●韵

醉花阴　　赵长卿

老去悲秋人转瘦。更异乡重九。人意自凄凉，只有茱萸，岁岁香依旧。

登高无奈空搔首。落照归鸦后。六代旧江山，满眼兴亡，一洗黄花酒。

后两体为仅下片第二句为一四句法，其中第一体上片首句平仄为“◎○⊙●○○●”，第二体上片首句平仄为“◎●⊙○○●●”。如下：

醉花阴（全第八式，1 首）

◎○⊙●○○●韵⊙●○○●韵◎●●○○句⊙●○○句⊙●○○●韵

◎○⊙●○○●韵●◎○⊙●韵◎●●○○句⊙●○○句⊙●○○●韵

醉花阴　　无名氏

霓裳浅艳来何处。不是闲云雨。雪苑旧精神，燕席吟窗，昨夜生轻素。

阑珊岂是东风妒。惜暗香分付。香在玉清宫，不惹年华，只带春寒去。

醉花阴（全第九式，1 首）

◎●⊙○○●●韵⊙●○○●韵◎●●○○句⊙●○○句⊙●○○●韵

◎○⊙●○○●韵●◎○⊙●韵◎●●○○句⊙●○○句⊙●○○●韵

醉花阴　　李清照

薄雾浓云愁永昼。瑞脑消金兽。佳节又重阳，玉枕纱厨，半夜

凉初透。

东篱把酒黄昏后，有暗香盈袖。莫道不消魂，帘卷西风，人似黄花瘦。

四、小结

综上所述,古今有关《醉花阴》词谱的论列多有讹漏。就体式言,《醉花阴》的体式当有九体,而诸家所列均仅有一体。就上、下片第二句句法言,《词律》《考正白香词谱》《钦定词谱》虽已注意到有兼用二三句法和一四句法的现象,但前两种武断之论甚多,后者也不够全面。就词中各句平仄言,《钦定词谱》错误最多,或失之宽,或失之严,不一而足。此外,诸家尚未认识到,此调上下片第二句的平仄与所用句法有关,而不宜盲目标示。

大致言之,《醉花阴》的词谱,可排列并说明如下:

醉花阴

◎○⊙●○○●韵⊙●○○●韵◎●●○○句⊙●○○句⊙●○○●韵

◎○⊙●○○●韵⊙●○○●韵◎●●○○句⊙●○○句⊙●○○●韵

说明:

1. 以上为 52 字《醉花阴》,此外,偶亦有 53 字一体,为下片第二句添一字而成六言。

2. 谱中上、下片第二句句法,默认为二三句法,亦有作一四句法者,倘为后者,平仄当易为“●◎○⊙●”。

3. 上片首句平仄亦可作“◎●⊙○○●●”。上、下片第四句平仄,古人偶有作“⊙●●○”,第五句平仄,偶有作“⊙●●○●”,两种情形,宜尽力避免。

4. 下片首句,或有以为第四字为用韵处,类似之作,计有 3 首,诸家究为有意为之,或是偶然所致,今已殊难确知,当在两可之间。

5. 上、下片最后九字,《考正白香词谱》合两句为一句,不可从。

第十二章

《天仙子》格律与体式辨正

《天仙子》一调始于唐五代，起初多为单调，且体式纷繁。入宋以后，始定为双调仄韵68字一种，彼时著名词人，如苏轼、张孝祥、陈亮、张元幹、刘过等人均有所填制，而以张先所作者最多，其中《天仙子》（水调数声持酒听）一首尤负盛名，同时名篇者，尚有苏轼《天仙子》（走马探花花发未）、张孝祥《天仙子》（三月灞桥烟共雨）、沈蔚《天仙子》（景物因人成胜概）、冯时行《天仙子》（风幸多情开得好）等。古今学者关于《天仙子》格律和体式的论列不少，但疏误之处也很多，特撰本章，以澄清之。

一、古今有关《天仙子》格律的探讨和得失

词调《天仙子》，唐五代时已有之，彼时有单、双调两种，而以单调34字为主，其中有全篇押仄韵者，有先押仄韵后转平韵者，更有全篇押平韵者。到了宋代，则一反前朝，一例以双调68字者为准，其格式大致为：双调68字，上下片各六句五仄韵。关于《天仙子》的格律和体式，古今著名词谱如万树的《词律》，王奕清的《钦定词谱》，陈栩、陈小蝶的《考正白香词谱》，龙榆生的《唐宋词格律》等，均有所论列，兹即以上列四书之分析，略作引述，并兼及其得失。

《词律》所录《天仙子》共有四体：首体为单调仄韵34字，以皇甫松《天仙子》（踯躅花开红照水）一首为例；次体为单调平韵34字，以韦庄《天仙子》（梦觉云屏依旧空）一首为例；第三体为单调仄韵转平韵34字，以韦庄《天仙

子》(深夜归来长酩酊)一首为例;末体为双调仄韵68字,以沈蔚《天仙子》(景物因人成胜概)一首为例。四体中,首体、次体和末体,均详细注明平仄,为便于讨论,特录其相应词谱如下:

天仙子三十四字　　**皇甫松**

踯(可平)躅花(可仄)开红照水韵鹧(可平)鸪飞绕青山觜叶行(可仄)人经(可仄)岁始归来句千万里叶错相倚叶懊(可平)恼天(可仄)仙应有以叶

书中此谱之后,另有云:“第二句和学士作‘纤手轻拈红豆弄’,次首亦然,与此词异。‘千万里’二句,皇甫别作皆同。和则一作‘桃花洞,瑶台梦’,‘花’‘瑶’二字用平,其次作‘懒烧金,慵篆玉’,平仄俱异,而‘金’字平声,竟不用韵,因字句同,不另列。”

又一体三十四字　　**韦庄**

梦(可平)觉云屏依(可仄)旧空韵杜(可平)鹃声(可仄)咽隔帘笼叶玉(可平)郎薄(可平)幸去无踪叶一日日句恨重重叶泪(可平)界莲腮两(可平)线红叶

此谱之后亦有云:“此用平韵,‘日’字不叶,又一首第二句七字,与首句平仄同,兹不另录。”

又一体双调,六十八字　　**沈会宗**

景(可平)物因(可仄)人成胜概韵满(可平)目更(可平)无尘可碍叶等(可平)闲帘(可仄)幕小阑干句衣未(可平)解叶心先(可仄)快叶明(可仄)月清(可仄)风如有待叶

谁(可仄)信门(可仄)前车马隘叶别(可平)是人(可仄)间闲世界叶坐(可平)中无(可仄)物不清凉句山一(可平)带叶水(可平)一(可平)派叶流(可仄)水白(可平)云长自在叶

谱后亦有注云:“比唐词加一叠,全用仄韵,‘衣未解’二句,平仄多不拘,故注于字左,然观张三影‘临晚镜。伤流景’,后用‘风不定。人初静’,皆上

句‘平仄仄’，下句‘平平仄’，最为起调，宜从之。”①

《钦定词谱》所录《天仙子》共有五体，其中除单调四仄韵的第二体（以和凝《天仙子·洞口春红飞蔌蔌》一首为例）为《词律》所无外，其余四体则均同于后者，只是例词稍有更张而已。五体中，除第一体单调五仄韵、第四体单调平韵和第五体双调列出平仄谱外，其余二体则仅标以实际平仄。列出平仄谱的三体，有必要在这里加以引述，依次如下：

天仙子单调三十四字，六句五仄韵　　**皇甫松**

晴野鹭鸶飞一只。水葓花发秋江碧。刘郎此日别天仙，登绮席。

◎●⊙○○●●韵⊙◎○⊙○◎●韵◎○⊙●●○○句◎⊙●韵

泪珠滴。十二晚峰高历历。

⊙◎●韵⊙●⊙○○●●韵

又一体单调三十四字，六句五平韵　　**韦庄**

怅望前回梦里期。看花不语苦寻思。露桃宫里小腰肢。眉眼细，

⊙●○○⊙●○韵◎◎⊙⊙●◎○韵⊙○◎●●○○韵◎●●句

鬓云垂。惟有多情宋玉知。

●○○韵◎●◎○⊙●○韵

又一体双调六十八字，前后段各六句五仄韵　　**张先**

醉笑相逢能几度。为报江头春且住。主人今日是行人，红袖舞。

⊙●◎○○●●韵⊙●◎○○●●韵⊙○◎●●○○句◎⊙●韵

清歌女。凭仗东风交点取。

○◎●韵◎●◎○○●●韵

三月柳枝柔似缕。落叶倦飞还恋树。有情宁不惜西园，莺解语。

◎●⊙○○●●韵⊙●⊙○○●●韵⊙○◎●●○○句◎⊙●韵

花无数。应讶使君何处去。

---

① 万树：《词律》，上海古籍出版社，1984年版，第88—89页。

○◎●韵◎●⊙○○●●韵①

《考正白香词谱》所录《天仙子》仅一体，为双调68字体，其谱如下：

天仙子　宋张先子野

水调数声持酒听。午醉醒来愁未醒。送春春去几时回，临晚镜。

□●□○○●●韵□●□○○●●叶□○□●●○○句○□●叶

伤流景。往事后期空记省。

○□●叶□●□○○●●叶

沙上并禽池上暝。云破月来花弄影。重重帘幕密遮灯，风不定。

□●□○○●●叶□●□○○●●叶□○□●●○○叶○□●叶

人初静。明日落红应满径。

○□●叶□●□○○●●叶

谱后并有云："右词六十八字，全仄韵，唐调本只单调，三十四字，亦有全平韵及换平韵者。"②

《唐宋词格律》所录《天仙子》有两体，其中首体为单调仄韵34字，以皇甫松《天仙子》(晴野鹭鸶飞一只)为例，第二体为双调仄韵68字，以张先《天仙子》(水调数声持酒听)一首为例。两体均先有词谱，而后证以词例。兹录其二谱如下：

格一

□●□○○●●韵●○○●○○●韵○○□●●○○句○●●韵

●○●韵●●□○○●●韵

格二

□●●○○●●韵□●●○○●●韵□○○●●○○句○●●韵

○○●韵□●●○○●●韵

---

① 王奕清：《钦定词谱》，中国书店，1983年版，第114—118页。

② 陈栩、陈小蝶：《考正白香词谱》，上海古籍书店，1991年版，第78页。

□●●○○●●韵□●●○○●●韵□○○●●○○句○●●韵○○●韵□●●○○●●韵

此外，龙氏在两体词谱前有一总说云："《金奁集》入'歇指调'，所收为韦庄作五首，皆平韵或仄韵转平韵体。《花间集》所收皇甫松二首，则皆仄韵单调小令，三十四字，五仄韵。《张子野词》兼入'中吕''仙吕'两调，并重叠一片为之。"①

纵观以上各家有关《天仙子》格律和体式的相关论述，可知，他们在分体方面，已大致涉及《天仙子》几种重要的体类，其中，尤以《词律》和《钦定词谱》的成就最大。在具体的平仄标识方面，除了《唐宋词格律》错谬较多之外，其他三家总体上尚不至于疏漏百出，如他们关于双调《天仙子》四个七言句的平仄标识基本上还是可信的。

结合本章后面的考察来看，各家主要还存在着以下几点不足：一是忽略了《天仙子》中间两三言句多对仗的客观事实；二是未曾注意到双调《天仙子》除了常见的十仄韵之体外，偶尔也有押九仄韵，甚或是押八仄韵的；三是忽视了双调《天仙子》中的叠字、叠韵特点；四是所标单调《天仙子》的平仄，存在着大量的疏漏，所标双调《天仙子》中间两三言句的平仄，也多有未当；五是所分《天仙子》的体式，尚不够完备，就唐宋两代而论，此调至少应有十九体。

二、《天仙子》相关格律问题辨正

欲厘清古今有关《天仙子》格律和体式的诸多问题：首先，应该明确考察的文本；其次，《天仙子》体式纷繁，宜分为单调和双调两类进行辨正，其中单调又宜分为仄韵体、平韵体和仄韵转平韵体三种加以分析。以下即按如上思路，对照古今诸说，为作补正如后。

经检《全唐五代词》《全宋词》两书相关索引，可知，单调《天仙子》均见于宋以前，共得皇甫松《天仙子》（晴野鹭鸶飞一只）等9首。此外，《云谣集杂曲子》所收《天仙子》（燕语莺啼惊教梦）一首，古今诸家，或合为一首，或分

① 龙榆生：《唐宋词格律》，上海古籍出版社，1978年版，第64—65页。

作两首,《全唐五代词》取前者,然者,详观此首体制并其词意,似以分作两首为宜,由此共可得单调《天仙子》11 首。11 首中,仄韵者有 6 首,其中皇甫松 2 首,和凝 2 首,《云谣集杂曲子》无名氏 2 首;平韵者有 4 首,均为韦庄所作,仄韵转平韵者 1 首,亦为韦庄所制。双调《天仙子》则共有 27 首,其中宋以前 1 首,为《云谣集杂曲子》所收无名氏《天仙子》(燕语啼时三月半)一首,宋代 26 首,其中虽有些异文,如张先《天仙子》(醉笑相逢能几度)一首,上片末句第五字《全宋词》作"教",而《钦定词谱》作"交",下片第二句第二、第三字《全宋词》作"絮""尽",而《钦定词谱》作"叶""倦",下片第三句第五字《全宋词》作"忆",而《钦定词谱》作"惜",但因不涉及平仄异声,故不在此一一予以交代。

先说单调仄韵《天仙子》。关于此体的格律,如前所引,四家中《词律》《钦定词谱》和《唐宋词格律》均有涉及。就平仄而言,三家对此体首句的平仄标识均无异议,分歧较大的,主要有以下两处:一是第二句的平仄,对此,《词律》以为应作"⊙○○●○○●",并认为此句平仄有异于和凝词作"纤手轻拈红豆弄",《钦定词谱》以为应作"⊙◎○⊙○◎●",《唐宋词格律》以为应作"●○○●○○●"。其中,《唐宋词格律》的缺陷,一则未知此句七言作平起仄收式者并非主流;二则将此句的平仄定为"●○○●○○●",而无一处可通,是未晓平仄相通之理。《钦定词谱》虽知此句七言有平起仄收和仄起仄收两式,但将它们盲目合注,也不合适。至于《词律》,虽也认识到了此句存在两种平仄句式,但其将前者标为"⊙○○●○○●",一则既不合文本实际[①],二则也与词律之理相乖。总之,此句正确的平仄,当确定为:多作"◎●⊙○○●●",偶尔也作"◎○⊙●○○●",前者见于和凝、无名氏等作,后者见于皇甫松所作。二是第四、第五两三言句的平仄,对此,《词律》虽已认识到此两处也有作"桃花洞。瑶台梦"等,但其为它们所标出的平仄仍是"○●●。●○●",《唐宋词格律》的观点同此,相较而言,《钦定词谱》所标平仄为"◎⊙●。⊙◎●",则有着明显的差异。验之以相关作品,当以《钦定词谱》的观点为准。此外,如前所引,《唐宋词格律》以为第三句第一字必

---

① 因为单调仄韵《天仙子》第二句的平仄为平起仄收者仅皇甫松 2 首,而皇甫松这两首第二句的平仄均作"●○○●○○●",即第一字均作仄声,而无平声之例。

作平，第五句第一字必作仄，亦均无据，不可信从，此点参之《词律》等即可，不另举证。就对仗而言，《天仙子》无论单双调，其第四、第五句两三言往往出以对仗，此点，单调仄韵体中，皇甫松、无名氏共四首虽然不如此，但和凝两首各一组，即“桃花洞。瑶台梦”“懒烧金，慵篆玉”等，却都是工整的对仗。此后到宋代，情况更是如此，这一特点是此前诸家所忽视的，详见下文。

再说单调平韵《天仙子》，关于此体的格律，四家中，论者仅《词律》《钦定词谱》二家。通过考察，可知此体的平仄，首句和末句均应为“⊙●◎○⊙●○”，而不包括孤平，即“⊙●●○●●○”。对此，《词律》两句均标为“⊙●○○⊙●○”，显然漏掉了“⊙●●○○●○”一种，《钦定词谱》前句标为“⊙●○○⊙●○”，也漏掉了“⊙●●○○●○”一种，后句标为“◎●◎○⊙●○”，则多出“⊙●●○●●○”一种；第四句的平仄，《词律》标为“●●●”，《钦定词谱》则标为“◎●●”，以为首字可平仄不拘，证之以韦庄此体其他作品的第四句，如“眉眼细”“惊睡觉”“来洞口”，首字均作平声，可知《钦定词谱》的观点更可取一点。不过，再参以此调别体此一句式的用声特点，还可以进一步判断，此句的第二字也可以平仄不拘，故其正确的平仄应该是“◎⊙●”；第二句的平仄，《钦定词谱》标为“◎◎⊙⊙●◎○”，显然又犯了将两种平仄句式即“⊙○◎●●○○”和“⊙●○○⊙●○”合二为一的毛病。此外，此体的第四、第五句也多对仗，这是以上二家所忽略的，如韦庄“一日日，恨重重”“人寂寂，叶纷纷”等。

最后说双调《天仙子》。关于此类《天仙子》，可论者，主要有四点。

一是就用韵而言，双调《天仙子》常见者为上、下片各六句五仄韵，两片相合共为十韵，不押的一句位于其中的第三句，诸家所标注者，均为此类。实际上，双调《天仙子》偶尔也有全篇只押九仄韵的，如陈亮《天仙子》（一夜秋光先著柳）一首即是，其中下片第四句“女进男”不入韵，而有别于一般此句之押韵者。甚而还有全篇只押八仄韵的，如随车娘子《天仙子》（别酒未斟心先醉）一首上、下片的第四句“三题尽”“君背负”也均不入韵。以上后两种情况，是各家所不曾关注的。此外，应顺便一提的是，《考正白香词谱》所标句韵中，将张先“重重帘幕密遮灯”，“灯”字标为叶韵，当为笔误，此处并无平仄通叶之惯例。

二是就对仗而言，如前所述，《天仙子》无论单、双调，其中第四、第五两句三言，往往多对仗，降及宋代，尤其如此，而这一特点，同样是诸家所忽略的。就双调《天仙子》而言，其中上、下片两联均对仗的最多，如张先《天仙子》（水调数声持酒听）“临晚镜。伤流景”“风不定。人初静”、苏轼《天仙子》（走马探花花发未）“蜂作婢。莺为使”“人有泪。花无意”、沈蔚《天仙子》（景物因人成胜概）“衣未解。心先快”“山一带。水一派”、吕渭老《天仙子》“风未定。帆不正”“烟暝暝，肠寸寸”、侯寘《天仙子》（暖日丽晴春正好）“花窈窕。香飘缈”“迎禁诏。瞻天表”等，均是明证。其次，偶尔也有只对上片两句的，如张先《天仙子》（醉笑相逢能几度）上片第四、第五句“红袖舞。清歌女”、赵令畤《天仙子》（宿雨洗空台榭莹）上片第四、第五句“春欲竟。愁未醒”等；或只对下片两句的，如周紫芝《天仙子》（雪似杨花飞不定）下片第四、第五句“风力劲。山色暝”、冯时行《天仙子》（风幸多情开得好）下片第四、第五句“恨不了。愁不了”等。

三是就叠字、叠韵等而言，双调《天仙子》也时有这一特点，而未曾引人注意。《天仙子》的这一特色，往往与上述对仗相结合，而一并出现在此调上、下片的第四句和第五句。其中单纯只有叠字的，如沈蔚《天仙子》（景物因人成胜概）“山一带。水一派”，其中“一”为叠字，洪咨夔《天仙子》（风月分将秋一半）“漏声缓。珂声远”，其中“声”为叠字，卫宗武《天仙子》（搭宅亭园虽不大）“竹一带。梅一派”“酒满罍。诗满架”，其中“一”和“满”为叠字；单纯只有叠韵的，如赵长卿《天仙子》（眼色媚人娇欲度）“情几许。愁何许”，其中“许”为叠韵，当然，所谓“叠韵”，本身也是一种特殊的叠字；叠字和叠韵兼而有之的，如张孝祥《天仙子》（三月灞桥烟共雨）“扑不住。留不住”，其中“不”为叠字，“住”为叠韵，刘过《天仙子》（别酒醺醺容易醉）“牵一会。坐一会”“去也是。住也是”，其中“一”“也”为叠字，“会”“是”为叠韵。

四是就平仄而言，各家分歧之处，主要集中在上、下片的第四句和第五句，其中《钦定词谱》所标上下片两句的平仄均为“◎⊙●。○◎●”，《考正白香词谱》所标上下片两句的平仄均为“○□●。○□●”，《唐宋词格律》所标上下片两句的平仄均为“○●●。○○●”，而《词律》所标上片两句平仄为“○⊙●。○◎●”，下片两句平仄则为“○⊙●。⊙⊙●”。由此观之，四家对于《天仙子》这两句应该用什么平仄，看法几乎没有完全一样的。经过笔者的统计和考察，上述四家的观点均不甚确，其中《唐宋词格律》的观点离

客观事实最远,《钦定词谱》则较可取一些,但其认为第五句的首字必作平,亦未当,如陈亮《天仙子》(一夜秋光先著柳)下片第五句"酒称寿"、沈蔚《天仙子》(景物因人成胜概)下片第五句"水一派"、刘过《天仙子》(别酒醺醺容易醉)上下片第五句"坐一会""住也是"、随车娘子《天仙子》(别酒未斟心先醉)下片第五句"只此是"等,均是首字作仄声之明证。可见,此处同样可以平仄不拘。至于此调其他四句的平仄,实际上只有两式,一为"◎●⊙○○●●",一为"⊙○◎●●○○",关于这两式的平仄,只要稍谙诗律、词律者,当不致误,所以《词律》《钦定词谱》《考正白香词谱》三书关于此数句的标识也无问题,令人匪夷所思的是,《唐宋词格律》所标的这四句,却错误连篇,如其认为上片首句、第二句和末句第三字必为仄声,第三句第三字必为平声,下片同此,诸如此类,均不可信据,例证甚多,不烦列举。

三、单调《天仙子》的体式

唐宋单调《天仙子》今共存 11 首,均作于宋以前,纵观这 11 首《天仙子》,可分为平韵、仄韵转平韵和仄韵三大类。其中平韵体又可分为第二句平仄为"⊙●◎○⊙●○"(不包括孤平,即"⊙●●○●●○",下同,不另一一注出)和第二句平仄为"⊙○◎●●○○"两类,第一类仅一体,第二类则因两三言是否对仗而分为两体。仄韵转平韵体因仅 1 首,故只能有一体。仄韵体可分为四韵和五韵两类,其中前者因其第四句末字声调的不同,又可析为两体;后者因其第二句所用平仄句式的不同,先可分为两小类:两小类中,第一小类第二句的平仄为"◎○⊙●○○●",此小类仅有一体;第二小类第二句的平仄则为"◎●⊙○○●●",此小类依两句三言对仗与否,又可进一步析为两体。综上,共可得单调《天仙子》八体。兹分别论列如次。

首先是单调平韵《天仙子》,此大类又可分为两类,第一类仅有一体,其中第二句的平仄为"⊙●◎○⊙●○",其格律并例词如后:

天仙子(全第一式,1 首。其中两三言对仗)

⊙●◎○⊙●○韵⊙●◎○⊙●○韵⊙○◎●●○○韵◎⊙●句●○○韵⊙●◎○⊙●○韵

天仙子　　韦庄

蟾彩霜华夜不分。天外鸿声枕上闻。绣衾香冷懒重薰。人寂寂，叶纷纷。才睡依前梦见君。

第二类第二句的平仄则为“⊙○◎●●○○”，依其两三言句是否对仗，又可分为两体，两体的格律并例词分别如下：

天仙子（全第二式，1首。其中两三言对仗）

⊙●◎○⊙●○韵⊙○◎●●○○韵⊙○◎●●○○韵◎⊙●句●○○韵⊙●◎○⊙●○韵

天仙子　　韦庄

怅望前回梦里期。看花不语苦寻思。露桃宫里小腰肢。眉眼细，鬓云垂。唯有多情宋玉知。

天仙子（全第三式，2首。其中两三言不对仗）

⊙●◎○⊙●○韵⊙○◎●●○○韵⊙○◎●●○○韵◎⊙●句●○○韵⊙●◎○⊙●○韵

天仙子　　韦庄

金似衣裳玉似身。眼如秋水鬓如云。霞裙月帔一群群。来洞口，望烟分。刘阮不归春日曛。

其次是单调仄韵转平韵《天仙子》，因此大类仅韦庄《天仙子》（深夜归来长酩酊）一首，故亦仅有一体，其格律并例词如下：

天仙子（全第四式，1首）

◎●⊙○○●●韵◎●⊙○○●●韵⊙○◎●●○○换韵◎⊙●句●○○韵⊙●◎○⊙●○韵

天仙子　　韦庄

深夜归来长酩酊。扶入流苏犹未醒。醺醺酒气麝兰和。　惊睡觉，笑呵呵。长道人生能几何。

最后是仄韵《天仙子》，此大类又可分为四韵和五韵两类。四韵者，因其第四句末字所用声调的不同（实则为平仄句式的差异），又可分为两类，两类均只有一体，第一体为第四句以平声收结，其格律并例词如下：

天仙子（全第五式，1 首）

◎●⊙○○●●韵◎●⊙○○●●韵⊙○◎●●○○句●○○句◎⊙●韵◎●⊙○○●●韵

天仙子　　和凝

洞口春红飞蔌蔌。仙子含愁眉黛绿。阮郎何事不归来，懒烧金，慵篆玉。流水桃花空断续。

第二体为第四句以仄声收结者，其格律并例词如后：

天仙子（全第六式，1 首）

◎●⊙○○●●韵◎●⊙○○●●韵⊙○◎●●○○句◎◎●句◎⊙●韵◎●⊙○○●●韵

天仙子　　无名氏

燕语莺啼惊教梦。羞见鸾台双舞凤。天仙别后信难通，无人问，桃花洞。休把同心千遍弄。

五韵者，因其第二句所用平仄的差异，也可分为两类。其中第一类第二句所用平仄为“◎○⊙●○○●”，此类仅有一体，其格律并例词如下：

天仙子(全第七式,2首,两三言句不对仗)

◎●⊙○○●●韵◎○⊙●○○●韵⊙○◎●●○○句◎◎●韵◎⊙●韵◎●⊙○○●●韵

天仙子　　皇甫松

晴野鹭鸶飞一只。水葓花发秋江碧。刘郎此日别天仙，登绮席。泪珠滴。十二晚峰高历历。

第二类第二句所用平仄为"◎●⊙○○●●",此类,因其中两三言句是否对仗,又可分为两小类,两小类均只有一体,它们的格律并例词分别如次:

天仙子(全第八式,1首,两句三言对仗)

◎●⊙○○●●韵◎●⊙○○●●韵⊙○◎●●○○句◎◎●韵◎⊙●韵◎●⊙○○●●韵

天仙子　　和凝

柳色披衫金缕凤。纤手轻捻红豆弄。翠娥双脸正含情，桃花洞。瑶台梦。一片春愁谁与共。

天仙子(全第九式,1首,两句三言不对仗)

◎●⊙○○●●韵◎●⊙○○●●韵⊙○◎●●○○句◎◎●韵◎⊙●韵◎●⊙○○●●韵

天仙子　　无名氏

叵耐不知何处去。正值①花开谁是主。满楼明月夜三更，无人语。泪如雨。便是思君肠断处。

---

① "值"原作"时"，兹从任半塘校语。

四、双调《天仙子》的体式

如前所述，唐五代《天仙子》的格律和体式颇为多样，当时已有双调《天仙子》一种，不过仅有 1 首，远不如单调《天仙子》盛行，这种情形到了宋代之后则变化甚大，诸家所作，不再有单调之作，而是清一色的双调《天仙子》。纵观唐宋 27 首双调《天仙子》，可大致分为八韵、九韵和十韵三大类。其中前两大类仅各一首，故只能有一体。十韵者，根据其上、下片两三言句有无对仗，又可分为上下片两三言句均无对仗与上下片两三言句有对仗两类。两类中，前者仅一体，后者根据对仗的位置和数量又可分为三小类，三小类中，依其是否有叠字、叠韵，或者两者兼之等而分为七体。以下依次加以论列。

首先是八韵《天仙子》，此一大类仅有 1 首，故只能有一体。相较于主流的十韵《天仙子》，此体上下片第四句则均不押韵，其格律并例词如下：

天仙子（全第一式，1 首。上下片两三言均不对仗）

◎●⊙○○●●韵◎●⊙○○●●韵⊙○◎●●○○句◎⊙●句◎◎●韵◎●⊙○○●●韵

◎●⊙○○●●韵◎●⊙○○●●韵⊙○◎●●○○句◎⊙●句◎◎●韵◎●⊙○○●●韵

天仙子　　随车娘子

别酒未斟心先醉。忽听阳关辞故里。扬鞭勒马到皇都，三题尽，当际会。稳跳龙门三级水。

天意令吾先送喜。不审君侯知得未。蔡邕博识爨桐声，君背负，只此是。酒满金杯来劝你。

其次为九韵《天仙子》，此一大类亦仅 1 首，故也只能有一体。相较于主流十韵之《天仙子》，此体则在下片第四句减去一韵，且平仄为“●◎○”，上片第四句仍照常入韵，其格律并例词如下。

天仙子(全第二式,1 首)

◎●⊙○○●●韵◎●⊙○○●●韵⊙○◎●●○○句◎⊙●韵◎◎●韵◎●⊙○○●●韵

◎●⊙○○●●韵◎●⊙○○●●韵⊙○◎●●○○句●◎○句◎◎●韵◎●⊙○○●●韵

天仙子　　陈亮

一夜秋光先著柳。暑力平明羞失守。西风不放入帘帏，饶永昼。沉烟透。半月十朝秋定否。

指点芙蕖凝伫久。高处成莲深处藕。百年长共月团圆，女进男，酒称寿。一点浮云人似旧。

最后,为十韵《天仙子》。此大类可分为上、下片两三言句均无对仗与上、下片两三言句有对仗两类,第一类仅一体,其格律并例词如下:

天仙子(全第三式,4 首。上下片两三言句均不对仗)

◎●⊙○○●●韵◎●⊙○○●●韵⊙○◎●●○○句◎⊙●韵◎◎●韵◎●⊙○○●●韵

◎●⊙○○●●韵◎●⊙○○●●韵⊙○◎●●○○句◎⊙●韵◎◎●韵◎●⊙○○●●韵

天仙子　　李弥逊

飞盖追春春约伫。繁杏枝头红未雨。小楼翠幕不禁风，芳草路。无尘处。明月满庭人欲去。

一醉邻翁须记取。见说新妆桃叶女。明年却对此花时，留不住。花前语。总向似花人付与。

第二类,依其上、下片两三言句对仗的位置和数量又可分为三小类。第一小类为仅上片两三言句对仗者,此小类,根据对仗之句有无叠韵等特点,

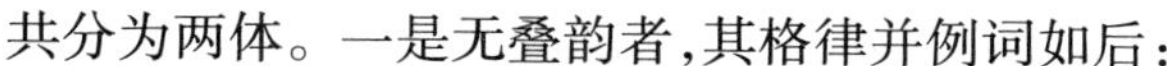

共分为两体。一是无叠韵者，其格律并例词如后：

天仙子（全第四式，3 首。上片两三言句对仗）

◎●⊙○○●●韵◎●⊙○○●●韵⊙○◎●●○○句◎⊙●韵◎◎●韵◎●⊙○○●●韵

◎●⊙○○●●韵◎●⊙○○●●韵⊙○◎●●○○句◎⊙●韵◎◎●韵◎●⊙○○●●韵

天仙子　　赵令畤

宿雨洗空台榭莹。下尽珠帘寒未定。花开花落几番晴，春欲竟。愁未醒。池面杏花红透影。

一纸短书言不尽。明月清风还记省。玉楼香断又添香，闲展兴。临好景。心似乱萍何处整。

二是有叠韵者，其格律并例词如下，其中例词上片第四句、第五句末字之“许”为叠韵：

天仙子（全第五式，1 首。上片两三言句对仗，且有叠韵）

◎●⊙○○●●韵◎●⊙○○●●韵⊙○◎●●○○句◎⊙●韵◎◎●韵◎●⊙○○●●韵

◎●⊙○○●●韵◎●⊙○○●●韵⊙○◎●●○○句◎⊙●韵◎◎●韵◎●⊙○○●●韵

天仙子　　赵长卿

眼色媚人娇欲度。行尽巫阳云又雨。花时还复见芳姿，情几许。愁何许。莫向耳边传好语。

往事悠悠曾记否。忍听黄鹂啼锦树。啼声惊碎百花心。分付与。谁为主。落蕊飞红知甚处。

第二小类为仅下片两三言句对仗者，此小类，根据对仗之句有无叠字、

叠韵等特点，也分为两体。一是无叠字叠韵者，其格律并例词如下：

天仙子（全第六式，3 首。下片两三言句对仗）

◎●⊙○○●●韵◎●⊙○○●●韵⊙○◎●●○○句◎⊙●韵◎◎●韵◎●⊙○○●●韵

◎●⊙○○●●韵◎●⊙○○●●韵⊙○◎●●○○句◎⊙●韵◎◎●韵◎●⊙○○●●韵

天仙子　　周紫芝

雪似杨花飞不定。枝上冻禽昏欲暝。寒窗相对话分飞，箫鼓静。灯炯炯。一曲阳关和泪听。

酒入离肠愁欲凝。往事不堪重记省。劝君莫上玉楼梯，风力劲。山色暝。忍看去时楼下径。

二是有叠字叠韵者，其格律并例词如后，其中例词下片第四、第五句“恨不了。愁不了。”“不”为叠字，“了”为叠韵。

天仙子（全第七式，1 首。下片两三言句对仗，且有叠字叠韵）

◎●⊙○○●●韵◎●⊙○○●●韵⊙○◎●●○○句◎⊙●韵◎◎●韵◎●⊙○○●●韵

◎●⊙○○●●韵◎●⊙○○●●韵⊙○◎●●○○句◎⊙●韵◎◎●韵◎●⊙○○●●韵

天仙子　　冯时行

风幸多情开得好。忍却吹教零落了。弄花衣上有余香，春已老。枝头少。况又酒醒鶗鴂晓。

一片初飞情已悄。可更如今纷不扫。年随流水去无踪，恨不了。愁不了。楼外远山眉样小。

第三小类为上下片两三言句均对仗者，此小类，根据对仗之句有无叠字或叠字兼叠韵等特点，又可分为三体。一是无叠字也无叠韵者，其格律并例词如下：

天仙子（全第八式，8 首。上、下片两三言句均对仗）

◎●⊙○○●●韵◎●⊙○○●●韵⊙○◎●●○○句◎⊙●韵◎◎●韵◎●⊙○○●●韵

◎●⊙○○●●韵◎●⊙○○●●韵⊙○◎●●○○句◎⊙●韵◎◎●韵◎●⊙○○●●韵

天仙子　　张先

水调数声持酒听。午醉醒来愁未醒。送春春去几时回，临晚镜。伤流景。往事后期空记省。

沙上并禽池上暝。云破月来花弄影。重重帘幕密遮灯，风不定。人初静。明日落红应满径。

二是有叠字者，其格律并例词如后，其中例词下片第四、第五句中“一”为叠字：

天仙子（全第九式，3 首。上、下片两三言句均对仗，且有叠字）

◎●⊙○○●●韵◎●⊙○○●●韵⊙○◎●●○○句◎⊙●韵◎◎●韵◎●⊙○○●●韵

◎●⊙○○●●韵◎●⊙○○●●韵⊙○◎●●○○句◎⊙●韵◎◎●韵◎●⊙○○●●韵

天仙子　　沈蔚

景物因人成胜概。满目更无尘可碍。等闲帘幕小栏干，衣未解。心先快。明月清风如有待。

谁信门前车马隘。别是人间闲世界。坐中无物不清凉，山一带。水一派。流水白云长自在。

三是有叠字兼叠韵者,其格律并例词如后,其中例词上片第四、第五句“一”为叠字,“会”为叠韵,下片第四、第五句“也”为叠字,“是”为叠韵。

天仙子(全第十式,2首。上、下片两三言句均对仗,且有叠字兼叠韵)

◎●⊙○○●●韵◎●⊙○○●●韵⊙○◎●●○○句◎⊙●韵◎◎●韵◎●⊙○○●●韵

◎●⊙○○●●韵◎●⊙○○●●韵⊙○◎●●○○句◎⊙●韵◎◎●韵◎●⊙○○●●韵

天仙子　　刘过

别酒醺醺容易醉。回过头来三十里。马儿只管去如飞，牵一会。坐一会。断送杀人山共水。

是则青衫终可喜。不道恩情拼得未。雪迷村店酒旗斜，去也是。住也是。烦恼自家烦恼你。

五、小结

综上所论,古今有关《天仙子》格律和体式的论列疏漏良多。就对仗而言,《天仙子》无论单调、双调,中间两三言句往往使用对仗。就用韵而言,双调《天仙子》除主流的押十仄韵之外,尚有押八仄韵和押九仄韵两种。就叠字和叠韵等而言,双调《天仙子》时有此一特点,为其他词调所少有。就平仄而言,单调《天仙子》的句式较为多样,在词例不多的情况下,相关平仄谱的判断,宜辅助以具有普适性的词律通则,双调《天仙子》中间两三言句的平仄,应为“◎⊙●”。就体式而言,《天仙子》共有十九体,其中单调《天仙子》九体,双调《天仙子》十体。

兹以入宋以后常用之双调68字《天仙子》为例,为其作一总谱并说明如下:

天仙子又名万斯年，双调六十八字，上下片各六句五仄韵

◎●⊙○○●●韵◎●⊙○○●●韵⊙○◎●●○○句◎⊙●韵◎◎●韵◎●⊙○○●●韵

◎●⊙○○●●韵◎●⊙○○●●韵⊙○◎●●○○句◎⊙●韵◎◎●韵◎●⊙○○●●韵

说明：

1. 上列为双调 68 字之体，尚有单调 34 字之体数种，其中或押仄韵，或押平韵，或先押仄韵再转平韵。

2. 下片第四句，偶有不入韵而以平声结尾者，倘如此，其平仄则为"●◎○"；此外，尚偶有上下片第四句均不入韵而仍以仄声结尾者，其平仄同于一般入韵者。

3. 上下片中间两三言句往往多对仗，间有叠字、叠韵，甚至叠字叠韵兼而有之等特点。

第十三章

《河满子》格律与体式辨正

词中《河满子》一调,“河”又多作“何”,始见于五代和凝等人。入宋后,著名词人如张先、晏几道、苏轼、贺铸等均有所创作,尤其是孙洙《河满子》(怅望浮生急景)一首,其艺术成就迥出各位词手之上,《白香词谱》将其选为百调之一的代表作,确具只眼。关于此调的格律和体式,古今著名词谱大多有所论列,可惜限于时代条件、个人学力、考索方法等方面的不足,讹漏之处,也在在多有,特撰本章,以澄清之。

一、古今有关《河满子》格律的探讨和得失

今所见之《河满子》词,五代时已有单调和双调两种,如和凝 2 首均为单调,尹鹗、毛熙震等人所作,均为双调。入宋以后,诸家所填,则一概以双调为准,不复有单调之作。而无论单调、双调,其一段之格律皆大抵如右:六句三平韵,以六言句为主,第三句于五代之时,或为六言,或为七言,至宋则一律以七言出之。有关此调的格律和体式,古今重要词谱如万树的《词律》,王奕清的《钦定词谱》,陈栩、陈小蝶的《考正白香词谱》,谢桃坊的《唐宋词谱校正》等,均有所讨论,今即以上述四书之考证,略作引述,并兼及其得失。

《词律》所录《何满子》共有单调 36 字、37 字和双调 74 字三体,而分别以和凝《何满子》(写得鱼笺无限)、孙光宪《何满子》(冠剑不随君去)、毛熙震《何满子》(无语残妆淡薄)三首为例加以说明。其中除和凝一首详注以平仄

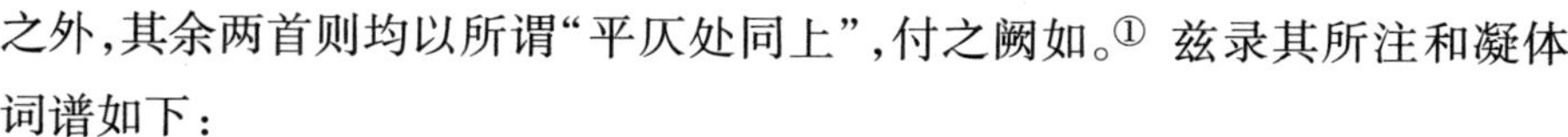

之外，其余两首则均以所谓“平仄处同上”，付之阙如。[①] 兹录其所注和凝体词谱如下：

何满子三十六字　　**和凝**

写(可平)得鱼(可仄)笺无(可仄)限句其(可仄)如花(可仄)锁春晖韵目(可平)断巫(可仄)山云雨句空(可仄)教残(可仄)梦依依叶却(可平)爱熏香小(可平)鸭句羡(可平)他长(可仄)在屏帏叶

《钦定词谱》所录的《河满子》则有五体，分别是单调36字的和凝《河满子》（写得鱼笺无限）、单调37字的和凝《河满子》（正是破瓜年纪）、双调平韵73字的尹鹗《河满子》（云雨常陪胜会）、双调平韵74字的毛熙震《河满子》（寂寞芳菲暗度）、双调仄韵74字的毛滂《河满子》（急雨初收珠点）。五体中，除第一体参酌别词注出平仄谱之外，其余则多逐一标出实际平仄，这是《钦定词谱》考证体例的通病，无须赘言。[②] 兹照录其所标首体词谱如下：

河满子单调三十六字，六句三平韵。　　**和凝**

写得鱼笺无限，其如花锁春晖。目断巫山云雨，空教残梦依依。

⊙●◎○◎●句◎○◎●○○韵⊙●○○○●句◎○○●○○韵

却爱熏香小鸭，羡他长在屏帏。

⊙●◎○⊙●句⊙○◎●○○韵

《考正白香词谱》论列词调，每调一般都仅注明一体，其所录《何满子》亦是如此。兹将其所标的《何满子》词谱罗列如下：

何满子　　宋**孙洙**巨源

怅望浮生急景，凄凉宝瑟余音。楚客多情偏怨别，碧山远水登

□●□○□●句□○□●○○韵□●□○○●●句□○□●○

① 万树：《词律》，上海古籍出版社，1984年版，第96—97页。

② 王奕清：《钦定词谱》，中国书店，1983年版，第157—161页。

临。目送连天衰草，夜阑几处疏砧。

○叶●●□○□●句□○□●○○叶

黄叶无风自落，秋云不雨长阴。天若有情天亦老，摇摇幽恨难

□●□○□●句□○□●○○叶□●□○○●●句□○□●○

禁。惆怅旧欢如梦，觉来无处追寻。

○叶□●□○□●句□○□●○○叶[1]

陈氏二人，又在此调之后补充说明道："右词七十四字，前后阕各六句，内五句各六字，一句七字，盖舞曲也。原调只三十六字，始于唐。"

《唐宋词谱校正》成书虽远晚于上述三书，但所录《河满子》亦仅两体。其中首体为单调 37 字，以孙光宪《何满子》（冠剑不随君去）一首为例，注明格律，第二体为双调 74 字，以杜安世《何满子》（柳嫩不禁摇动）一首为例注明格律。[2] 兹姑录其首体词谱如后。

何满子单调，三十七字，六句，三平韵。　　**孙光宪**

冠剑不随君去，江河还共恩深。歌袖半遮眉黛惨，泪珠旋滴衣

□●□○□●句□○□●○○韵□●□○○●●句●○□●○

襟。惆怅云愁雨怨，断魂何处相寻。

○韵●●○○●●句●○○●○○韵

纵观以上四家有关《河满子》格律的说明，就体式而言，《钦定词谱》录有五体，虽仍未称赅备，但在诸家中数量最多，已属难得，《词律》虽不及前者，但其成书在前，为我国第一部较为大型的词律专书，且以一人之力成之，亦非易事，《考正白香词谱》所选词调多不分体，乃其体例所限，《唐宋词谱校正》虽成书较晚，条件已优于古人，但作者以晚年光景为之，或亦绌于更张。所谓"词谱"或"词律"，最主要的应该是"平仄谱"或"平仄律"，就此而言，诸家所注或多或少都有一定的问题，其中《词律》所录首体有两处不可信，《钦

① 陈栩、陈小蝶：《考正白香词谱》，上海古籍书店，1981 年版，第 82—84 页。

② 谢桃坊：《唐宋词谱校正》，上海古籍出版社，2012 年版，第 26—28 页。

定词谱》所录首体有两处有误,《考正白香词谱》所录一首有一处欠妥。问题最大的是《唐宋词谱校正》,其中仅前引一首所注平仄之不当处,即有6处之多,如其所注第四句平仄为"●○□●○○",实则首字"泪"处,当为可平可仄,而非必为仄声,又如其所注第五句平仄为"●●○○●●",实则第一、第三、第五字处均亦为可平可仄,又如其所注第六句平仄为"●○○●○○",实则第一、第三字处同样为可平可仄,以上依据请详见本章第二部分;而该书中另一首所注平仄之不确者,更是达到15处之多,讹误如此繁多,令人讶异。

二、《河满子》相关格律问题辨正

经检《全唐五代词》《全宋词》两书相关索引,可知唐五代今存《河满子》共有8首,其中薛逢一首为声诗,非词,故应为7首,宋代今存《河满子》共有12首,其中杜安世《河满子》(细雨裛开红杏)一首下片第二句脱首二字,贺铸《河满子》(每恨相逢薄处)上片第三句脱末字,仇远《何满子》(舞褥行云衬步)下片第三句脱倒数第二字,其余9首,则均为完篇。此外,毛滂《河满子》(急雨初收珠点)上片第五句末字,《全宋词》作"帘",而《钦定词谱》作"箔",未知原本以何为是,单从平仄格式来看,作者似无道理在第二、第四、第六字等处连用三个平声,本章的统计对象,除此处暂依《钦定词谱》之外,余则均从《全唐五代词》和《全宋词》二书。应该顺便一提的是,毛熙震《何满子》(寂寞芳菲暗度)末句,重新整理的《钦定词谱》作"小窗游断银筝"①,"游"字于义不通,当依中国书店影印本《钦定词谱》或《全宋词》作"弦"。又《全唐五代词》索引所录毛熙震《何满子》(无语残妆淡薄)首句第二个字误为"言",实当作"语",其正文则不误。以下拟就《河满子》若干调名、格律问题,略作辨正如次。

首先,就调名是"河满子"还是"何满子"而言,白居易《听歌六绝句·何满子》云"世传满子是人名,临就刑时曲始成。一曲四词歌八叠,从头便是断肠声",并有自注道:"开元中,沧洲有歌者何满子,临刑,进此曲以赎死,上竟

① 王奕清等编撰,孙通海、王景桐校点:《钦定词谱》,学苑出版社,2008年版,第113页。

不免。”[①]同时元稹亦有《何满子歌》、薛逢有《何满子》，均论及“何满”其人。此外，段安节《琵琶录》亦有云“后游灵武，李灵曜尚书席上有客唱《何满子》，四座称妙”由此，古今学者往往改词调《河满子》中之“河”为“何”，如《全唐五代词》一书即据上述白诗自注并段书两段，以为“河满”是“误作”，而改和凝等人《河满子》为《何满子》[②]，而早在清初万树就以为《河满子》的“河”应作“何”，可见此种观点由来已久。问题是，正如万树本人所说的，早于白居易的崔令钦的《教访记》，已然是作“河满”了。此外，稍晚于白居易的张祜《宫词》所谓“一声河满子，双泪落君前”、《孟才人叹》“却为一声河满子，下泉须吊旧才人”，亦均明言是“河满子”。再者，就词调而言，唐五代以来，此调亦几乎一概作《河满子》，目前所见，此段时间调名为“何满子”者，亦仅仇远一人 1 首，别家均作“河满子”，如果说“河”是讹误的话，偶尔有失尚可理解，但这么大面积的张冠李戴，却不得不让人生疑。综上，笔者以为，唐时歌者，到底是“河满”还是“何满”，该词调名与歌者名、词调音乐与歌者所谱之曲究竟有无关系，在目前证据不足的情况下，当以存疑为好。

其次，就《河满子》词调的对仗特点而言，古今学者中少有关注者，唯《考正白香词谱》在“填词法”曾加以提及说“此调起二句，与西江月同，作者多用对句……末尾二句，亦为六字对句，与西江月首二句同”。相较于别家而言，这是《考正白香词谱》的一大优点，但是其结论也还不够确切，尚有待补正。通过笔者的考察，《河满子》一调使用对仗这一特点，起源甚早，虽然最早的和凝两首均无对仗，但其稍后的毛文锡、尹鹗等人，即开始在某些地方以整齐的对仗出之。总的来看，此调的对仗主要有以下两个特点：一是首两句（包括单调和双调上、下片）对仗的频率要比尾两句的高出许多。比如五代《河满子》共有五人 7 首，其中 3 首为双调，4 首为单调，由此，可供对仗的首两句和尾两句实际上共各有 10 处。经统计，其中首两句对仗的共有 6 处，超过了可资对仗处的一半，即毛文锡《何满子》（红粉楼前月照）前两句“红粉楼前月照，碧纱窗外莺啼”、尹鹗《何满子》（云雨常陪胜会）上、下片前两句“云

① 中华书局编辑部点校：《全唐诗（增订本）》第七册，中华书局，1999 年版，第 5239 页。

② 曾昭岷、曹济平、王兆鹏、刘尊明：《全唐五代词》，中华书局，1999 年版，第 472 页。

雨常陪胜会，笙歌惯逐闲游”“方喜正同鸳帐，又言将往皇州”，毛熙震《何满子》（无语残妆澹薄）上、下片前两句“无语残妆澹薄，含羞亸袂轻盈”“笑靥嫩疑花拆，愁眉翠敛山横”、孙光宪《何满子》（冠剑不随君去）前两句“冠剑不随君去，江河还共恩深”等均为对仗句，而尾两句对仗的仅有3处，即尹鹗《何满子》（云雨常陪胜会）上片后两句“戴月潜穿深曲，和香醉脱轻裘”、毛熙震《何满子》（寂寞芳菲暗度）上片后两句“曲槛丝垂金柳，小窗弦断银筝”、《何满子》（无语残妆澹薄）上片后两句“云母帐中偷惜，水精枕上初惊”。二是，最常见的对仗数量和对仗位置的结合，是双调上、下片前两句与上片后两句的对仗组合。这样的例子，五代的有尹鹗之作1首，宋代的则有张先、孙洙、晏几道、苏轼等四人共5首，比如张先《河满子》（溪女送花随处）上述三处的“溪女送花随处，沙鸥避乐分行”“人面新生酒艳，日痕更欲春长”“衣上交枝斗色，钗头比翼相双”，晏几道《何满子》（绿绮琴中心事）上述三处的“绿绮琴中心事，齐纨扇上时光”“夜夜魂消梦峡，年年泪尽啼湘”“归雁行边远字，惊鸾舞处离肠”，苏轼《河满子》（见说岷峨凄怆）上述三处的“见说岷峨凄怆，旋闻江汉澄清”“东府三人最少，西山八国初平”“莫负花溪纵赏，何妨药市微行”等，均为对仗之句。综合上述两点来看，单调末两句以及双调下片末两句的对仗之所以较少，大概缘于词之结句，宜发散，宜一气行之，不宜用双行之骈句，即使用也当以流水对为佳，这一特点，显然与五七律末联之所以少用对仗是一致的。

再次，就《河满子》的平仄谱而论，可探讨者主要有两点。其中第二点更为重要，也更为根本。一是《河满子》第三句七言虽然多数时候使用的是平仄句式“◎●⊙○○●●”，但偶尔也用“◎○⊙●○◎●”，比如杜安世《河满子》（柳嫩不禁摇动）一首上、下片第三句“雨馀天气来深院”“年年依旧无情绪”，晏几道《河满子》（对镜偷匀玉箸）一首上、下片第三句“系谁红豆罗带角”“问看几许怜才意”，仇远《何满子》（舞褥行云衬步）一首上、下片的第三句“歌残舞罢花困软”“谢娘荀令都□老”等，所使用的平仄句式即均为“◎○⊙●○◎●”。对此，《钦定词谱》在所列第四体后加以说明道“前后段可平可仄已详见单调词，惟晏几道词前后段第三句‘五陵年少浑薄幸’‘蕙楼多少铅华在’，又杜安世词‘雨馀天气来深院’‘年年依旧无情绪’，平仄独异，余则相同也”，已然注意及此，殊为可从。其实，在此之前，《词律》也注意到了这种现象,即是书在所列《何满子》第三体毛熙震词加注语说“东坡作几度句、相望句,平仄同,而寿域二首,前后俱用平平平仄平平仄,与此相反,恐是杜君误笔”,可惜的是,万树将词谱中的这种正常现象误认作是一种“误笔”,显然是有失偏颇的。二是就大多数的《河满子》而言,因为双调体上下两片的格律基本无异,所以无论单调《何满子》,还是双调《何满子》,其平仄句式基本上可分为三类:一为六言“⊙●◎○⊙●”(姑称它为六言 b 句式),其中第一句、第五句属之;一为六言“◎○⊙●○○”(姑称它为六言 B 句式),其中第二句、第四句、第六句属之;一为七言“◎●⊙○○●●”(姑称它为七言 b 句式),其中第三句属之。因此,这些相同平仄句式的索求,不但可以参校同片相同位置上的句子,也可以参校上、下片相同位置上的句子,甚至可以参校不同位置上,但属于同一平仄句式的句子。古今诸家在制定平仄谱时,往往多有错讹,其中一大原因,自然是由于所见未广,另一方面,却不得不说是未明此理之故。比如,《词律》以和凝词为例,认为此调第三句“目断巫山云雨”第五字“云”处必为平,而《钦定词谱》也是以此词为例,认为此句第三句之第三字、第五字均必为平声。事实上,他们据以判断的例子,不过此调同体 3 首 3 句而已,未晓此处所用平仄句式实同于第一句和第五句,而此调第一句、第五句中第三字或第五字的平仄实不限于平声,如和凝《何满子》(正是破瓜年几)首句“正是破瓜年几”第三字“破”即为仄声,又如和凝《何满子》(写得鱼笺无限)第五句“却爱薰香小鸭”第五字“小”也为仄声,诸如此类,例子不胜枚举。本章关于此调各体平仄句式的推求,即大抵参照上述方法,为避烦琐,兹不具列。应该顺便提到的是《考正白香词谱》的平仄标识,总的来看,该书关于平仄的制定,大抵是可信的,唯一一处失当是上片第五句的首字,书中以为必为仄声,实则,此处作平声者,例子甚多,本不难考求,书中如此,当为笔误或刊误所致。此外,如前所述,《唐宋词谱校正》一书有关《何满子》的平仄标识,错讹最多,具体原因就很难解释了。

最后,对于各谱中存在的一些其他问题,也应在此略作交代。一是鉴于尹鹗《何满子》上、下片第三句的字数略有参差,一为六言,一为七言,《词律》认为“前七字句止六字,后则七字,亦系误少一字”,又鉴于后来宋人所填《河满子》均为双调之作,《词律》引《碧鸡漫志》中有关“此词属双调”的说法,而以为此调“是本为双调,而前之单调者,止得其半也”。关于这两种观点,《钦定词谱》均作了辨析，认为“和词与尹词、毛词各自一体，并无脱误。其(谓《碧鸡漫志》，笔者按)云‘双调’者是宫调名，《唐书·礼乐志》所谓夹钟商也。《词律》不知白诗所指，又误认双调为两段，乃云‘和凝词仅得其半’，并云‘尹鹗词少一字’，俱失于辨证”。我们认为，此一驳正是比较中肯的。二是《考正白香词谱》中《何满子》词谱后“考正”云“何字多有作河者，盖本薛逢五‘一声河满子，双泪落君前’之句，故名”。其中，所引诗两句，本为张祜所作，非薛逢也，又“薛逢”后之“五”疑为误衍之字。同处又有云《河满子》“唐时本为单调六句，每句六字，唯孙光宪词第三句始作七字，成三十七字一体，其后乃加双叠，句法与孙词相同”。实则 37 字一体，和凝时已有之，且双叠之词早在孙光宪之前，尹鹗、毛熙震词中皆有之，不待孙氏之成全，诸体《钦定词谱》也早已有所揭示，诸如此类，正可见《考正白香词谱》考证之疏失也。三是《唐宋词谱校正》于《何满子》第二体[以杜安世《何满子》(柳嫩不禁摇动)一首为例]后云：“此体乃单调之重叠为双调，宋人多用此体。花间词人毛文锡已创为双调。”一则，杜安世此体第三句平仄为“◎○⊙●○◎●”，而异于通行之“◎●⊙○○●●”，故此体并未为多数宋人所遵循。二则，五代时，创为 74 字之双调者，当为毛熙震，而非毛文锡。

三、《河满子》的体式

古今学者，因条件、精力、识见所限，为各调区分体式时往往多以字数、用韵为主，而难于兼顾平仄、对仗等其他要素，由此而析出的各调体式，自然难称完备。如前所述，上述诸家所录《河满子》之体式，最多者仅五体，为《钦定词谱》所分，实则，如果充分考虑到《河满子》的平仄异式和多用对仗等特点，那么，其体式将有十四体之多。

综观五代宋朝所有《河满子》词，其体式可大致分为单调和双调两大类。其中单调又可分为 36 字和 37 字两类，两类又据其是否用了对仗而各分为两体。由此，共可得单调《河满子》四体。双调中，首先可分为 73 字和 74 字两类。73 字者仅尹鹗 1 首，故仅有一体。74 字者，则又可分为平韵和仄韵两小类。仄韵仅 1 首，故亦只有一体。平韵《河满子》则依其平仄和对仗的不同而又依次析出八体。综上，共可得《河满子》词调十四体，以下依次罗列各体格律并例词如后。

首先,是单调36字《河满子》,此类,据其前两句对仗与否,又可分为两体,分别如下:

河满子(全第一式,1首。前两句不对仗)

⊙●◎○⊙●句◎○⊙●○○韵⊙●◎○⊙●句◎○⊙●○○韵⊙●◎○⊙●句◎○⊙●○○韵

何满子　　和凝

写得鱼笺无限,其如花锁春辉。目断巫山云雨,空教残梦依依。却爱薰香小鸭,羡他长在屏帏。

河满子(全第二式,1首。前两句对仗)

⊙●◎○⊙●句◎○⊙●○○韵⊙●◎○⊙●句◎○⊙●○○韵⊙●◎○⊙●句◎○⊙●○○韵

何满子　　毛文锡

红粉楼前月照,碧纱窗外莺啼。梦断辽阳音信,那堪独守空闺。恨对百花时节,王孙绿草萋萋。

其次,是将前两体第三句的六言易为七言的单调37字《河满子》,此类,据其前两句对仗与否,也可分为两体,分别如下:

河满子(全第三式,1首。前两句不对仗)

⊙●◎○⊙●句◎○⊙●○○韵◎●⊙○○●●句◎○⊙●○○韵⊙●◎○⊙●句◎○⊙●○○韵

何满子　　和凝

正是破瓜年几,含情惯得人饶。桃李精神鹦鹉舌,可堪虚度良宵。却爱蓝罗裙子,羡他长束纤腰。

河满子(全第四式,1 首。前两句对仗)

⊙●◎○⊙●句◎○⊙●○○韵◎●⊙○○●●句◎○⊙●○○韵⊙●◎○⊙●句◎○⊙●○○韵

何满子　　孙光宪

冠剑不随君去，江河还共恩深。歌袖半遮眉黛惨，泪珠旋滴衣襟。惆怅云愁雨怨，断魂何处相寻。

再次,是双调 73 字《河满子》,此类因唐宋仅有一首,故只能有一体,其中上片第三句为六言,下片第三句则易为七言,其格律和例词如下:

河满子(全第五式,1 首。上下片前两句、上片后两句对仗)

⊙●◎○⊙●句◎○⊙●○○韵⊙●◎○⊙●句◎○⊙●○○韵⊙●◎○⊙●句◎○⊙●○○韵

⊙●◎○⊙●句◎○⊙●○○韵◎●⊙○○●●句◎○⊙●○○韵⊙●◎○⊙●句◎○⊙●○○韵

何满子　　尹鹗

云雨常陪胜会，笙歌惯逐闲游。锦里风光应占，玉鞭金勒骅骝。戴月潜穿深曲，和香醉脱轻裘。

方喜正同鸳帐，又言将往皇州。每忆良宵公子伴，梦魂长挂红楼。欲表伤离情味，丁香结在心头。

最后,是双调 74 字《河满子》,不同于前一体,其上、下片第三句均为七言。此类《河满子》又可分为仄韵和平韵两小类,仄韵一小类,因仅有毛滂一首,故亦只能有一体,先将其格律和例词罗列如后:

河满子(全第六式,1 首。上下片均于首句多入一韵,且后两句均对仗)

⊙●◎○⊙●韵◎○⊙●○●韵◎○⊙●◎○●句⊙●◎○○⊙

●韵◎○●○⊙●句⊙●◎○⊙●韵

⊙●◎○⊙●韵◎○⊙●○○韵◎○⊙●◎○●句⊙●◎○⊙●韵⊙●◎○⊙●句⊙●◎○⊙●韵

河满子　　毛滂

急雨初收珠点。云峰巉绝天半。辘轳金井卷甘冽，帘外翠阴遮遍。波翻水精重箔，秋在琉璃双簟。

漏永流花缓缓。未放崦嵫晼晚。红荷绿芰暮天好，小宴水亭风馆。云乱香喷宝鸭，月冷钗横玉燕。

平韵双调74字《河满子》，因其上下片第三句所用平仄句式的差异，又可分为两种。第一种第三句的平仄为"◎○⊙●○◎●"，此种因其是否使用对仗，以及使用对仗的数量和位置，而分为四体。第一体为未用对仗者，其格律并例词如下：

河满子(全第七式，1首)

⊙●◎○⊙●句◎○⊙●○○韵◎○⊙●○◎●句◎○⊙●○○韵⊙●◎○⊙●句◎○⊙●○○韵

⊙●◎○⊙●句◎○⊙●○○韵◎○⊙●○◎●句◎○⊙●○○韵⊙●◎○⊙●句◎○⊙●○○韵

河满子　　杜安世

细雨裛开红杏，新妆粉面鲜明。东君何事交来早，更无绿叶同荣。独倚青楼吟赏，目前无限轻盈。

命薄不依栏槛，□□或占郊坰。清香繁艳真堪爱，枉教寂寞凋零。相次牡丹芍药，王孙谁道多情。

第二体为上片前两句使用对仗者，其格律并例词如下：

河满子(全第八式,1 首。上片前两句对仗)

⊙●◎○⊙●句◎○⊙●○○韵◎○⊙●○◎●句◎○⊙●○○韵⊙●◎○⊙●句◎○⊙●○○韵

⊙●◎○⊙●句◎○⊙●○○韵◎○⊙●○◎●句◎○⊙●○○韵⊙●◎○⊙●句◎○⊙●○○韵

河满子　　杜安世

柳嫩不禁摇动，梅残尽任飘零。雨馀天气来深院，向阳纤草重青。寂寞小桃初绽，两三枝上红英。

又见云中归雁，嘈嘈断续和鸣。年年依旧无情绪，镇长冷落银屏。不语闲寻往事，微风频动帘旌。

第三体为上、下片前两句以及上片末两句共3处使用对仗,其格律并例词如后:

河满子(全第九式,2 首。上下片前两句以及上片后两句对仗)

⊙●◎○⊙●句◎○⊙●○○韵◎○⊙●○◎●句◎○⊙●○○韵⊙●◎○⊙●句◎○⊙●○○韵

⊙●◎○⊙●句◎○⊙●○○韵◎○⊙●○◎●句◎○⊙●○○韵⊙●◎○⊙●句◎○⊙●○○韵

河满子　　晏几道

对镜偷匀玉箸，背人学写银钩。系谁红豆罗带角，心情正著春游。那日杨花陌上，多时杏子墙头。

眼底关山无奈，梦中云雨空休。问看几许怜才意，两蛾藏尽离愁。难拚此回肠断，终须锁定红楼。

第四体为上片前两句以及上、下片后两句共3处使用对仗,其格律并例词如下:

河满子(全第十式,1首。上片前两句以及上、下片后两句对仗)

⊙●◎○⊙●句◎○⊙●○○韵◎○⊙●○◎●句◎○⊙●○○韵⊙●◎○⊙●句◎○⊙●○○韵

⊙●◎○⊙●句◎○⊙●○○韵◎○⊙●○◎●句◎○⊙●○○韵⊙●◎○⊙●句◎○⊙●○○韵

何满子　　仇远

舞褥行云衬步，歌纨片月生怀。歌残舞罢花困软，凝情犹小徘徊。髻滑频扶堕珥，裙低略露弓鞋。

当日凝香清燕，惯听八拍三台。谢娘荀令都□老，匆匆好梦惊回。闲指青衫旧泪，空连半股鸾钗。

第二种第三句的平仄为“◎●⊙○○●●”,此种因其使用对仗数量和位置的不同,而分为四体。其中,第一体为上片末两句使用对仗者,其格律并例词如下:

河满子(全第十一式,1首。上片末两句使用对仗)

⊙●◎○⊙●句◎○⊙●○○韵◎●⊙○○●●句◎○⊙●○○韵⊙●◎○⊙●句◎○⊙●○○韵

⊙●◎○⊙●句◎○⊙●○○韵◎●⊙○○●●句◎○⊙●○○韵⊙●◎○⊙●句◎○⊙●○○韵

何满子　　毛熙震

寂寞芳菲暗度，岁华如箭堪惊。缅想旧欢多少事，转添春思难平。曲槛丝垂金柳，小窗弦断银筝。

深院空闻燕语，满园闲落花轻[①]。一片相思休不得，忍教长日愁生。谁见夕阳孤梦，觉来无限伤情。

① 此两句，虽词性大致相对，但语法结构不同，故暂不计为对仗。

第二体为上、下片前两句均使用对仗者，其格律并例词如后：

河满子（全第十二式，2 首。上、下片前两句均对仗）

⊙●◎○○⊙●句◎○○⊙●○○韵◎●⊙○○●●句◎○○⊙●○○韵⊙●◎○○⊙●句◎○○⊙●○○韵

⊙●◎○○⊙●句◎○○⊙●○○韵◎●⊙○○●●句◎○○⊙●○○韵⊙●◎○○⊙●句◎○○⊙●○○韵

河满子　　晁端礼

草草时间欢笑，厌厌别后情怀。留下一场烦恼去，今回不比前回。幸自一成休也，阿谁教你重来。

眠梦何曾安稳，身心没处安排。今世因缘如未断，终期他日重谐。但愿人心长在，到头天眼须开。

第三体为上片后两句，下片前两句各以对仗句出之者，其格律并例词如下所示：

河满子（全第十三式，1 首。上片后两句、下片前两句均对仗）

⊙●◎○○⊙●句◎○○⊙●○○韵◎●⊙○○●●句◎○○⊙●○○韵⊙●◎○○⊙●句◎○○⊙●○○韵

⊙●◎○○⊙●句◎○○⊙●○○韵◎●⊙○○●●句◎○○⊙●○○韵⊙●◎○○⊙●句◎○○⊙●○○韵

河满子　　晁端礼

满浦亭前杨柳，一年两度攀条。瞬息光阴都几许，离情常是迢迢。须信沈腰易瘦，争教潘鬓相饶。

不忍重寻香径，还来独立溪桥。唯有无情东去水，来时曾傍兰桡。今夜欲求好梦，望中莫遣魂消。

最后一体为上、下片前两句和上片后两句 3 处均对仗者，此种作者最多，

除五代毛熙震之外，尚有宋代张先、孙洙、苏轼三人，其格律并例词如下：

河满子（全第十四式，4 首。上、下片前两句和上片后两句均对仗）

⊙●◎○⊙●句◎○⊙●○○韵◎●⊙○○●●句◎○⊙●○○韵⊙●◎○⊙●句◎○⊙●○○韵

⊙●◎○⊙●句◎○⊙●○○韵◎●⊙○○●●句◎○⊙●○○韵⊙●◎○⊙●句◎○⊙●○○韵

何满子　　毛熙震

无语残妆澹薄，含羞亸袂轻盈。几度香闺眠过晓，绮窗疏日微明。云母帐中偷惜，水精枕上初惊。

笑靥嫩疑花拆，愁眉翠敛山横。相望只教添怅恨，整鬟时见纤琼。独倚朱扉闲立，谁知别有深情。

四、小结

综上所论，古今有关《河满子》词调格律与体式的论列，讹漏不少。就调名而言，到底是作“河满子”，还是“何满子”，从现有的各种证据来看，宜遵原有之名，不宜据某一家之言词，遂加妄改。就体式而言，所论四家中，最多者为《钦定词谱》的五体，而据本文所考，此调之体式当有单调与双调两大类，共十四体之多。就对仗而言，古今诸家唯《考正白香词谱》曾注意到这个特点，但还不够全面，大抵而言，此调使用对仗，以上、下片前两句使用对仗最为常见，次则为上片之后两句，下片后两句用对仗则较为罕见，盖此处为全篇之末，宜用散句，一气神行，骈语则有碍流走，故然。就平仄而言，诸家所标，《考正白香词谱》失误最少；次为《词律》与《钦定词谱》，但后两书所列各体，于其体例，往往只注出首体之平仄谱，于他体则多未暇顾也；错讹最多的是《唐宋词谱校正》。

大致言之，《河满子》的词谱可排列并说明如后：

河满子双调七十四字，上下片各六句三平韵

⊙●◎○⊙●句◎○⊙●○○韵◎○⊙●○◎●句◎○⊙●○○韵⊙●◎○⊙●句◎○⊙●○○韵

⊙●◎○⊙●句◎○⊙●○○韵◎○⊙●○◎●句◎○⊙●○○韵⊙●◎○⊙●句◎○⊙●○○韵

说明：

1. 上列为双调74字，尚有单调36字、37字和双调73字者。单双调各差一字者，其异则在于第三句或为六言，或为七言之故也。

2. 除此之外，尚有仄韵体一种，宋朝以前仅毛滂一首，其格律请参前论。

3. 谱中上下片第三句之平仄，偶亦作"◎○⊙●○◎●"，见于杜安世、晏几道、仇远三人。又，上下片第一句、第五句，宜尽量少用平仄句式"⊙●●○●●"。

4. 谱中上下片前两句多用对仗，次为上片后两句，下片后两句用对仗者较少。

第十四章

《暗香》格律与体式辨正

词调《暗香》之填制，始于南宋姜夔，为姜氏自度曲。此调在有宋一代，创作虽然不多，但却颇负盛名。原因一是姜夔在当时及后世的影响力较大；二是此调自面世后，就有不少同调继响之作，如吴潜《暗香》（晓霜一色）、吴文英《暗香》（县花谁葺）、张炎《暗香》（羽音辽邈）等。关于《暗香》的格律和体式，因其为长调，又为姜氏一时所创，可谓颇为纷繁，历来的相关意见，出入亦甚大。故撰此章，以期有所商定。

一、古今有关《暗香》格律的探讨和得失

《暗香》一调，常见的格律为双调 97 字，上片九句五仄韵，后片十句七仄韵，其中有五言而用一四句法者，有七言而用三四句法者，有押短韵者，有平仄之格式而少见于小令、中调者，总之，格律颇为复杂。关于此调的格律，古今著名词谱如万树的《词律》，王奕清的《钦定词谱》，陈栩、陈小蝶的《考正白香词谱》，龙榆生的《唐宋词格律》等，均有所论列。以下即就以上几种著作的相关观点，稍作引述，并兼及其优劣。

《词律》一书所录《暗香》仅有一体，而以吴文英《暗香》（县花谁葺）一首，为其标出句韵与平仄，平仄仅“画帘隙”一处标出可平可仄之处，其余则以原词当之，堪称不敢越古人之雷池半步。其谱如下。

暗香九十七字，又名红情　　**吴文英**

县花谁葺韵记满庭燕麦句朱扉斜阖韵妙手作新句公馆青红晓云湿叶天际疏星趁马句画帘隙豆冰弦三叠叶尽换却豆吴水吴烟句桃李靓春靥叶

可平

风急叶送帆叶叶正雁水夜清句卧虹平帖叶软红路接叶涂粉闱深早催入叶怀暖天香宴果句花队簇豆轻轩银蜡叶便问讯豆湖上柳句两堤翠匝叶

谱后并有补充云："'公馆'至'换却'，与后'涂粉'至'问讯'同。此调惟尧章创之，君特填之耳。观其步趋原曲，如此谨严，所谓断髭踏醋，令人有击钵挥豪之惧。姜词首句第三字是'月'字，谱俱作仄，观此'谁'字，则知可用平。'吴水'，姜作'竹外'，可知'竹'字可平。'送帆叶'，姜作'正寂寂'，可知第一个'寂'字作平。'卧虹'，姜作'夜雪'，可知'雪'字作平。有此一阕，姜遂不孤矣。至图谱所注，于'作'字、'靓'字、'送'字、'夜'字、'软'字、'问'字、'两'字俱作可平，而'花队簇轻轩'五字，谓可用仄平平仄仄，则其见太广，其说太玄，非愚之浅鄙所识矣。"①

《钦定词谱》所录《暗香》共有两体，其中首体以姜夔创调之作《暗香》（旧时月色）一首为例，为其一一标出句韵与平仄，第二体以张炎《暗香》（无边香色）一首为例，为其标出句韵，平仄则以该词之实际平仄付之，并认为此体与首体之区别在于"惟后段第七句作折腰句法异"。为便讨论，兹列其首体词谱如后：

暗香双调九十七字，前段九句五仄韵，后段十句七仄韵　　**姜夔**

旧时月色。算几番照我，梅边吹笛。唤起玉人，不管清寒与攀

⊙○⊙●韵●⊙○⊙●句◎○○●韵●●⊙○句⊙●○○●○

摘。何逊而今渐老，都忘却、春风词笔。但怪得、竹外疏花，香冷入

●韵◎●◎○●●句◎◎⊙读◎○○●韵⊙⊙⊙读⊙●○○句◎●●

瑶席。

○●韵

① 万树：《词律》，上海古籍出版社，1984 年版，第 336 页。

江国。正寂寂。叹寄与路遥，夜雪初积。翠尊易泣。红萼无言耿

◎●韵●⊙●韵●●⊙⊙○句⊙⊙○●韵●○●●韵○●◎○●

相忆。长记曾携手处，千树压、西湖寒碧。又片片、吹尽也，几时见

○●韵◎●○○⊙●句◎⊙⊙读◎○○●韵●⊙⊙读○●●句●○⊙

得。

●韵

谱后并有注释云："此调始自此词，有赵以夫、吴文英、陈允平、张炎诸词可校……此词后段第八句，陈词作'古今但、双流一碧'，'一'字以入作平，故不参校入谱。"①

《考正白香词谱》所录《暗香》亦仅有一体，此书对各调少有详加分体者，这是其体例所决定的，所列一体，以清人朱彝尊《暗香》（凝珠吹黍）一首为例，为其标示词谱如下：

暗香　　清**朱彝尊**竹垞

凝珠吹黍。似早梅乍萼，新桐初乳。莫是珊瑚，零乱敲残石家

⊙○○●韵●●○●●句○○○●叶●●⊙○句○●○○●○

树。记得南中旧事，金齿屐、小鬟蛮语。看两岸，树底盈盈、素手摘

●叶◎●○○●●句◎●⊙豆◎○○●叶●●●句⊙●○○豆◎●●

新雨。

○●叶

延伫。碧云暮。休逗入茜裙，欲寻无处。唱歌归去。先向绿窗饲

○●叶●○●叶◎●●⊙○句●○○●叶●○◎●叶○●◎○●

鹦鹉。惆怅檀郎终远，待寄与、相思犹阻。烛影下，开玉盒、背人偷

○●叶◎●○○⊙●句◎●●豆◎○○●叶●●●句○●●豆●○⊙

数。

●叶

① 王奕清：《钦定词谱》，中国书店，1983年版，第1721—1723页。

谱后又有考正云："右词九十七字，又名红情。本姜白石自度腔也。'零乱'至'两岸'，与后'先向'至'影下'同。姜词首句第三字用'月'字，乃以入作平，非可仄也。第四句第三字，梦窗白石均用仄声，而朱词用平，作者以从仄声为宜。此外平仄，皆依白石梦窗二词考定。词律不注平仄，殊不可解。"①

《唐宋词格律》所录《暗香》同样仅有一体，与上述诸谱不一样，此书是先有谱而后例以词，谱前先有介绍云："此曲九十七字，前片五仄韵，后片七仄韵，例用入声部韵。前片第五字，后片第六字，皆领格字，宜用去声。"其为《暗香》所作"定格"词谱，较之《词律》，更为姜氏原词所束，寸步不失，谱式如下。

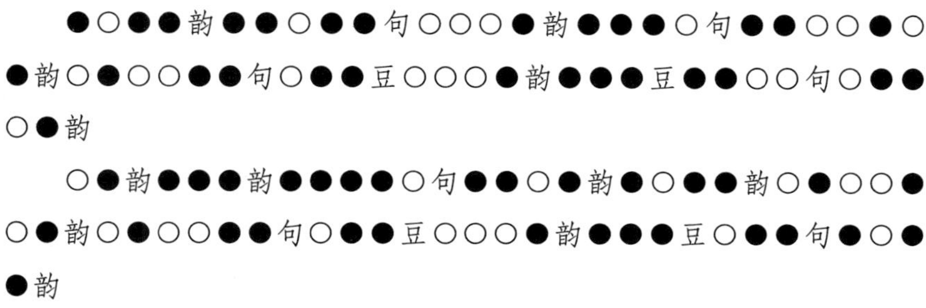

●○●●韵●●○●●句○○○●韵●●●○句●●○○●○●韵○●○○●●句○●●豆○○○●韵●●●豆●●○○句○●●○●韵

○●韵●●●韵●●●●○句●●○●韵●○●●韵○●○○●○●韵○●○○●●句○●●豆○○○●韵●●●豆○●●句●○●●韵

此谱后，书中曾以姜夔《暗香》（旧时月色）、张炎《红情》（无边香色）两首证之。最后并有附注云："词中平仄句豆，皆与'定格'小有出入，但多以入作平。如姜词'月色'此作'香色'，姜词'玉人'此作'红衣'，姜词'怪得'此作'亭亭'，姜词'香冷'此作'玉润'，姜词'寂寂'此作'屏侧'，姜词'夜雪'此作'背酣'，可悟宋词平仄出入及变仄韵格为平韵格，亦皆有一定规矩，非可率意为之。"②

纵观以上各家有关《暗香》格律的论列，主要有以下两个特点：

一是某些观点具有前后相沿的特色。比如关于《暗香》一调的结构，《词律》以吴文英《暗花》（县花谁葺）一首为例，认为此词上片从"公馆青红晓云

① 陈栩、陈小蝶：《考正白香词谱》，上海古籍书店，1981年版，第108—110页。

② 龙榆生：《唐宋词格律》，上海古籍出版社，1978年版，第113—115页。

湿”一句到“尽换却”一句的结构，同于下片从“涂粉闹深早催入”一句到“便问讯”一句。对此，其后之《考正白香词谱》以朱词为例，认为《暗香》一调的结构“‘零乱’至‘两岸’，与后‘先向’至‘影下’同”。正是继承了万树的以上观点。又如自《词律》倡说此调有以入代平的特点之后，此后《钦定词谱》《考正白香词谱》《唐宋词格律》虽所涉具体词例不尽相同，举说的例子亦多有区别，但均亦有以入代平之释解，各家相关观点，已如前引，诸如此类，堪称《词律》同响。

二是某些观点各家之间则差异甚大。如关于《暗香》上片最后一韵的句读，《词律》认为应为“尽换却豆吴水吴烟句桃李靓春靥叶”，即此韵分为七言和五言两句，且七言为三四句法，在第三字后应有所停顿，《钦定词谱》《唐宋词格律》的观点同此，《考正白香词谱》则认为应为“●●●句⊙●○○豆◎●●○●叶”，即此韵分为三言和九言两句，九言一句在第四字后应有停顿；关于《暗香》下片最末一韵的句读，《词律》认为应为“便问讯豆湖上柳句两堤翠匝叶”，即此韵分为六言和四言两句，六言须在第三字后略予停顿，对此，《钦定词谱》的观点亦同之，而《唐宋词格律》则以为此韵应该分为三言、三言和四言三句，即前六个字并未像《词律》等合为一句六言，《考正白香词谱》则以为此韵应该分为三言和七言两句，其中七言须在第三字后略予停顿而成为三四句法。又如，关于《暗香》一调的平仄谱，《钦定词谱》和《考正白香词谱》均详细标出平仄谱，尤其是其平仄不拘之处，而《词律》几乎整个词调均未注平仄，仅在某一处以“可平”加以补充，《唐宋词格律》更是通篇按姜氏创调之词的实际平仄标出，而于可平可仄之处毫无发明，其性质与《词律》正无不同。由上观之，足见四家对于《暗香》平仄谱的态度实有很大的不同。此外，即使就详细标示平仄谱的两家而言，其中分歧也甚多。兹仅就上片而言，就有七句十处。如《钦定词谱》以为《暗香》首句应作“⊙○⊙●”，而《考正白香词谱》以为其中的第三字不能不拘，而须作平；《钦定词谱》以为第二句应该作“●⊙○⊙●”，而《考正白香词谱》以为其中的第二、第四字也不能不拘，而只能作仄；《钦定词谱》以为第三句应该作“◎○○●”，而《考正白香词谱》以为其中的首字也不能不拘，而只能作平；《钦定词谱》以为第五句应该作“⊙●○○●○●”，而《考正白香词谱》以为其中的首字不能不拘，而只能作平；《钦定词谱》以为第六句应该作“◎●◎○●●”，而《考正白香词谱》以为其中的第三字不能不拘,而只能作平;《钦定词谱》以为第七句应该作“◎◎⊙读◎○○●”,而《考正白香词谱》以为其中的第二字不能不拘,而只能作仄;《钦定词谱》以为最末一韵的前三字应该作“⊙⊙⊙”,而《考正白香词谱》以为此三字的平仄均只能为仄声,诸如此类,可谓举不胜举。两家关于《暗香》下片平仄谱的标示,个中歧异也在在多有,而与上片如上情景相仿佛。

此外,还有一些观点则仅见于个别学者的论述里,不易看出诸家的承变异同之迹。如龙榆生认为《暗香》一调用韵例用入声韵部,且上片第五字、下片第六字之领字均宜用去声,诸如此类,则不见于其他学者的相关讨论中,可算是龙氏的一家之言。

结合本章后面的论述来看,各家所论,当以《钦定词谱》较为可取,成就也最高。词谱之作,最重要者应是详考众作,恰如其分地概括出平仄谱,平仄谱中最关键的又应该适时地指出其平仄不拘之处,而反观《词律》《唐宋词格律》两书的以上做法,显然违背了这种宗旨,此点《考正白香词谱》在批评《词律》时已经有所指出,此为一。《词律》对《暗香》的平仄谱之所以不加考证,主要是其先入为主地以为姜氏的创调之作格律“谨严”,同时又用古人所谓“以入代平”的牙慧,作为其方法论上的避难所。此后,其他三家,或多或少均受到了万氏此种观点的影响,流毒所及可谓既远且广,此为二。《词律》以为《暗香》的结构,上片从第五句到第八句的上半句,同于下片从第六句到第九句的上半句,《考正白香词谱》同之,这种看法实不够全面,此为三。《唐宋词格律》以为《暗香》一调例用入声韵,且上片第五字、下片第六字因为是领格字,故应用去声,类似的观点不免武断,此为四。相对而言,《考正白香词谱》为《暗香》所标的平仄谱较为保守,而《钦定词谱》所标者,在四家中虽较可取信,但其中不妥者亦时有之,仍有巨大的补正空间。

二、《暗香》相关格律问题辨正

经检《全宋词》,今存有宋一代《暗香》词作共有 13 首,其中吴潜 4 首,张炎 3 首,为诸人中作品最富者,其余姜夔、赵以夫、吴文英、陈允平、汪元量、彭子翔亦各有 1 首。相关文本有以下两类问题,应在此略作交代。

首先,是个别缺文或异文的问题。一是张炎《红情》(无边香色)一首上

片最后一韵的第二和第三字，《全宋词》注为“原缺”，而《钦定词谱》《唐宋词格律》二书此处均作“亭亭”，姑依后者。同首第七句，《全宋词》作“清兴凌风更爽”，《唐宋词格律》同之，而《钦定词谱》则作“清兴后、风更爽”，细观《暗香》一调的格律，此处为六言句，且均为二二二节奏，由此，当以前者为是，《钦定词谱》作“后”当为“凌”形近而讹。二是吴文英《暗香》（县花谁葺）一首，上片第七句《全宋词》作“帘昼隙、冰弦三叠”，《词律》“帘昼”则作“画帘”，窃以为，所谓“帘昼隙”于文义未通，“昼”当为“画”，两者形近而误也，再考此句前三字，宋人多作“○●●”，由此，吴文英此句原词或作“帘画隙”。同首下片第八句《全宋词》作“花队簇、轻轩银蜡”，《词律》“轻轩”则作“轾轩”，考其格律，当以前者为是，又下片第九句《全宋词》作“更问讯、湖上柳”，《词律》“更”作“便”，似均无不可，兹亦依前者。

其次，是《全宋词》所录各位词人《暗香》之作的句读问题。关于《暗香》的句读，各位学者的意见颇不一致，其中分歧，主要集中在此调上、下片的最后一韵，已如前述，而《全宋词》关于相关《暗香》作品的点断，问题则不局限于上、下片的最后一韵。一是《暗香》下片前五字的读断。姜氏原词“江国。正寂寂”五字本为一句，但因为句中“国”字押了短韵，所以古今学者，往往在此处标以“韵”，问题是，姜氏之后，词人所作《暗香》，有时此句并不押句中韵，因而，也就无须点断。由此可见，《全宋词》将赵以夫《暗香》（冰花炯炯）“南浦，水万顷”、吴潜《暗香》（晓霜一色）“寒圃，众籁寂”等共5首5处不在句中押韵的句子也加以一一点断，显然是不合适的。[①] 二是彭子翔《暗香》（停云望极）一首上片的第二韵和下片的第三韵，本来为基本相似的结构，但《全宋词》则将前者点断为“问秀溪何似，英溪风月”，后者则点断为“不是有、纯羹鲈鲙堪忆”，据《暗香》一调的格律和这两句的文意，其实他们宜统一点断为五言和四言两句，固然，像“问秀溪何似英溪风月”“不是有纯羹鲈鲙堪忆”这样的句子，宜一气而下，不加停顿为佳，但词律之规矩，历来有让文意迁就的特点，如上举《暗香》下片前五字本为五言一句，但因押韵等词律需要，有时也便断成两句。三是张炎《红情》（无边香色）一首下片第八句，《全

① 另，汪元量《暗香》（馆娃艳骨）一首下片前五字“风韵自迴别。”“韵”亦不押短韵，对此《全宋词》则未在中间加以点断，做法是可取的。

宋词》作“无数满汀洲如昔”，依此调的格式和《全宋词》的点断凡例，此句应在第三字后略加停顿，即为“无数满、汀洲如昔”。四是《全宋词》所录《暗香》诸作中，关于上下片最后一韵的点断，前后往往相互冲突，如上片最后一韵前七字，其中有在第三字后加顿号而仍为七言一句的，如姜夔“但怪得、竹外疏花”、吴文英“尽换却、吴水吴烟”、汪元量“最好是、院落黄昏”、张炎“但趁他、斗草筹花”等，也有在第三字后加逗号而析为三言和四言两句的，如赵以夫“向岁晚，竹翠苍松”、吴潜“算只是，野店疏篱”“尚记得，醉卧东园”、陈允平“烟溆阔，云远波平”等，其前后抵牾如此。又如下片最后一韵的前六字，其中有在第三字后加顿号而将其视为六言一句的，如姜夔“又片片、吹尽也”、赵以夫“听报道、催去也”、吴潜“憔悴了、羌管里”、吴文英“更问讯、湖上柳”等，也有于第三字后加逗号而将前六字视为两句三言的，如彭子翔“篱菊老，梅枝亚”，更有将此韵后一韵最后七字视为一句，而在第三字后略加停顿的，如吴潜“应念我、要归未得”、汪元量“吹万点、满庭绛雪”、张炎“堤上柳、此时共折”等，诸如此类，前后点断不一，于此可见一斑。《全宋词》有关《暗香》一调的句读，如此不统一，究其原因，大概是由于受了各家不同的观点，而又未能集中参校点断的结果。为此我们统一将《暗香》上片最后一韵视为七言和五言两句，其中七言为三四句法，下片最后一韵视为六言和四言两句，其中六言多为三三句法。相关的理由请参见后文。此外，汪元量《暗香》（馆娃艳骨）上片“偏把红膏染质”，“质”入韵，依《全宋词》的体例，其后当为句号，而非逗号，应予纠正。彭子翔《暗香》（停云望极）上片“还又向、殊乡初度”，“度”字并不押韵，而《全宋词》标以句号，亦非。

以下即以上述宋代 13 首《暗香》词作为准，对此调的相关格律和体式略作辨析，其中最重要的应该是平仄谱。

第一，就结构而言，《暗香》的上片和下片可谓大同小异。为便于讨论，兹录姜夔《暗香》（旧时月色）和吴潜《暗香》（晓霜一色）各一首如下：

旧时月色。算几番照我，梅边吹笛。唤起玉人，不管清寒与攀摘。何逊而今渐老，都忘却、春风词笔。但怪得、竹外疏花，香冷入瑶席。

江国。正寂寂。叹寄与路遥，夜雪初积。翠尊易泣。红萼无言耿相忆。长记曾携手处，千树压、西湖寒碧。又片片、吹尽也，几时见得。

晓霜一色。正恁时陇上，征人横笛。驿使不来，借问孤芳为谁折。休说和羹未晚，都付与、逋仙吟笔。算只是、野店疏篱，樵子共争席。

寒圃众籁寂。想暗里度香，万斛堆积。恼他鼻观，巡索还无最堪忆。萼绿堂前一笑，封老干、苔青莓碧。春漏也、应念我，要归未得。

通过仔细比较众作，可知，《暗香》一调上、下片的形式有较大的相似之处。这一特点可分两段加以考察。

以上举两词为例，一是上下片中间的绝大多数句子，姜作上片从“算几番照我”到“都忘却、春风词笔”，在句数、言数和句法方面，基本上均同于下片从“叹寄与路遥”到“千树压、西湖寒碧”；吴作上片从“正恁时陇上”到“都付与、逋仙吟笔”，在句数、言数和句法方面，也基本上均同于下片从“想暗里度香”到“封老干、苔青莓碧”。唯一稍有不同的是，上下片各句中“几番照我”与“寄与路遥”、“梅边吹笛”与“夜雪初积”、“唤起玉人”与“翠尊易泣”等句所用的平仄句式略有差异。不但姜氏之作如此，吴潜之作，乃至大部分的《暗香》词作也都有这个特点，但这种差距毕竟是比较小的，不足于影响全局。二是上、下片的首和尾。其中上片的第一句为四言，而下片的第一句究其实际是一句五言，如果不考虑其中间有时插用短韵的话，两片之首，四言和五言之间，其实差异不大。反映到上举两作，就是“旧时月色”和“江国正寂寂”、“晓霜一色”和“寒圃众籁寂”之间的言数差别。再有，上片的末一韵可析为七言与五言两句，而下片则为六言与四言两句，其中的七言为三四句法，六言为三三句法，也就是说，这最后一韵在总字数上相差并不大，且前三字也颇有神似之处。反映到上举两作中，也仅是“但怪得、竹外疏花，香冷入瑶席”与“又片片、吹尽也，几时见得”、“算只是、野店疏篱，樵子共争席”与“春漏也、应念我，要归未得”之间一两字的差异。综上，我们认为《暗香》在上、下片的结构上颇有趋同之处，而不限于《词律》等以为的仅限于上下片中间较小的一段。

第二，就句读而言，《暗香》中的有些句子确实有难于点断的问题。本来，在传统的诗歌里，所谓七言一般均为四三节奏，其中的四还可进一步析为二二节奏，如杜甫“风急天高猿啸哀”，其节奏当断为“风急/天高/猿啸哀”，但是词里面的七言不但有常见的四三节奏，也有不算罕见的三四节奏，

如秦观《鹊桥仙》(纤云弄巧)“又岂在朝朝暮暮”,即可大致断为“又岂在/朝朝暮暮”。同样的,在传统诗歌里,所谓六言,一般均为二二二节奏,如王维“桃红复含宿雨”,即就断为“桃红/复含/宿雨”,但是词里的六言不但有常见的二二二节奏,还有也不算太稀见的三三节奏,如辛弃疾“便令押紫宸班”,即应大致断为“便令押/紫宸班”。问题是,诸如三四节奏的七言、三三节奏的六言这种异于传统诗歌节奏的形式,有时,前者有无可能是两句三言和四言,后者有无可能是两句三言,其实这种可能性是有的,而且两者之间也不易分辨。而《暗香》一调相关句子的断句,就相当棘手。这也是前面诸家在这个问题上分歧迭出的根本原因。在此,因为篇幅所限,无法专门探讨这个问题,只能以《暗香》下片的前六字略加举证。如此处像姜夔的“又片片、吹尽也”、吴文英的“更问讯、湖上柳”、吴潜“待问讯、清友看”、陈允平“待办取、蓑共笠”、汪元量“更忍见、吹万点”一类的句子,确乎以六字连读、合为一句为佳,但像赵以夫“听报道、催去也”、吴潜“春漏也、应念我”“憔悴了、羌管里”“春在手、人在远”、张炎“纵到此、归未得”、彭子翔“篱菊老、梅枝亚”,似乎又以分开为宜。诸如此类的尴尬处境,其实广泛地存在于词中三四节奏的七言和三三节奏的六言里。对此,为了避免混乱,本文一般按照惯例,将它们略作统一和规范,做法已见于前,不另申明。

第三,就用韵而言,诸家所列《暗香》词谱均为十二韵体一种,实际上,此调除了最常见的十二韵体外,尚有十韵体、十一韵体和十三韵体三种。其中十韵体的如吴潜《暗香》(晓霜一色),十一韵体的如赵以夫《暗香》(冰花炯炯),十三韵体的如张炎《暗香》(猗兰声歇)等。详见本章第三部分。此外,龙榆生以为《暗香》例用入声部韵,也未免片面。经考,《暗香》一调固然以押入声韵为主,例子甚多,不必举,但并非不可押其他仄声韵部,如赵以夫《暗香》(冰花炯炯)一首即押的上声韵。

第四,就平仄而言,鉴于诸家所标示者分歧较多,本章拟先大致归纳出各句的平仄,然后再以《钦定词谱》为例,略举其缺失。由于有宋一代《暗香》词作无多,个别句子的可通之处,往往不易见出,因此,本章在归纳各句平仄时,上下片属于同类句式的则予以合校,个别有必要者则以词律相通之理断之。以下即以姜夔《暗香》(旧时月色)一首为例,就其格律略作考证,首先是上片诸句,其中:

1. 第一句"旧时月色",首字赵以夫"冰花炯炯"之"冰"、张炎"猗兰声歇"之"猗"、"无边香色"之"无"、彭子翔"停云望极"之"停"均作平,第三字吴文英"县花谁葺"之"谁"、陈允平"霁天秋色"之"秋"、张炎"羽音辽邈"之"辽"等亦均作平,故此句的平仄句式当为"⊙○⊙●"。

2. 第二句"算几番照我",首字必为仄声,诸家均然;第二字张炎"抱孤琴思远"之"孤"作平,第四字彭子翔"问秀溪何似"之"何"作平,故此句的平仄当为"●⊙○⊙●"。

3. 第三句"梅边吹笛",第三字共12例,诸家均作平,首字张炎"近来无鹤"之"近"、"几番弹彻"之"几"、"锦机云密"之"锦"均作仄,故此句的平仄应为"◎○○●"。依词律,此句的平仄尚可进一步确定为"◎○◎●"。此外,此句偶亦有用平仄别式者,见于陈允平"谁伴横笛",其所用平仄应为"◎●○●"。

4. 第四句"唤起玉人",首字共13例诸家均作仄,第三字赵以夫"独抱寒香"之"寒"、陈允平"涨绿浮空"之"浮"、张炎"木叶吹寒"之"吹"等共6例均作平,故此句的平仄应为"●●⊙○"。依词律,此句的平仄还可进一步确定为"⊙●⊙○"。

5. 第五句"不管清寒与攀摘"(下片"红萼无言耿相忆"句同之,可参校),上片首字吴文英"公馆青红晓云湿"之"公"、陈允平"闲数河星手堪摘"之"闲"、下片首字"红萼无言耿相忆"之"红"、赵以夫"孤鹤长鸣夜方永"之"孤"、吴文英"涂粉闱深早催人"之"深"等均作平,下片第三字张炎"三十六宫土花碧"之"六"作仄,故综合来看,此句的平仄应为"⊙●◎○●○●"。

6. 第六句"何逊而今渐老"(下片"长记曾携手处"句同之),上片第一字赵以夫"为问玉堂富贵"之"为"、张炎"不信相如便老"之"不"、下片吴潜"萼绿堂前一笑"之"萼"、张炎"一自飘零去远"之"一"均作仄,第三字上片赵以夫"为问玉堂富贵"之"玉"、下片彭子翔"莫把放翁笑我"之"放"亦均为仄,第五字上片彭子翔"何事归来归去"之"归"作平,故综合来看,此句的平仄应为"◎●◎○⊙●"。

7. 第七句"都忘[①]却、春风词笔"(下片"千树压、西湖寒碧"同之)。前三

---

① "忘"有平仄两读,在此宜断为仄声。

字,多数作"◎⊙●",其中首字作仄者,如上片彭子翔"似熙载"之"似"、下片赵以夫"又迤逦"之"又"、吴潜"但矫首"之"但",第二字作平者,如上片彭子翔"似熙载"之"熙";前三字偶亦有以平结者,如张炎"黯消凝""有羁怀",如此,平仄句式则为"●○○"。后四字,第一字上片张炎"恨听啼鸩"之"恨"、"几回空忆"之"几"、下片张炎"未须轻说"之"未"均作仄,第三字下片陈允平"双流一碧"之"一"亦作仄,故此四字的平仄应为"◎○◎●"。综上,此句的平仄应该为"◎⊙●、◎○◎●",其中前三字偶尔也有作"●○○"。

8. 第八句"但怪得、竹外疏花",前三字,以仄结者,诸家后两字均作"●●",第一字陈允平"烟溆阔"之"烟"、彭子翔"还又向"之"还"均作平,故其平仄应为"⊙●●";此外,前三字偶亦有以平结者,如此,其平仄则为"●⊙○"。后四字,以平结者,后三字均严格作"●○○",第一字吴文英"吴水吴烟"之"吴"、陈允平"云远波平"之"云"等均作平,故此四字的平仄应为"⊙●○○",此外,这四字偶尔也有以仄结者,如彭子翔"殊乡初度",如此,其平仄则应为"◎○◎●"。综上,此句的平仄句式多数当为"⊙●●、⊙●○○",偶尔也有作"●⊙○、⊙●○○"或"⊙●●、◎○◎●",其中"⊙●●、◎○◎●"以词律规则推演之,或可进一步确定为"⊙⊙●、◎○◎●"。

9. 第九句"香冷入瑶席",后四字,诸家均严格作"●●○●",第一字张炎"遣兴在吟篋"之"遣"、"玉润露痕湿"之"玉"均作仄,故此句的平仄应为"◎●●○●"。依词律,此句的平仄,当可进一步确定为"◎●⊙○●"。另外,此句偶亦有拓展为六言一句或三言两句者,前者即汪元量"压栏照水清绝",平仄为"◎○⊙●○●",后者即彭子翔"故乡人,却为客",平仄为"●○○,⊙◎●"。

其次为下片与上片不甚相同的诸句,其中:

1. 第一句"江国"[①],第一字吴潜"院宇"之"院"、张炎"忆昨"之"忆"、彭子翔"是则"之"是"均作仄,故此句的平仄应为"◎●"。

2. 第二句"正寂寂",第一字吴潜"深更寂"之"深"、彭子翔"家咫尺"之

① 《暗香》下片前两字如入韵,则单独为一句,姜夔此首即如此。后来之作者,此处也有不入韵的,本来不入韵者应与后三字合为一句,已见前论,但这里为了说明的方便,统一将前两字看作一句,无论其入韵与否。

“家”均作平，第二字吴潜“深更寂”之“更”、吴文英“送帆叶”之“帆”、陈允平“信音寂”之“音”等亦均作平，故此句的平仄应为“⊙⊙●”。

3. 第三句“叹寄与路遥”，为一四句法，其中除第四字偶作平外，如张炎“谩认著梅花”之“梅”、“待款语迟留”之“迟”，其余诸家均与姜氏无异，故此句平仄应作“●●●⊙○”。依词律，此句的平仄尚可进一步确定为“●⊙●⊙○”。另外，此句偶亦有仍用一四句法，而平仄用别式者，即张炎“爱向人弄芳”，如此，平仄则为“●⊙○●○”；或偶用二三句法者，即彭子翔“不是有莼羹”，如此，平仄则为“◎●●○○”。

4. 第四句“夜雪初积”，首字赵以夫“云弄疏影”之“云”、彭子翔“鲈鲙堪忆”之“鲈”等，均作平声，故此句的平仄应为“⊙●○●”。另外，此句尚有5例用别式者，如吴文英“卧虹平帖”、陈允平“鹭汀沙积”、张炎“是君还错”“赋归心切”“背酣斜日”等，诸家所用平仄均为“●○○●”。依词律，则可进一步调为“⊙○◎●”。

5. 第五句“翠尊易泣”，第一字吴潜“何郎旧梦”之“何”、彭子翔“从心时节”之“从”均作平，第三字彭子翔“从心时节”之“时”亦作平，故此句的平仄应为“⊙○⊙●”。

6. 第九句“又片片、吹尽也”，其中第一字吴潜“春漏也、应念我”之“春”、“憔悴了、羌管里”之“憔”、彭子翔“篱菊老、梅枝亚”之“篱”等均作平，第二字张炎“莫相忘、堤上柳”之“相”亦作平，第五字彭子翔“篱菊老、梅枝亚”之“枝”也作平，其余三字，诸家则与姜词无异，如此，此句的平仄则应为“⊙⊙●○⊙●”。依词律，第四字当亦可不拘，如此，则此句的平仄还可进一步确定为“⊙⊙●◎⊙●”。

7. 第十句“几时见得”，诸家所作，共13例，均为“●○●●”。依词律，此句的平仄尚可进一步确定为“⊙○⊙●”。

以上我们通过现存宋代13首《暗香》词作的互校，试图勾勒出一个较为可靠的《暗香》平仄谱。其中个别句子所用别式，因为用例较少，多数已经事先根据词律规则归纳出平仄句式。至于其他主流句式，因同样存在着偶然性，有些本可不拘的地方，也不能显现出来，前已依据词律通则，略作扩展，为便查核，兹再汇总如下：其中上片第三句“◎○○●”，当可作“◎○◎●”，即第三字亦可不拘；第四句“●●⊙○”，当可作“⊙●⊙○”，即第一字亦可不拘;第八句"⊙●●、⊙●○○",当可作"⊙⊙●、⊙●○○",即第二字亦可不拘;第九句"◎●●○●",当可作"◎●⊙○●",即第三字亦可不拘。下片第三句"●●●⊙○",当可作"●⊙●⊙○",即第二字亦可不拘;第九句"⊙⊙●、○⊙●",当可作"⊙⊙●、◎⊙●",即第四字亦可不拘;最后一句"●○●●",当可作"⊙○⊙●",即第一、第三字亦可不拘。

第五,就声调而言,《唐宋词格律》以为《暗香》上片第五字、下片第六字等领格字,均宜用去声。经我们考察,此两处,历来的词作虽以去声字居多,但亦不乏使用其他仄声字的,如赵以夫"想月湿断矶"、吴潜"想暗里度香""想洛滨剑客""有一种可人"等句中的"想""有"即均为上声字,而非去声。

第六,就体式而言,诸家所列《暗香》的体式,最多为《钦定词谱》的两体,其余则均为一体,而实际上,此调根据字数、用韵、平仄等方面的差异,至少应该有九体。

三、《暗香》的体式

就宋代现存的13首《暗香》来看,此调可大致分为97字和98字两大类。其中97字者,根据用韵数量的不同,又可分为十韵体、十一韵体、十二韵体和十三韵体四类。

首先,是十韵体者,相较于十二韵体而言,此体下片的前两字和下片第四句都不入韵,其格律并例词如下:

暗香(全第一式,共4首)

⊙○⊙●韵●⊙○⊙●句◎○◎●韵⊙●⊙○句⊙●◎○●○●韵◎●◎○⊙●句◎⊙●读◎○◎●韵⊙⊙●读⊙●○○句◎●⊙○●韵

◎●⊙⊙●韵●⊙●⊙○句⊙●○●韵⊙○⊙●句⊙●◎○●○●韵◎●◎○⊙●句◎⊙●读◎○◎●韵⊙⊙●读◎⊙●句⊙○⊙●韵

暗香　　吴潜

晓霜一色。正恁时陇上,征人横笛。驿使不来,借问孤芳为谁

折。休说和羹未晚，都付与、逋仙吟笔。算只是、野店疏篱，樵子共争席。

寒圃众籁寂。想暗里度香，万斛堆积。恼他鼻观，巡索还无最堪忆。萼绿堂前一笑，封老干、苔青莓碧。春漏也、应念我，要归未得。

其次，是十一韵体者，相较于十二韵体，此体仅在下片前两字少押一韵，其格律并例词如下：

暗香（全第二式，共1首）

⊙○⊙●韵●⊙○⊙●句◎○◎●韵⊙●⊙○句⊙●◎○●○●韵◎●◎○⊙●句◎⊙●读◎○◎●韵⊙⊙●读⊙●○○句◎●⊙○●韵

◎●⊙⊙●韵●⊙●⊙○句⊙●○●韵⊙○⊙●韵⊙●◎○●○●韵◎●◎○⊙●句◎⊙●读◎○◎●韵⊙⊙●读◎⊙●句⊙○⊙●韵

暗香　　赵以夫

冰花炯炯。记那回占断，春风鳌顶。独抱寒香，得意西湖酒初醒。为问玉堂富贵，争得似、山中深靓。向岁晚，竹翠松苍，闲伴一枝冷。

南浦水万顷。想月湿断矶，云弄疏影。粉英落尽。孤鹤长鸣夜方永。将见青青似豆，又迤逦、传黄风景。听报道、催去也，再调玉鼎。

第三，是十三韵体者，相较于十二韵体，此体于上片的第六句则多押了一韵，其格律并例词如下：

暗香（全第三式，共1首）

⊙○⊙●韵●⊙○⊙●句◎○◎●韵⊙●⊙○句⊙●◎○●○

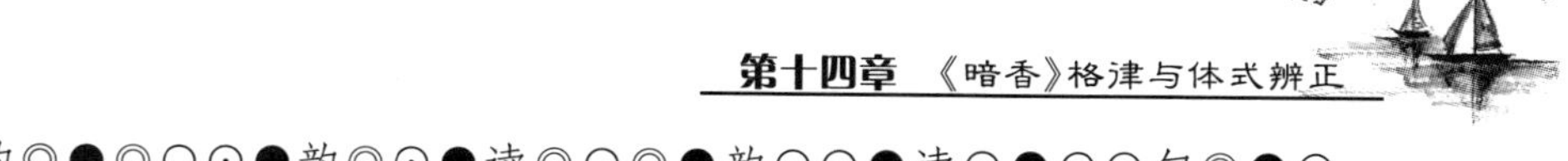

●韵◎●◎○⊙●韵◎⊙●读◎○◎●韵⊙⊙●读⊙●○○句◎●⊙○●韵

◎●韵⊙⊙●韵●⊙●⊙○句⊙●○●韵⊙○○●韵⊙●◎○●○●韵◎●◎○○⊙●句◎⊙●读◎○◎●韵⊙⊙●读◎⊙●句⊙○⊙●韵

暗香　　张炎

猗兰声歇。抱孤琴思远，几番弹彻。洗耳无人，寂寂行歌古时月。一笑东风又急。黯消凝、恨听啼鴂。想少陵、还叹飘零，遣兴在吟箧。

愁绝。更离别。待款语迟留，赋归心切。故园梦接。花影闲门掩春蝶。重访山中旧隐，有羁怀、未须轻说。莫相忘，堤上柳、此时共折。

第四，十二韵体，根据下片第四句所用的平仄句式，又可以分为两小类，第一小类为下片第四句的平仄为“⊙●○●”，第二小类为下片第四句的平仄为“⊙○◎●”。第一小类仅有一体，其格律并例词如下：

暗香（全第四式，共1首）

⊙○⊙●韵●⊙○⊙●句◎○◎●韵⊙●⊙○句⊙●◎○●○●韵◎●◎○○⊙●句◎⊙●读◎○◎●韵⊙⊙●读⊙●○○句◎●⊙○●韵

◎●韵⊙⊙●韵●⊙●⊙○句⊙●○●韵⊙○○●韵⊙●◎○●○●韵◎●◎○○⊙●句◎⊙●读◎○◎●韵⊙⊙●读◎⊙●句⊙○⊙●韵

暗香　　姜夔

旧时月色。算几番照我，梅边吹笛。唤起玉人，不管清寒与攀摘。何逊而今渐老，都忘却、春风词笔。但怪得、竹外疏花，香冷入瑶席。

江国。正寂寂。叹寄与路遥，夜雪初积。翠尊易泣。红萼无言耿相忆。长记曾携手处，千树压、西湖寒碧。又片片、吹尽也，几时见得。

第二小类根据上片第三句所用的平仄句式，还可以分为两种，第一种是上片第三句所用的平仄为“⊙●○●”，第二种是上片第三句所用的平仄为“◎○◎●”。其中第一种只有一体，其格律并例词如下：

暗香（全第五式，共1首）

⊙○⊙●韵●⊙○⊙●句⊙●○●韵⊙●⊙○句⊙●◎○●○●韵◎●◎○⊙●句◎⊙●读◎○◎●韵⊙⊙●读⊙●○○句◎●⊙○●韵

◎●韵⊙⊙●韵●⊙●⊙○句⊙○◎●韵⊙○⊙●韵⊙●◎○●○●韵◎●◎○⊙●句◎⊙●读◎○◎●韵⊙⊙●读◎⊙●句⊙○⊙●韵

暗香　　陈允平

霁天秋色。正倚楼待月，谁伴横笛。涨绿浮空，闲数河星手堪摘。弥望澄光练净，分付与、玄晖才笔。烟溆阔，云远波平，归鸟趁风席。

南国。信音寂。怅雁渚渡闲，鹭汀沙积。藓碑露泣。时拊遗踪暗嗟忆。人事空随逝水。今古但、双流一碧。待办取、蓑共笠，小舟泛得。

第二种根据下片第三句所用的平仄句式，还可以进一步分为两式，一是下片第三句所用的平仄为“●⊙●⊙○”，其格律并例词如下：

暗香（全第六式，共2首）

⊙○⊙●韵●⊙○⊙●句◎○◎●韵⊙●⊙○句⊙●◎○●○●韵◎●◎○⊙●句◎⊙●读◎○◎●韵⊙⊙●读⊙●○○句◎●

⊙○●韵

◎●韵⊙⊙●韵●⊙●⊙○句⊙○◎●韵⊙○⊙●韵⊙●◎○●○●韵◎●◎○⊙●句◎⊙●读◎○◎●韵⊙⊙●读◎⊙●句⊙○⊙●韵

暗香　　吴文英

县花谁葺。记满庭燕麦，朱扉斜阖。妙手作新，公馆青红晓云湿。天际疏星趁马，帘昼隙、冰弦三叠。尽换却、吴水吴烟，桃李靓春靥。

风急。送帆叶。正雁水夜清，卧虹平帖。软红路接。涂粉闱深早催入。怀暖天香宴果，花队簇、轻轩银蜡。更问讯、湖上柳，两堤翠匝。

二是下片第三句所用的平仄为"●◎○●○"，其格律并例词如下：

暗香(全第七式，共1首)

⊙○⊙●韵●⊙○⊙●句◎○◎●韵⊙●⊙○句⊙●◎○●○●韵◎●◎○⊙●句◎⊙●读◎○◎●韵⊙⊙●读⊙●○○句◎●⊙○●韵

◎●韵⊙⊙●韵●◎○●○句⊙○◎●韵⊙○⊙●韵⊙●◎○●○●韵◎●◎○⊙●句◎⊙●读◎○◎●韵⊙⊙●读◎⊙●句⊙○⊙●韵

红情[①]　　张炎

无边香色。记涉江自采，锦机云密。翦翦红衣，学舞波心旧曾识。一见依然似语，流水远、几回空忆。看亭亭、倒影窥妆，玉润露痕湿。

闲立。翠屏侧。爱向人弄芳，背酣斜日。料应太液。三十六宫土

① 《暗香》又名《红情》。

花碧。清兴凌风更爽，无数满汀洲如昔。泛片叶、烟浪里，卧横紫笛。

最后，相较于97字体而言，98字体则一例在上片最后一句各添一字。一是在最后一句五言的基础上添一字而为六言，且全诗共为十一韵，其格律并例词如下：

暗香（全第八式，共1首）

⊙○⊙●韵●⊙○○⊙●句◎○◎●韵⊙●⊙○句⊙●◎○●○●韵◎●◎○⊙●韵◎⊙●读◎○◎●韵⊙⊙●读⊙●○○句◎○⊙●○●韵

◎●⊙⊙●韵●⊙●⊙○句⊙●○●韵⊙○⊙●句⊙●◎○●○●韵◎●◎○⊙●句◎⊙●读◎○◎●韵⊙⊙●读◎⊙●句⊙○⊙●韵

暗香　　汪元量

馆娃艳骨。见数枝雪里，争开时节。底事化工，著意阳和暗偷泄。偏把红膏染质。都点缀、枝头如血。最好是、院落黄昏，压栏照水清绝。

风韵自迥别。谩记省故家，玉手曾折。翠条袅娜，犹学宫妆舞残月。肠断江南倦客，歌未了、琼壶敲缺。更忍见、吹万点，满庭绛雪。

二是在最后一句五言的基础上添一字，并析为两句三言，且全诗共押十二韵，其格律并例词如下：

暗香（全第九式，共1首）

⊙○⊙●韵●⊙○○⊙●句◎○◎●韵⊙●⊙○句⊙●◎○●○●韵◎●◎○⊙●句◎⊙●读◎○◎●韵⊙⊙●读⊙●○○句●○○句⊙◎●韵

◎●韵⊙⊙●韵●⊙●⊙○句⊙●○●韵⊙○⊙●韵⊙●◎○●○●韵◎●◎○⊙●句◎⊙●读◎○◎●韵⊙⊙●读◎⊙●句⊙○⊙●韵

暗香　　彭子翔

停云望极。问秀溪何似，英溪风月。劫火灰飞，又见雕檐照寒碧。何事归来归去，似熙载、江南江北。还又向、殊乡初度，故乡人，却为客。

是则。家咫尺。不是有莼羹，鲈鲙堪忆。从心时节。消得山阴几双屐。莫把放翁笑我，又似忆、平泉花石。篱菊老、梅枝亚，不归怎得。

四、小结

综上所论，历来有关《暗香》词谱的论列，实多缺失。就句读言，此调个别句子虽不易点断，但应该广泛参校众作，而加以统一。就结构言，此调上下片除首尾略有轻微字数差异之外，中间一大段以相似者居多。就用韵言，此调虽以十二韵者为主，但也有押十韵、十一韵甚至十三韵者。就平仄言，《词律》《唐宋词格律》于平仄谱多未甚措意，而《钦定词谱》《考正白香词谱》二书虽罗列颇详，但分歧甚多，相对而言，《考正白香词谱》所标更为保守。就声调言，上片第五字，下片第六字之领格字，虽多用去声，但亦不避上声等其他仄声字。就体式言，此调远不止诸家所列的两体，而共有九体。

兹以常见的97字《暗香》为例，为其作一总谱，并略作说明如后：

暗香又名红情，双调九十七字，上片九句五仄韵，下片十句七仄韵

⊙○⊙●韵●⊙○⊙●句◎○◎●韵⊙●⊙○句⊙●◎○●○●韵◎●◎○⊙●句◎⊙●读◎○◎●韵⊙⊙●读⊙●○○句◎●⊙○●韵

◎●韵⊙⊙●韵●⊙●⊙○句⊙●○●韵⊙○⊙●韵⊙●◎○●○●韵◎●◎○⊙●句◎⊙●读◎○◎●韵⊙⊙●读◎⊙●句⊙○

⊙●韵

说明：

1. 以上所列为97字体，尚有98字体者。98字体，或于上片末句添一字而为一句六言，如此，平仄则为“◎○⊙●○●”，或于上片末句添一字而析为三言两句，如此，平仄则为“●○○，⊙◎●”。

2. 下片前两字或有不入韵者，倘不入韵，则前二字宜与后三字连为一句。下片第五句亦有不入韵者，多数见于吴潜诸作。上片第六句偶亦有入韵者，见汪元量《暗香》（馆娃艳骨）、张炎《暗香》（猗兰声歇）两首。

3. 上片第三句，平仄偶亦有用“⊙●○●”的，见于陈允平《暗香》（霁天秋色）一首；下片第三句偶亦有用“●◎○●○”的，见于张炎《红情》（无边香色）一首；下片第四句，平仄部分有用“⊙○◎●”的，见于吴文英、陈允平等人之作。

参考文献

[1]逯钦立. 先秦汉魏晋南北朝诗[M]. 北京:中华书局,1983.

[2]中华书局编辑部. 全唐诗:增订本[M]. 北京:中华书局,1999.

[3]彭定求. 全唐诗[M]. 北京:中华书局,1980.

[4]曾昭岷,曹济平,王兆鹏,等. 全唐五代词[M]. 北京:中华书局,1999.

[5]唐圭璋. 全宋词[M]. 北京:中华书局,1965.

[6]唐圭璋. 全金元词[M]. 北京:中华书局,1979.

[7]孔凡礼. 全宋词补辑[M]. 北京:中华书局,1981.

[8]高喜田,寇琪. 全宋词作者词调索引[M]. 北京:中华书局,1992.

[9]陈彭年. 宋本广韵[M]. 北京:中国书店,1982.

[10]戈载. 词林正韵[M]. 上海:上海古籍出版社,1981.

[11]王力. 汉语诗律学:增订本[M]. 上海:上海教育出版社,1979.

[12]王力. 诗词格律[M]. 北京:中华书局,2000.

[13]启功. 诗文声律论稿[M]. 北京:中华书局,2000.

[14]夏承焘,吴熊和. 读词常识[M]. 北京:中华书局,2000.

[15]唐圭璋. 元人小令格律[M]. 上海:上海古籍出版社,1981.

[16]吴熊和. 唐宋词通论[M]. 北京:商务印书馆,2003.

[17]吴丈蜀. 词学概说[M]. 北京:中华书局,2000.

[18]宛敏灏. 词学概论[M]. 北京:中华书局,2009.

[19]万树. 词律[M]. 上海:上海古籍出版社,1984.

[20]王奕清. 钦定词谱:全四册[M]. 北京:中国书店,1983.

[21]陈栩,陈小蝶. 考正白香词谱[M]. 上海:上海古籍书店,1981.

[22]龙榆生. 唐宋词格律[M]. 上海:上海古籍出版社,1978.

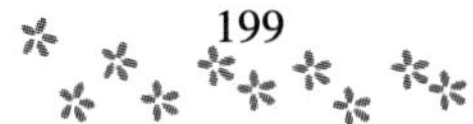

[23]张梦机.词律探原[M].台北:文史哲出版社,1981.

[24]谢桃坊.唐宋词谱校正[M].上海:上海古籍出版社,2012.

[25]田玉琪.北宋词谱[M].北京:中华书局,2018.

附录 论词绝句五十首并序

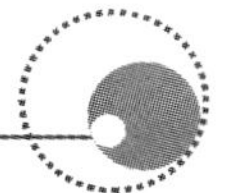

予少时于嬉戏之余，偶喜诵古诗词，长而不废，而尤爱李重光、晏小山，客厦三载，读书稍多，渐嗜稼轩，至今犹然。丙申岁暮，某日忽得论词绝句数首，殊不恶，乃思足为半百之数，是后，时作时辍，历时一月余，毕其役于翌年正月初一。后此数日，友人索阅，遂又简注之，俾助吟读，庶几古云切磋琢磨之义也。丁酉正月十六日惠安张培阳重题于东坪。

一、开篇

论词我亦少陵心，不薄今声爱古音。
雨夜花朝人寂寂，平生犹觉费追寻。

二、源流

关雎诵罢离骚绝，乐府支流万古长。
人道文章一代有，如今沧海属谁忙。

三、文字律与音乐谱

文律宫商原两事，从来议论失其心。
溯源应自南朝始，水调阳关唱至今。

四、云谣集杂曲子

望断金河望玉关，已经新岁未归还。
红丝串起珍珠泪，魂梦天涯无暂闲。

五、李白

雄关百代翰林词，此语观堂是我师。
菩萨秦娥声断后，流传千载至今疑。

六、张志和

韩子荒唐摩诘神，桃花洞里武陵春。
风流一曲渔歌子，自是羲皇以上人。

七、刘禹锡一

节拍江南宾客词，从风举袂觅游丝。
缘何欲奏前朝曲，且进新翻杨柳枝。

八、刘禹锡二

君子看花欲有行，未成诗句已难平。
不如寄个青青语，一纸书来一纸情。

九、雨词三阕

梧桐树下已三更，秋雨声兼落叶声。
绝似老僧来说法，隔窗独听到天明。

十、温庭筠一

何曾绮语祖离骚，不过春风一李桃。
解道画罗金翡翠，请君珍重去时袍。

十一、温庭筠二·更漏子词

惆怅依然似去年，柳丝微飏雨缠绵。
芳菲度后千帆过，始信此情须问天。

十二、韦庄

数米而炊韦秀才，情深不顾语相乖。

香灯半卷流苏帐，岂为区区一席来。

十三、冯延巳

领袖南唐启晏欧，思深语丽韵清幽。
林间戏蝶帘间燕，同向春风各自愁。

十四、南唐二主

自古伤心画不成，更行更远更还生。
落花风里谁为主，可是人间重晚晴。

十五、李璟

菡萏香销翠叶愁，南朝天子爱风流。
玉笙吹彻春池冷，一片降幡出石头。

十六、李煜一

子山心事费疑猜，天子成囚亦可哀。
为有词中南面主，天教不速一人来。

十七、李煜二

帘外春花断续风，无言挥泪太匆匆。
南唐多少伤心事，犹恐相逢是梦中。

十八、柳永一

千家井水柳歌词，自古多情伤别离。
残月晓风杨柳岸，一生辜负是相思。

十九、柳永二

浅斟低唱柳屯田，杜少陵软白乐天。
记取当楼残照句，高情还忆李青莲。

二十、张先一

李白花间酒一壶，渊明对影不曾孤。
而今更有张三者，云破月来花弄无。

二一、张先二

世间何物似情浓，千里邀君岂为公。
无可奈何花落去，但歌桃杏嫁东风。

二二、晏殊

花间游戏酒边狂，富贵乡中也断肠。
若问相公谁得似，一枝红艳露凝香。

二三、欧阳修

昌黎大道翰林诗，犹有襟怀不自持。
故借人间风与月，倾情谱入小歌词。

二四、晏几道一

金陵子弟韵天然，尘梦无常感境缘。
流水为踪云作迹，楚乡何处有仙源。

二五、晏几道二

妙在得之于妇人，远山眉黛小腰身。
无人不爱其情胜，恨隔炉烟看未真。

二六、晏几道三·梦中寻人词

梦里关山不觉遥，伊人何处驻兰桡。
才寻烟水江南路，又踏杨花过谢桥。

二七、晏几道四·蝶恋花词

长绳难系又黄昏，未写香笺满泪痕。

碧玉高楼临水住,觉来惆怅误消魂。

二八、晏几道五·用巫山云雨事

小姑居处本无郎,云雨巫山枉断肠。
莫作襄王春梦去,天将离恨恼疏狂。

二九、柳永、苏轼

东去大江情特多,何如残月晓风歌。
青楼儿女关西汉,应共投诗赠汨罗。

三十、苏轼一

云驾风骖游彼苍,古来天海自茫茫。
酒酣更问高寒处,何若骑鲸入醉乡。

三一、苏轼二·笛、琴词隐括

中郎不见桓伊去,彩凤飞来似欲鸣。
流羽一声淘洗尽,已无双泪为君倾。

三二、苏、秦用钱起句

争传楚客不堪听,依约尝闻帝子灵。
居士盈盈少游冷,曲终江上数峰青。

三三、秦观一

兼有情辞秦少游,西风吹泪古滕州。
虽无山石退之句,何碍千岩万壑流。

三四、秦观二

断尽金炉小篆香,蛮笺万叠写微茫。
多情但有当时月,裁就芳心赠谢郎。

三五、岳飞

秦时明月汉时关，三十功名尘土间。
港岛词人歌不绝，愿将书剑定江山。

三六、岳飞、辛弃疾

瑶琴心事有谁听，赢得生前身后名。
欲把红花会豪杰，千山恨不与纵横。

三七、辛弃疾一

子美集开诗世界，继之今有稼轩词。
澄江飞练霞飞绮，百态千姿何所疑。

三八、辛弃疾二

倚剑盟鸥无不能，渡江云起一层层。
风情莫作粗豪例，四面危楼何处凭。

三九、辛弃疾三

举世而今许豪放，不知沉郁有柔情。
请君试奏新凉曲，犹带江头肠断声。

四十、辛弃疾四・写山

见说小楼千万重，联翩万马欲朝东。
何人半夜推山去，来领吾狂妩媚风。

四一、辛弃疾五・鹧鸪天词

曲中爱唱鹧鸪天，宛转清真入管弦。
何故此翁独能尔，荷花风度本天然。

四二、咏月四篇

春江把酒久无伦，水调东坡一洗新。

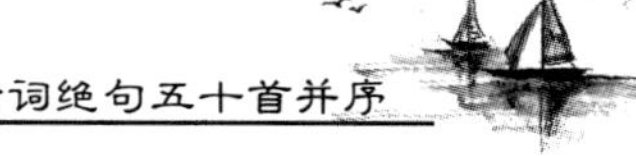

光影悠悠风浩浩，稼轩下笔得其神。

四三、愁词三首

万点飞红秦少游，重光春水向东流。
衣冠渡后愁成鼎，更有双溪舴艋舟。

四四、李清照

人比黄花李易安，水流终日凭栏看。
如今憔悴帘儿下，为问东风泪已干。

四五、陈人杰一

封侯事了总成虚，奇气辛公犹蔑如。
会得毫端飞动意，山川草木鸟虫鱼。

四六、陈人杰二

海中玄鸟记乌衣，为问杜鹃胡不归。
八百光阴去何速，只今唯有鹧鸪飞。

四七、陈人杰三

世上除诗直等尘，钟情端赖沁园春。
几时返得闽山路，天意青苍认未真。

四八、蒋捷

樱桃红了绿芭蕉，剩有春愁待酒浇。
老去僧庐听夜雨，十分秾丽转清萧。

四九、无名氏九张机

才人新调九张机，乐府词音到此微。
莫道苦心同子夜，看他相对浴红衣。

五十、结章

圣者忘情我辈钟，想来今古不无同。
悲欢离合都尝遍，泪眼曾经问落红。

丁酉岁首写定于惠安家中

后记

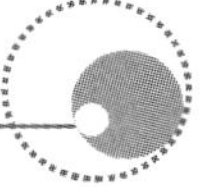

词谱的编撰，大约滥觞于明人，而周备于有清，至今尤以万树《词律》、王奕清等人《钦定词谱》二书而为人所推重。民国以来，研习此学者，虽不至于中辍，近年来还稍有增多的趋势，以面世的图书而论，实则并未越出古人藩篱。以笔者之见，古今此类书籍，大多有两个较大的通病：一是分体的不完备；二是平仄谱的失准。前者与古今人对于词体构成要素缺乏体认不无关系，后者则因为不晓得词律渊源于诗律，且有大致相通的规则。

有感于此，笔者早有以唐宋为限彻底重编词谱的打算。届时，经过一番调查考证，如果宋之后新增的词调和体式不多，难成气候，那么，以这两代词为考察对象的词谱，书名就径题为《词谱全编》。反之，宋之后的词谱编撰，还应该有元、明、清、民国卷云云，如此，前者也就只好称作《词谱全编》（唐宋卷）了。为了顺利地达成此项工作，当时还有另一个想法，即拟从唐宋词中选出一二百个较为重要的词调，以专题的形式先行探讨，以作为《词谱全编》一书编撰的准备。本书就是这样产生的。

书中各章，除《昭君怨》一篇写得较早，《荷叶杯》《定西番》《应天长》三篇完成稍晚——2019 年的春节之外，其余篇章则大致杀青于 2018 年的冬天。书稿写作历时不长，但后期的校对与润饰却费去了不少精力。经此一役，将来或许不敢再有续撰二集、三集、四集的奢望了，否则，心中藏之久矣的夙愿，就只好等到二十年后实现了。应该说明的是，本书初稿中原有《〈留春令〉格律与体式辨正》一章，前两年因另有所用而将其抽了出来，后蒙《词学》不弃，发表于该刊的第四十三辑。

本书能够入选河南省高等学校优秀著作项目并顺利出版，离不开前期我院龚世学院长的大力推介。词谱之学，素称冷僻专精，研治此学者固然不

易,对此书的编辑者更不啻为一种巨大的挑战。从大量的例词引用到烦琐的词谱编排,本书能够尽量减少一些疏忽,与郑州大学出版社刘晓晓、成振珂两位编辑细致的编校、专业的精神和辛苦的付出是分不开的。谨此一并致谢。

张培阳

叙于南阳卧龙岗寓中